現代^上漢語

簡明教程

主編 / 黃伯榮　李煒

責任編輯　　馬馳佳　趙江
美術設計　　陳嬋君

書　　名　　**現代漢語簡明教程（上）（全二冊）**

主　　編　　黃伯榮　李煒

出　　版　　三聯書店（香港）有限公司
　　　　　　香港北角英皇道 499 號北角工業大廈 20 樓
　　　　　　Joint Publishing (H.K.) Co., Ltd.
　　　　　　20/F., North Point Industrial Building,
　　　　　　499 King's Road, North Point, Hong Kong

香港發行　　香港聯合書刊物流有限公司
　　　　　　香港新界大埔汀麗路 36 號 3 字樓

印　　刷　　陽光印刷製本廠
　　　　　　香港柴灣安業街 3 號 6 字樓

版　　次　　2014 年 1 月香港第一版第一次印刷

規　　格　　特 16 開（152×228 mm）上冊 288 面

國際書號　　ISBN 978-962-04-3330-6（套裝）
　　　　　　© 2014 Joint Publishing (H.K.) Co., Ltd.
　　　　　　Published & Printed in Hong Kong

本書原由北京大學出版社有限公司以書名《現代漢語》出版，現經北京大學出版社有限公司授權三聯書店（香港）有限公司在除中國大陸以外地區出版發行繁體字版。

目　錄

第三章　文字

第四章　詞彙

前言

　　本教材的編寫宗旨是要編一部既適合大專院校中文專業學生，也適合對語言知識感興趣者的基礎課教材。我們的做法是把現代漢語基礎課的整體內容分為前文和後文兩大部分，前文講現代漢語課程必須掌握的基礎知識、基礎理論和基本技能；後文叫"課程延伸內容"，是深層次的或較新的"三基"內容。學生可以根據自身學習的目的和興趣來選擇是否進行後文部分的學習。本教材這樣做既能突出課程重點，又方便教師用一部教材教授不同專業、不同層次的學生，而不必因教授對象的不同而使用不同的教材，做不同的教案，這也節約了備課的時間。

　　本教材編寫貫徹的原則是簡明性、實用性、科學性、系統性。我們把簡明性放在首位，對每一段每一句每個字反覆推敲。核心的、必學的基礎知識放在前文，突出重要規律，並用最簡要、最易懂的語言加以說明，寓科學性於平實的說理之中，深入淺出，易學易記易操作。實用性體現為教材引例具有時代感，貼近生活，易於讀者記憶和使用。科學性體現為，注重吸收成熟的科研成果，包括編者們自己的研究成果。教材還注重系統性，其系統是依據當代語言事實、立足現代漢語本位的系統。

本教材的編寫大致可分兩個階段：

從 2010 年初到 2011 年 7 月為第一階段，起稿編者共有 16 人，分工如下：

緒論章：占勇（深圳大學），李煒（中山大學）

語音章：楊敬宇、鄧小寧（中山大學）

文字章：李蕊、范常喜、楊澤生（中山大學）

詞彙章：王東海（魯東大學），李丹丹（暨南大學）

語法章：黃伯榮（中山大學中文系兼職教授），劉街生、林華勇、李煒（中山大學），戚曉傑（青島大學），陳長書（山東師範大學）

修辭章：盛永生、匡小榮（暨南大學）

第一稿寫出後，由同一章的幾位執筆者交換審改，形成第二稿。第二稿經不同章的起稿編者互相交叉審改，並經第一主編逐字逐句反覆修改後形成第三稿。接着召開了一次徵求意見的會議，會議名為"全國高等院校現代漢語、語言學綱要教材教法研討會暨黃伯榮先生九十華誕慶典"，由中山大學中文系和北京大學中國語言學研究中心聯合主辦。在這次會議上，本教材編寫組向來自全國七十餘所大專院校的與會代表介紹了教材第三稿的編寫情況並徵求意見。

這次會議之後，本教材編寫進入第二階段。第二主編李煒召集並主持在廣州的十一位起稿編者在中山大學中文堂開了上百次教材的研討、編寫會。編者們嚴格按照既定的簡明性、實用性、科學性和系統性的原則，逐字逐句反覆研討最後形成一致看法，不少內容是在會上重寫的，每寫完一部分就及時呈交第一主編審閱、修改，反饋後再通過集體研討形成第四稿。我們把第四稿分別送給特約審稿和審訂專家審改，收到意見後又反覆討論修改，最終定稿。

本教材整個編審人員隊伍由三部分組成。第一部分是上面說到的十六位執筆者，除黃伯榮先生，其他編者都是擁有"黃廖本"教材教學經驗的中青年學者和教師。第二部分是特約審稿王勤（湘潭大學）、林端（新疆大學）、劉小南（哈爾濱師範大學）、邵靄吉（鹽城師範學院），他們是黃廖本的老編者。第三部分是特邀的審訂專家陸儉明（北京大學），馮志偉（教育部語用所），黎運漢（暨南大學），傅雨賢、陳煒湛（中山大學），張志毅、張慶雲（魯東大學）。

　　本教材的順利完成，有賴於黃伯榮先生半個多世紀以來編寫現代漢語教材的豐富經驗和全身心的投入，有賴於科學嚴謹的反覆審改的編寫方式，還有賴於中山大學中文系的全方位支持，可以說，中山大學這一平台是本教材順利誕生的基本保障。

　　最後，我們要向特邀審訂專家表示誠摯的謝意，希望大家繼續關心並支持本教材的不斷改進和完善。我們也期待熱心教材建設的同行們和讀者們的指正。

編者

第一章　緒論

第一節 現代漢語概説

一、語言與漢語

　　語言是人類社會的產物，它隨着社會的產生而產生，隨着社會的發展而發展。

　　從功能上說，語言是人類最重要的交際工具。社會中的人際互動離不開語言，可以說，沒有語言，社會就難以維繫。語言也是人類認知世界的重要工具，人類進行思維的時候，往往要依附於某種語言。語言還是文化的載體，人們利用語言積累知識，形成並傳承文化。語言與科技尤其是現代信息技術息息相關，密不可分。在當今社會，語言的重要性不言而喻。它不僅關係到個人的生存和發展，而且關係到國家穩定與社會和諧。

　　從結構上說，語言是一種音義結合的符號系統，它以語音為物質外殼，以詞彙為建築材料，以語法為結構規律。世界上所有語言都具備語音、詞彙、語法三大要素。

　　文字是記錄語言的書寫符號系統，是在語言的基礎上產生的，但不是所有的語言都有文字。語言至少有幾萬年的歷史，而文字的歷史不過幾千年。口頭語言一發即逝，受到時間、空間的限制；而文字打破了語言在時空上的局限，使語言得以留於異時、傳於異地。語言和文字之間，語言是第一性的，文字是第二性的。

　　漢語是漢民族的語言，也是中華民族大家庭中各民族之間的通用語言，還是世界華人社會共同使用的語言。漢語是當今世界使用人口最多的語言之一，漢字是世界上使用歷史最長的文字。

二、什麼是現代漢語

現代漢語有廣義和狹義之分。廣義的包括現代漢民族共同語和方言。狹義的指現代漢民族共同語，即"以北京語音為標準音，以北方話為基礎方言，以典範的現代白話文著作為語法規範的普通話"。

普通話是法定的全國通用的標準語言。國家推廣全國通用的普通話，主要是為了消除不同語言、不同方言之間的隔閡，使各民族、各方言區的人們都會說普通話，以利於全民的社會交往。推廣普通話，並不是要消滅境內少數民族語言，也不是要消滅漢語方言。如果人們既可以使用本民族的語言、本地區的方言，又能自覺地在公共交際中使用普通話，那麼推廣普通話的目標也就達到了。

現代漢語有口語和書面語兩種不同形式。口語就是人們口頭上使用的語言，往往比較靈活。用詞通俗易懂，常用省略句、獨詞句、非主謂句等。書面語在口語的基礎上加工而成，比較嚴謹周密。用詞精確規範，多用整句、修飾語較多的長句等，結構較為複雜和完備。

三、現代漢民族共同語的形成

民族共同語往往是在一種方言的基礎上形成的，作為民族共同語基礎的方言就叫做基礎方言。什麼方言能成為民族共同語的基礎方言，取決於這種方言在社會中所處的地位，取決於這個方言區的政治、經濟、文化以至人口等條件。

漢族早在先秦就存在民族共同語。在春秋時代，這種共同語被稱為"雅言"，從漢代起稱為"通語"，明代改稱為"官話"，到了辛亥革命後，稱為"國語"。1949 年以後稱為"普通話"，也就是現代漢民族共同語。在其形成過程中，北方方言成為現代漢民族共同語的基礎方言。

中國古代的書面語是文言（或稱"文言文"），後來由於口語發展較快，這種書面語逐漸脫離了口語，以至於形成"言文不一"的現象。到了唐宋時代，一種接近口語的書面語——白話產生了。唐宋以來用白話寫作的各種文學作品很多，如唐代的變文，宋代的語錄，宋、元的話本，以及宋、金、元的諸宮調和元曲，而影響最大的則是明、清小說，像《水滸傳》《西遊記》《儒林外史》《紅樓夢》等。這些白話文學作品主要是用北方方言寫成的，這些作品流傳很廣，加速了北方方言的推廣，並成為現代漢民族共同語書面語的主要來源。

在漢語北方方言中，北京話有着特殊的地位。金、元以來，北京成了中國政治、經濟和文化的中心，北京話的影響逐漸顯著，其地位日益重要。明清時期的北京話是影響最大的漢語官話，它作為官府的通用語言傳播到了全國各地；與此同時，白話文學作品更多地受到了北京話的影響。可見，遠在幾百年前，以北京話為代表的北方方言在整個社會中就已經處於非常重要的地位。

到了 20 世紀初，"白話文運動"和"國語運動"的興起直接促成了現代漢民族共同語的形成。前者動搖了文言文的統治地位，為白話文最後在書面上取代文言文創造了條件；後者在口語方面增強了北京話的代表性，促使北京語音成為全民族共同語的標準音。這兩個運動互相推動、互相影響，促使書面語和口語接近起來，形成了書面語和口語基本統一的現代漢民族共同語。

1949 年以後，由於國家的統一，人民的團結，政治、經濟和文化的發展，對於民族共同語的進一步統一和規範化，有了更高的要求，各地人民對學習統一的共同語也有了迫切的需要。因此，國家確定把漢民族共同語稱為普通話，主張向全國大力推廣。2000 年，國家頒佈《中華人民共和國國家通用語言文字法》，首次以立法的形式確定普通話為國家的通用語言。該法於 2001 年正式施行。

四、現代漢語方言

　　一種語言在歷史演變過程中，經常會出現分化和統一的現象。語言的統一往往形成共同語，語言的分化則會形成不同的方言，甚至形成不同的語言。在社會、歷史、地理和文化等因素的影響下，加之語言系統中語音、詞彙和語法等各要素內部發展的不平衡，原來統一的語言往往會出現地域變體——方言。一般說來，歷史長、使用人口多、通行範圍廣的語言，往往會出現較多的方言，漢語就是如此。

　　漢語方言是漢語的地域變體，俗稱地方話，它不是獨立於漢語之外的另一種語言。方言雖然只在一定地域中通行，但本身也都具有完整的語音、詞彙、語法等結構系統，能夠滿足本地區社會交際的需要。現代漢語方言的差異性表現在語音、詞彙、語法等各個方面。其中，語音的差異最為明顯，詞彙次之，而語法的差異相對而言不易被察覺。

　　中國方言比較複雜，為了便於說明方言情況，我們根據其主要特徵，概括地將漢語方言分為七大方言區，即北方方言（官話方言）、吳方言、湘方言、贛方言、客家方言、閩方言和粵方言。複雜的方言區內，可以再分列若干次方言（方言片、方言小片），直到一個個方言點。

　　下面是七大主要方言區的分佈情況：

1. 北方方言

　　北方方言是現代漢民族共同語的基礎方言；以北京話為代表，內部一致性較強，分佈地域最廣，使用人口約佔漢族總人口的71.4%。

　　北方方言可分為四個次方言：（1）華北、東北方言，分佈在京、津兩市，河北、河南、山東、遼寧、吉林、黑龍江，還有內蒙古東部地區。（2）西北方言，分佈在山西、陝西、甘肅等省和青海、寧夏、內蒙古的西部地區。新疆漢族使用的語言也屬西北方言。（3）西南方言，分佈在四川、雲南、貴州等省及湖北大部分（東南角咸寧地區除外），廣西西北部，湖南西北角等。（4）江淮方言，分佈在安徽省的東南部長江以北地區、江蘇長江以北地區（徐州、蚌埠一帶除外）、鎮江和鎮江以西九江以東的長江南岸沿江一帶。

2. 吳方言

分佈在上海市、江蘇省長江以南鎮江以東地區（不包括鎮江）、南通的小部分、浙江的大部分。典型的吳方言以蘇州話為代表[①]，吳方言內部存在一些分歧現象。杭州曾作過南宋都城，杭州城區的吳語就帶有濃厚的"官話"色彩。吳方言使用人口約佔漢族總人口的 6.4%。

3. 湘方言

分佈在湖南省大部分地區（西北角除外），以長沙話為代表。湘方言內部還存在新湘語和老湘語的差別。新湘語通行在長沙等較大城市，受北方方言的影響較大。湘方言使用人口約佔漢族總人口的 3.0%。

4. 贛方言

分佈在江西省大部分地區（東北沿長江地區和南部除外），以南昌話為代表，使用人口約佔漢族總人口的 4.0%。

5. 客家方言

以廣東梅縣話為代表。客家人分佈在廣東、福建、台灣、江西、廣西、湖南、四川等省（區），其中以廣東東部和北部、福建西部、

---

① 也有人認為，從現在的影響來看，應以上海話為吳方言的代表。

江西南部和廣西東南部為主。客家人從中原遷徙到南方，雖然居住分散，但客家方言仍自成系統，內部差別不太大。四川客家人與廣東客家人相隔千山萬水，彼此可以交談。客家方言使用人口約佔漢族總人口的 3.5％。

6. 閩方言

閩方言主要分佈區域跨越六省區，包括福建和海南的大部地區、廣東的潮汕地區和雷州半島部分地區、浙江溫州地區的一部分、廣西的少數地區、台灣省的大多數漢族居住區。閩方言使用人口約佔漢族總人口的 6.2％。

閩方言可分為閩南、閩東、閩北、閩中、莆仙五個次方言。其中閩南方言使用人口最多，通行範圍最廣，分佈在以福建廈門、漳州、泉州為中心的二十四個縣（市）、台灣、廣東的潮汕地區和雷州半島、海南、浙江南部，以廈門話為代表。閩東方言分佈在福建東部閩江下游，以福州話為代表。相比其他方言，閩方言內部差異最大。

7. 粵方言

以廣州話為代表，當地人叫"白話"。分佈在廣東中部、西南部和廣西東部、南部以及香港、澳門特別行政區。粵方言內部也有分歧，四邑（台山、新會、開平、恩平）話、陽江話和桂南粵方言等都各有一些有別於廣州話的特色。粵方言使用人口約佔漢族總人口的 5.5％。

客家方言、閩方言、粵方言等，是海外華人使用較多的方言。

五、漢語在世界語言中的地位

漢語作為世界上歷史最為悠久的語言之一,不僅對中華民族的發展進步和中華文化的傳播起着巨大的作用,在世界上也有着十分重要的影響。在全世界數千種語言中,漢語是當今世界上以它為母語使用人數最多的語言。歷史上,漢語曾對周邊的東亞、東南亞國家產生過巨大影響,其中受影響最深的是日本、朝鮮半島和越南,他們的語言都曾大量借用漢語的詞彙,並在此基礎上創造了很多新詞,甚至長期使用漢字來記錄自己的語言。

漢語是聯合國六種正式工作語言之一(另外五種是英語、法語、俄語、西班牙語、阿拉伯語),在國際交往中發揮着十分重要的作用。特別是近年來,隨着中國綜合國力的顯著增強和國際地位的日益提高,漢語在國際上的影響力也與日俱增。海外學習和研究漢語的人數越來越多,漢語的國際教育得到了前所未有的發展。

複習與練習(一)

複習題

1. 廣義的現代漢語和狹義的現代漢語各指什麼?
2. 什麼是普通話?什麼是漢語方言?
3. 現代漢民族共同語是怎樣形成的?
4. 現代漢語有哪些方言?各自的代表方言是什麼?

課程延伸內容

現代漢語方言分區新説

　　近十多年來，有學者主張把漢語方言分為十區。即將北方方言中山西部分地區及其鄰近的陝西、河南、內蒙古、河北部分有入聲的地區獨立成"晉語"區；同時，將皖南一帶徽州方言列為"徽語"區，將廣西北部和南部的"平話"單列為"平話"區，連同原來通行的七區成為"十區"。"十區說"見於《中國語言地圖集》（中國社會科學院、澳大利亞人文科學院合編，朗文出版集團（遠東）有限公司，香港，1987）。該書出版以來在語言學界引發不少討論。

　　以下是漢語方言兩種分區的對照表：

漢語方言七大分區和十大分區對照表

七大方言名稱	十大方言名稱	分佈地區	代表點	所佔比例（%）	
				十區人口	七區人口
北方方言	官話	內蒙古、黑龍江、吉林、遼寧、北京、天津、河北、河南、山東、安徽、江蘇、湖北、湖南、四川、重慶、雲南、貴州、山西、陝西、寧夏、甘肅、青海、新疆、廣西、江西、浙江等 26 個省、市、自治區的 1500 多縣市	北京話	66.2	71.4
	晉語	山西省及河北、河南、陝西、內蒙古 4 省區與山西省毗鄰地區	太原話	5.2	
吳方言	吳語	江蘇省南部、上海市和浙江省大部分以及江西、福建和安徽省的小部分地區	蘇州話 上海話	6.1	6.4
	徽語	新安江流域的舊徽州府（包括今屬江西省的婺源縣）、浙江省的舊嚴州府地區和江西省德興縣、舊浮梁縣（今屬景德鎮市）等安徽、江西和浙江三省的 16 個縣市	績溪話	0.3	

贛方言	贛語	江西、湖北、湖南和安徽、福建等省101個縣市	南昌話	4.0	4.0
湘方言	湘語	湖南省大部分地區（西北角除外），廣西北部	長沙話	3.0	3.0
客家方言	客家話	廣東、廣西、江西、福建、湖南、四川、海南、台灣等8個省的200多個縣市	梅縣話	3.5	3.5
閩方言	閩語	福建、台灣和海南省大部分地區，廣東潮汕地區和雷州半島、浙江溫州地區	福州話 廈門話	6.2	6.2
粵方言	粵語	廣東中部、西南部和廣西東部、南部及香港、澳門特別行政區	廣州話	4.9	5.5
	平話	廣西境內交通要道沿線地區以及與廣西毗鄰的湖南的道縣、寧遠和通道侗族自治縣等10多個縣市		0.6	

思 考 與 討 論

你的家鄉話屬何種方言？試着把家鄉話同普通話進行比較，看看有哪些主要差異。

第二節　國家對語言文字的重視

一、國家的語言文字方針政策

　　中國政府歷來十分重視語言文字工作。1951 年 6 月 6 日《人民日報》發表了題為《正確地使用祖國的語言，為語言的純潔和健康而鬥爭》的重要社論。1954 年 12 月中國文字改革委員會正式成立。1955 年 10 月，教育部和中國文字改革委員會聯合召開了＂全國文字改革會議＂，接着中國科學院召開了＂現代漢語規範問題學術會議＂，確定＂促進漢字改革、推廣普通話、實現漢語規範化＂為語言文字工作的三大任務。1956 年 2 月 6 日，國務院發出了在全國推廣普通話的通知。在 1958 年 1 月 10 日召開的全國政協報告會上，周恩來總理做《當前文字改革的任務》的報告，確定把＂簡化漢字、推廣普通話、制定和推行漢語拼音方案＂作為當時文字改革的三大任務。1958 年 2 月 11 日，全國人民代表大會通過了《漢語拼音方案》。經過幾十年的努力，中國的語言文字工作取得了顯著的成績。

　　1982 年，國際標準化組織通過了《ISO-7098 文獻工作 —— 中文羅馬字母拼寫法》（ISO-7098 Documentation—Romanization of Chinese），正式採用漢語拼音方案作為國際上拼寫漢語普通話的國際標準。在國外眾多圖書館的漢語圖書編目中，都採用了 ISO-7098 作為拼寫漢語人名、地名的規範。

　　1986 年 1 月國家教委和國家語言文字工作委員會（後簡稱國家語委）聯合召開了全國語言文字工作會議，確定了新時期語言文字工作的方針和當前的任務。新時期語言文字工作的方針是：＂貫徹執行國家關於語言文字工作的政策和法令，促進語言文字規範化、標準化，推動文字改革工作，使語言文字在社會主義現代化建設中更好地發揮作用。"當前語言文字工作的主要任務是："做好現代漢語規範化工作，大力推廣和普及普通話；研究和整理現行漢字，制定各項有關標準；進一步推行《漢語拼音方案》，研究並解決它在實際使用中的有關問題；研究漢字信息處理問題，參與鑒定有關成果；加強語言文字的基礎研究和應用研究，做好社會調查和社會諮詢服務工作。"

二、中國關於語言文字方面的法律法規

《中華人民共和國憲法》明確規定："國家推廣全國通用的普通話。"半個多世紀以來，中國的推廣普通話工作取得了顯著成績，普通話作為通用語的影響與日俱增，流通的範圍日漸擴大，不僅在消除方言隔閡、促進民族內部交流方面取得了重大成就，而且在與兄弟民族交流溝通方面也發揮了重要作用。

2001 年 1 月 1 日，中國歷史上第一部關於語言文字方面的專門法律——《中華人民共和國國家通用語言文字法》正式施行，標誌着中國通用語言文字的使用將全面走上法制的軌道。這部法律規定了國家關於語言文字的基本政策，它的頒佈旨在進一步促進語言文字的規範化和標準化，從而推動國際交流和國家政治、經濟、科技、文化、藝術的發展。該法的《總則》部分第三條明確規定："國家推廣普通話，推行規範漢字。"首次以立法的形式確定普通話、規範漢字為國家的通用語言文字，給推廣普通話和漢字規範化工作的開展創造了更為有利的條件。

三、現代漢語規範化

語言規範化就是明確某一語言的共同語及其內部一致的標準，以消除語言使用中出現的混亂現象，更好地發揮語言文字的交際功能。現代漢語規範化，就是要確立現代漢民族共同語及其語音、詞彙、文字和語法等方面的標準，並且運用這一標準去消除語言使用中出現的分歧和混亂。具體而言，現代漢語規範化工作包括推廣普通話和漢字規範化這兩項重要內容。

複習與練習（二）

複習題

1. 新時期語言文字工作的方針是什麼？當前語言文字工作的主要任務是什麼？

2. 中國歷史上第一部關於語言文字方面的專門法律是何時實施的？它的意義何在？

3. 為什麼要對現代漢語進行規範？

第三節　現代漢語的學習內容和學習方法

一、現代漢語的學習內容

　　現代漢語是大專院校漢語言文學等專業的一門專業基礎課，是一門語言學課程。它的主要教學內容由緒論、語音、文字、詞彙、語法和修辭等六部分組成。

　　緒論部分：簡述語言的性質、現代漢語的地位及概況，現代漢語方言，並對國家的語言文字政策和現代漢語課程的性質、內容等進行簡要介紹。

　　語音部分：以《漢語拼音方案》和國際音標為標音工具，運用語音學的原理，系統地講述有關普通話的語音知識，使學生對普通話語音系統的聲母、韻母、聲調、輕聲、兒化、音節結構等具有比較完整的瞭解，具有說好普通話和推廣普通話的能力。

　　文字部分：講述漢字的性質和作用，漢字的結構和形體，漢字的整理和漢字規範化問題，使學生正確地認識和使用漢字。

　　詞彙部分：講述現代漢語語素、詞和構詞法，詞義，詞彙的構成，詞彙的變化和詞彙規範化等問題，使學生能夠正確地分析詞的結構，分析詞義的構成，準確地辨析和解釋詞義，提高詞語運用的能力。

　　語法部分：講述現代漢語組詞造句的規則和有關的分析方法，漢語詞類的劃分，各類實詞與虛詞的性質和用法，短語和句子的結構類型等，使學生具有辨識詞性、分析句子和辨別句子正誤的能力。

　　修辭部分：講述語音修辭、詞彙修辭和句式修辭，常用的修辭格，常見的語體類型等，引導學生注意選詞煉句，恰當地運用各種修辭手法，以提高學生的語言表達和應用能力。

二、現代漢語的學習方法

　　為了學好現代漢語這門課程，我們應該在學習中注意以下兩個方面：

（一）辨析具體現象，推求一般規律

　　語言是一個完整的體系，它的各個組成部分也都具有系統性。一定的語言現象大多制約於一定的語言規律。因此，我們在學習現代漢語課程的過程中，要學會用科學的理論對豐富多彩的語言事實進行細緻的辨察。這就要理論聯繫實際，多進行練習。通過反覆練習才能掌握書上所講的規律和理論，如我們在學習普通話語音的時候，必須按照發音部位、發音方法多進行練習，才能掌握正確的發音技巧，說好普通話。

（二）運用理論知識，指導語言實踐

　　現代漢語課程所闡述的理論知識，都是深入分析大量語言事實之後歸納出來的。實踐是形成理論的基礎，理論有指導實踐的作用。因此，我們在學習現代漢語課程的過程中，就要注意理論與實踐密切結合，運用學到的理論知識指導日常的言語實踐。對於現實生活中司空見慣的語言現象，我們也要保持好奇心，處處留心，要多注意觀察，關注身邊的各種語言現象，還要深入思考它們出現的原因，為什麼這樣說，不那樣說。我們通過學習現代漢語課程，懂得了一些有關現代漢語的基本原理，在言談或寫作中，就應該經常自覺地

用有關理論來指導，如有用詞不恰當或造句不通順的情況，就加以改正。這樣，我們所學到的理論知識才會是有用的。

學習現代漢語還要注重使用比較的方法，如普通話與方言之間的比較，現代漢語與古代漢語之間的比較，還有漢語與外族語的比較等等，這樣才能有更大的收穫。

複習與練習（三）

複習題

1. 現代漢語包括哪幾個方面的內容？
2. 為什麼要學習現代漢語？
3. 怎樣才能學好現代漢語？
4. 怎樣理解運用理論知識指導語言實踐？

第二章 語音

第一節　語音概説

一、語音的性質

語音是人類發音器官發出來的有意義的聲音。

語音作為聲音的一種，有物體振動、聲波傳遞的物理特徵，因此它具有物理屬性。但是語音和自然界的其他聲音不同，它是由人類發音器官的生理活動形成的，所以還具有生理屬性。另外，語音有意義內容，語音形式跟意義內容之間的聯繫是由使用該語言的全體社會成員約定俗成的，所以語音還有社會屬性。

在語音的物理、生理和社會三種屬性中，社會屬性是最本質的屬性。

（一）發音器官

要理解語音的生理屬性，首先要瞭解人類發音器官的構造、活動方式和作用。人的發音器官包括三個部分：提供動力的呼吸系統，發出聲音的喉頭和聲帶，以及控制共鳴的咽腔、口腔和鼻腔。

1. 動力部分

肺和氣管是人類的呼吸系統，呼和吸形成的氣流為說話提供了動力。呼出的氣流是說話的主要氣流類型。

2. 聲源部分

氣流從肺部經氣管向上流動，要通過位於喉頭的聲帶。聲帶是兩片薄膜，前後兩端附着在喉頭的軟骨上，可以打開或閉合、拉緊或放鬆。聲帶中間是聲門，氣流通過聲門產生摩擦，會使聲帶振動，發出聲音。

3. 共鳴部分

口腔、鼻腔和咽腔統稱為"共鳴腔"（參見圖 2-1）。通過口腔肌肉和舌頭的活動，可以改變共鳴腔的形狀，發出各種不同的語音。

口腔和鼻腔都能產生共鳴。小舌和軟顎上升，堵住鼻腔的通道，氣流只能從口腔通過，在口腔共鳴，就形成口音，如 b、a、i 等。小舌和軟顎如果下降，就會打開鼻腔通道，如果口腔通道同時封閉，氣流只在鼻腔共鳴，就形成鼻音，如 m、n 和 ng 等；如果口腔不封閉，氣流同時在口腔和鼻腔通過並形成共鳴，就會形成鼻化音，如 ã、õ 等。

口腔最外是上下唇，往裡是上下齒。上齒往後依次為齒齦、硬顎、軟顎和小舌。下齒往裡是舌頭，依次為舌尖、舌葉、舌面和舌根。舌葉是舌尖後的一個部位，它在舌頭平伸時與牙齒相對。舌面可以進一步劃分為舌面前、舌面中和舌面後三個部分。

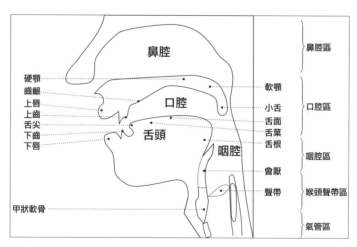

圖 2-1：發音器官縱向剖面示意圖

（二）語音四要素

語音和其他聲音一樣，具有物理上的音高、音強、音長和音色四種要素。

1. **音高** 指聲音的高低。語音的高低跟聲帶的狀態有關，聲帶的長短、厚薄和鬆緊不同，發出的聲音就有音高的差別。一般男性聲音低、女性聲音高，老人聲音低、小孩聲音高，就是因為男性聲帶較長、較厚，女性聲帶短而薄，老人聲帶鬆弛，小孩聲帶緊繃。音高在語音裡的表現主要是音節裡的聲調和依附在句子上高低起伏的語調。

2. **音強** 指聲音的強弱。語音的強弱跟發音時氣流的強弱有關。氣流強，衝擊聲帶形成的振動就大，聲音聽起來就較強，反之則較弱。音強在語音裡的表現主要是輕、重音和輕聲。

3. **音長** 指聲音的長短。語音的長短跟發音時聲帶振動的時間長短有關，聲帶振動時間長，聲音聽起來就長，反之則較短。音長在語音裡的表現主要是能區別意義的長音和短音。普通話輕聲的音長也比一般的音節短很多。

4. **音色** 又叫 **"音質"，指聲音的特色、特質，是一個聲音區別於其他聲音的根本特點。** 發音體不同，發音方法不同，共鳴器的形狀不同，都會造成音色的不同。

語音的聲源體是聲帶。每個人的聲帶都是獨一無二的，因此每個人都有自己的獨特音色。

發音方法的不同主要體現在輔音的發音上，如同樣是舌尖抵住上齒齦發音，如果用完全阻塞後再爆發的方法，聲音就是 d 或 t；如果不爆發而讓氣流從舌身兩邊通過，聲音就是 l；如果舌尖接近齒背形成縫隙後再摩擦發音，聲音就是 s。

共鳴器形狀造成音色的不同主要體現在元音上，如元音 [ᴀ] 和 [i] 音色的差異，就是由口腔形狀的差異造成的（參見圖 2-2）。

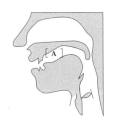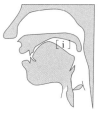

圖 2-2：元音［ɑ］和［i］的發音口腔橫剖面圖

（三）語音的社會屬性

語音是一種社會現象。人們在交際的時候最關注的是聲音所承載的意義，而這個意義是由社會約定俗成的。社會屬性是語音最本質的屬性。

語音的社會屬性主要體現在以下兩個方面：

第一，不同的社會用不同的聲音指稱相同的東西。如“狗”這種動物，漢語用［kou²¹⁴］（狗），英語用［dɔg］（dog），日語用［inu］（いぬ）。

第二，每個社會都有自己的一套語音系統。每種語言的語音系統不盡相同，組合規則也各異，如在漢語裡［pʰɑ］（趴）和［pɑ］（巴）意思完全不同，說明送氣的［pʰ］跟不送氣的［p］可以互相區別意義。但是在英語裡，如果把［spai］（spy）唸成［spʰai］也不會有意義上的差異，說明在英語裡送氣與否沒有區別意義的作用。即使是同一種語言，不同方言的語音系統之間也存在差別，如漢語有不少方言不區分輔音［n］和［l］，將“藍”和“難”發成同樣的音，但在普通話中，這兩個輔音有區別意義的作用。

二、語音單位

（一）音節

　　音節是聽覺上自然感覺到的最小的語音單位。它由音素構成，如英語的 "communication" 有五個音節。漢語中一個音節一般用一個漢字來表示（兒化音節除外）。如 "說好普通話，用好規範字" 這一連串的語音中，我們可以清晰地感覺到一共有十個語音單位，也就是十個音節，寫出來就是十個漢字。

（二）音素

　　如果從音色的角度對音節進一步劃分，就會得到更小的語音單位——音素。音素是從音色角度劃分出來的最小語音單位。如 "cháng（長）" 這個音節就可以進一步劃分為 "ch" "a" "ng" 三個音素。在《漢語拼音方案》中，音素多用一個字母表示（如 b、p、o 等），有的用雙字母表示（如 zh、ch、ng、er 等）。

　　根據發音時氣流在口腔中是否受到阻礙，可以把音素分成元音和輔音兩大類。氣流在口腔中沒有受到阻礙，暢通無阻地發出來的音，就是元音，如 a、o、i。相反，氣流通過口腔時受到阻塞或產生明顯摩擦，這樣發出的音是輔音，如 b、d（阻塞後發音）和 f、s（摩擦發音）。

　　元音和輔音的差別除了是否受阻礙外，還有以下三個方面：

　　（1）發元音時聲帶一定振動，聽起來響亮、清晰；發輔音時聲帶多不振動，聽起來不響亮。

　　（2）發元音時由於氣流不受阻礙，口腔各部位的緊張狀態比較均衡；發輔音時由於氣流受到阻礙，形成阻礙的部位會比其他部位緊張。

（3）發元音時由於不受阻礙，氣流比較弱；發輔音時需要衝破阻礙，氣流較強。

（三）聲母、韻母和聲調

根據漢語傳統的音韻學，一個字音（音節）可劃分出聲母、韻母和聲調三個部分。音節的前半部分是聲母，後半部分是韻母，聲調貫穿整個音節。

聲母主要由輔音充當，這種聲母叫輔音聲母，如"bǎ（把）"的聲母是輔音"b"。還有一種聲母不是由輔音充當的，如"áng（昂）"的開頭部分就沒有輔音，我們把這種音節裡的聲母稱為零聲母。

組成韻母的音素可以只是元音，也可以由元音加輔音構成。如"dā（搭）"的韻母是元音"a"，"gān（甘）"的韻母是元音加輔音的"an"。

聲調是依附在音節上具有區別意義作用的音高變化格式。普通話的基本聲調有陰平、陽平、上聲和去聲四種。

輔音和聲母、元音和韻母是兩套不同的術語，它們之間不是一一對應的關係，也就是說，輔音≠聲母，元音≠韻母。它們的差別主要體現在三個方面：

（1）來源不同。元輔音來自現代語音學，聲韻母來自中國傳統的音韻學。

（2）適用對象不同。聲韻母專門用來分析漢語，元輔音則適合分析所有的語言。

（3）位置不同。元、輔音來自對音素性質的分析，沒有位置的規定；聲韻母有位置的規定，聲母限定在音節開頭，韻母限定在音節後部。

（四）音位

音位是某一語言或方言裡能夠區別意義的最小語音單位。人們能發出的音非常多，但在一個具體的語言或方言的語音系統裡，能區別意義的音素卻是有限的。音位就是在一種語言或方言說出的所有音素的基礎上，根據區別意義的功能歸納出來的單位。音素用方括號 "[ ]" 表示，音位用雙斜線 "/ /" 表示。

如普通話裡，人們能發出幾種不同的 ɑ 音，舌頭靠前一點的記做 [a]，舌頭靠後一點的記做 [ɑ]，但是它們並不區別意義，例如假使把 "[pɑu]"（抱）唸成 "[pau]"，不會變成另一個詞，所以這些聽感相似、又不區別意義的 ɑ 可以歸納為一個音位 /ɑ/。又如有的方言區的人不能區分的 [n] 和 [l] 兩個音，在普通話裡可以區別意義，"lán"（藍）≠ "nán"（難），所以 [n] 和 [l] 分屬兩個不同的音位 /n/ 和 /l/。

三、語音符號

記錄語音必須使用一定的符號，記錄現代漢語語音常用的語音符號有兩種。

（一）漢語拼音方案

《漢語拼音方案》是 1958 年正式公佈，用以記錄現代漢語標準音——普通話語音的拼音符號。

《漢語拼音方案》產生之前，有幾種給漢字注音的方法。最早是用漢字注音的直音法和反切法；17 世紀開始有人設計用羅馬字母為漢字注音的方案，著名的有威妥瑪拼音、國語羅馬字和北方拉丁字等方案；還有漢字筆畫類型的注音方案，如“注音字母”（後來改稱“注音符號”）。1949 年以後，中國文字改革委員會普遍徵求意見，反覆討論，制定了《漢語拼音方案》（參見附錄一）。

《漢語拼音方案》吸取了以往各種漢字注音方案的經驗，是幾十年來創製拼音字母經驗的總結。它立足於現代漢語普通話語音系統，採用國際上通用的拉丁字母，記錄的是語音中的最小單位——音素，是一個比較科學、合理的拼音方案。現在《漢語拼音方案》已經在國內外廣泛使用。

《漢語拼音方案》的主要用途是給漢字注音和推廣普通話。在基礎教育階段拼音能幫助孩子學習母語，提高識字效率；外國人可以直接通過漢語拼音學習漢語口語，提高讀寫水平；對方言區的人來說，漢語拼音是糾正方音、學好普通話的工具。現在《漢語拼音方案》在很多領域發揮着作用，如作為中國人名、地名等的拼注標準，做編排索引的主要依據，也是選用人數最多的電腦拼音輸入法的基礎，還是少數民族創製文字、改革文字的共同基礎。

（二）國際音標

國際音標（International Phonetic Alphabet，簡稱 IPA）是 19 世紀末歐洲的語言學家們制定的一套記音符號，由國際語音協會（International Phonetic Association）在 1888 年公佈，曾修訂過多次。

國際音標的特點是精確、通用和開放。它的制定原則是“一音一符，一符一音”，即一個音素只用一個符號表示，一個符號只表示一個音素。這套國際音標以拉丁字母為基礎，加入一些別的字母作補充，主要字母有一百多個，還有不少附加符號，具有極強的精確性。國際音標可以用來記錄各國的語音，還可以根據需要按照國際語音協會規定的原則加以修改或增刪，具有通用性和開放性。在用國際音標記錄漢語語音時，中國語言學家增加了舌尖元音等音標，還編製了《中國通用音標符號集》（GF 3007-2006）。

國際音標是語言工作者必須掌握的記音工具。現在的語音學工作，如調查記錄各種語言、方言的語音，比較各類語音上的異同等，都採用國際音標。

複習與練習（一）

一、複習題

1. 什麼是語音？舉例說明哪些聲音不是語音。

2. 畫出發音器官的口腔部分，指出各部分的名稱。

3. 什麼是語音四要素？它們在語音中的具體表現是什麼？

4. 如何理解語音的社會屬性？

5. 什麼是音節？什麼是音素？

6. 輔音、元音與聲母、韻母的關係是怎樣的？

7.《漢語拼音方案》適用於哪些領域？是否可以用來拼寫英語和廣州話？

8. 國際音標的特點是什麼？

二、練習題

1. 簡述下列對象的區別。

   口音和鼻音；元音和輔音；元音輔音和聲母韻母。

2. 將下列拼音按元音、輔音歸類。

   （1）n　　（2）sh　　（3）i　　（4）r

   （5）e　　（6）ng　　（7）ü　　（8）d

3. 指出下面兩句話中所包括的音節數目和音素數目。

   （1）太謝謝您了。

   （2）Thank you very much.

課程延伸內容

語音的聲學表現

　　語音是聲音的一種，它的本質是振動，存在形式是聲波。聲波是由物體振動產生的，人耳對一定頻率範圍內的聲波振動有反應，聽覺神經受到刺激，產生聲音的感覺。聲波的振動可以借助圖形表現出來，單純音的聲波曲線同數學的正弦波非常相似（參見圖2-3）。聲音在物理上具有的音高、音強、音長和音色四要素都能在波形圖上顯示出來。

　　音高決定於發音體振動的頻率。空氣質點完成一個全振動所需要的時間稱為"週期"，而在一定時間（1秒鐘）內完成振動的次數就是"頻率"，頻率的單位是"赫茲（Hz）"。振動次數多，頻率就高，聲音聽起來就高，相反則低。圖2-3中B聲音的音高比A聲音高。

　　音強決定於物體振動的幅度。振幅大則聲音強，相反則弱。如圖2-3的A聲音比B聲音強。

　　音長決定於物體振動的時間長度。振動時間長，聲音就長，相

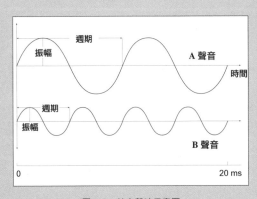

圖2-3：純音聲波示意圖

反則短。

音色的差別可以在聲波的波紋形態上反映出來。世界上的聲音大多數都不是純音,而是由若干個單純音組成的複合音,複合音形成的複雜波形叫做複波(參見圖2-4、2-5)。複合音分為樂音和噪音兩大類。樂音的聲波有週期性,聽起來和諧悅耳,元音[ʌ]就屬於樂音;噪音的聲波雜亂,沒有規律,缺少週期性,聽起來比較刺耳,輔音[s]就屬於噪音。

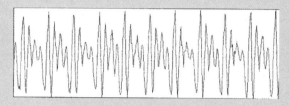

圖2-4:樂音音波,元音[ʌ]聲波圖

圖2-5:噪音音波,輔音[s]聲波圖

下面是使用語音分析軟件(Praat)分析普通話語流"現代漢語"所展示出來的聲學波形圖和頻譜圖。

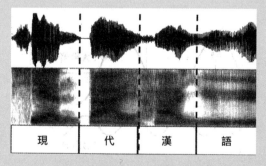

圖2-6:普通話語流"現代漢語"的語圖

第二節　聲母

一、輔音聲母的發音

現代漢語聲母除零聲母外都是由輔音充當的。輔音的不同取決於發音部位和發音方法。**發音部位指發音時形成阻礙的部位；發音方法是發音器官阻礙氣流和解除阻礙的方法。**

（一）發音部位

要形成阻礙，通常是口腔中的上下兩個發音部位共同作用。普通話的輔音聲母使用的下發音部位有下唇和舌頭，上發音部位則有七個（參見圖 2-7）。

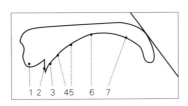

1.上唇　2.上齒尖　3.上齒背　4.上齒齦　5.硬顎前　6.硬顎中　7.軟顎

圖 2-7：上發音部位圖

根據輔音發音時下發音部位與上發音部位的相互關係，可以把普通話輔音聲母分為七類（參見圖 2-8）：

（1）**雙唇音**　上下唇形成阻礙，如 b、p、m。

（2）**唇齒音**　上齒和下唇靠近形成阻礙，如 f。

（3）**舌尖前音**　舌尖平伸，接觸或靠近齒背形成阻礙，如 z、c、s。

（4）**舌尖中音**　舌尖抵住上齒齦或齒齦邊緣形成阻礙，如 d、t、n、l。

（5）**舌尖後音**　舌尖翹起，抵住或靠近硬顎前部形成阻礙，如 zh、ch、sh、r。

（6）**舌面前音**　舌面前部抵住或靠近硬顎前部形成阻礙，如 j、q、x。

（7）**舌面後音**　舌面後部抵住或靠近軟顎形成阻礙，如 g、k、h。

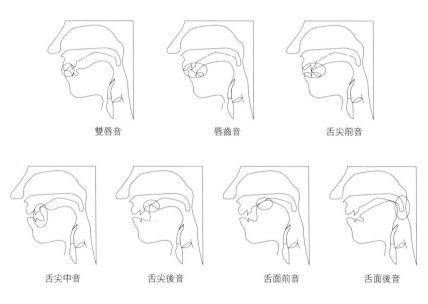

雙唇音　　　　　　唇齒音　　　　　　舌尖前音

舌尖中音　　　舌尖後音　　　舌面前音　　　舌面後音

圖 2-8：普通話輔音聲母發音部位圖

（二）發音方法

輔音的發音方法可從阻礙的方式、聲帶是否振動、氣流的強弱三方面來觀察。

1. 阻礙的方式

輔音發音是一個從形成阻礙到解除阻礙的過程，可以分出三個階段：成阻（形成阻礙）——持阻（阻礙持續）——除阻（阻礙解除）。根據成阻和除阻方式的不同，普通話的輔音可以分成五類，其中塞音、擦音、塞擦音和邊音在發音部位形成阻礙的同時，軟顎是上升的，堵塞鼻腔通路，發出來的都是口音。

（1）**塞**（sè）**音**　上下發音部位形成閉塞，氣流驟然衝破阻礙，爆發成聲，如 b、p、d、t、g、k。

（2）**擦音**　上下發音部位靠近，形成窄縫，氣流從窄縫中擠出，摩擦成聲，如 f、h、x、sh、r、s。

（3）**塞擦音**　上下發音部位先形成閉塞，然後氣流把阻塞部位衝開一條窄縫，從窄縫中擠出，摩擦成聲，如 j、q、zh、ch、z、c。

（4）**鼻音**　口腔中的某一部位完全閉塞，同時軟顎下降，打開鼻腔的通路，聲帶振動，氣流從鼻腔流出，共鳴成聲，如 m、n、ng。其中 ng 在普通話裡不做聲母，只做韻尾。

（5）**邊音**　舌尖與上齒齦接觸，堵塞氣流，但舌頭的兩邊留有空隙，聲帶振動，氣流從舌頭兩邊通過，摩擦成聲，如 l。

2. 聲帶是否振動

發音時聲帶不振動，這種輔音叫清音。

發音時聲帶振動，這種輔音叫濁音。普通話的濁音聲母只有四個：m、n、l、r，其餘輔音聲母都是清音。輔音韻尾 ng 也是濁音。

3. 氣流的強弱

塞音和塞擦音有送氣強弱的區別。肺部呼出的氣流較強時形成的音叫送氣音，如 p、t、k、q、ch、c；肺部呼出的氣流較弱時形成的音叫不送氣音，如 b、d、g、j、zh、z。擦音不區分氣流強弱。

（三）輔音聲母的發音情況

　　普通話共 21 個輔音聲母，基本上是一個拼音字母表示一個輔音，雙字母輔音聲母只有三個：zh、ch、sh。另外輔音韻尾 ng 也是雙字母表示一個輔音。《漢語拼音方案》的聲母表是按發音部位分組排列的。下面方括號內所列的輔音音標是國際音標。

　　b[p] 雙唇不送氣清塞音。雙唇閉合，軟顎上升堵塞鼻腔通路，聲帶不振動，然後微弱的氣流衝破雙唇的阻礙，爆發成聲，如"寶貝"（bǎobèi）。

　　p[pʰ] 雙唇送氣清塞音。發音狀況與 b 大致相同，只是從肺部呼出的氣流較強，如"品牌"（pǐnpái）。

　　m[m] 雙唇濁鼻音。雙唇緊閉，軟顎下垂打開鼻腔通路，聲帶振動，氣流從鼻腔通過，如"渺茫"（miǎománg）。

　　f[f] 唇齒清擦音。下唇輕觸上齒，軟顎上升堵塞鼻腔通路，聲帶不振動，氣流從唇齒之間的窄縫中擠出，摩擦成聲，如"反覆"（fǎnfù）。

　　d[t] 舌尖中不送氣清塞音。舌尖抵住上齒齦，軟顎上升堵塞鼻腔通路，聲帶不振動，微弱的氣流衝破舌尖的阻礙，爆發成聲，如"到達"（dàodá）。

　　t[tʰ] 舌尖中送氣清塞音。發音狀況與 d 大致相同，只是呼出的氣流較強，如"天堂"（tiāntáng）。

　　n[n] 舌尖中濁鼻音。舌尖抵住上齒齦阻塞口腔氣流，軟顎下降打開鼻腔通路，聲帶振動，氣流從鼻腔通過，如"惱怒"（nǎonù）。

　　l[l] 舌尖中濁邊音。舌尖抵住上齒齦，軟顎上升堵塞鼻腔通路，聲帶振動，氣流從舌頭兩邊通過，如"流利"（liúlì）。

　　g[k] 舌面後不送氣清塞音。舌面後部抵住軟顎，軟顎上升堵塞鼻腔通路，聲帶不振動，微弱的氣流衝破舌面後的阻礙，爆發成聲，如"廣告"（guǎnggào）。

k[kʰ] 舌面後送氣清塞音。發音的狀況與 g 大致相同，只是呼出的氣流較強，如"慷慨"（kāngkǎi）。

h[x] 舌面後清擦音。舌面後部靠近軟顎，軟顎上升堵塞鼻腔通路，聲帶不振動，氣流從舌面後部和軟顎之間的窄縫中擠出，摩擦成聲，如"呵護"（hēhù）。

j[tɕ] 舌面前不送氣清塞擦音。舌面前部抵住前硬顎，軟顎上升堵塞鼻腔通路，聲帶不振動，微弱的氣流在舌面和硬顎之間衝開一條窄縫，摩擦成聲，如"解決"（jiějué）。

q[tɕʰ] 舌面前送氣清塞擦音。發音狀況與 j 大致相同，只是呼出的氣流較強。例如"全球"（quánqiú）。

x[ɕ] 舌面前清擦音。舌面前部靠近硬顎，軟顎上升堵塞鼻腔通路，聲帶不振動，氣流從舌面前部和硬顎前部之間的窄縫中擠出，摩擦成聲，如"學習"（xuéxí）。

zh[tʂ] 舌尖後不送氣清塞擦音。舌尖翹起抵住硬顎前部，軟顎上

普通話輔音聲母總表

發音部位 輔音聲母 發音方法	名稱	唇音				舌尖前音		舌尖中音		舌尖後音		舌面前音		舌面後音
		雙唇音		唇齒音										
		上唇	下唇	上齒	下唇	舌尖	齒背	舌尖	上齒齦	舌尖	硬顎前	舌面前	硬顎前	舌面後	軟顎
塞音 清	不送氣	b [p]						d [t]						g [k]
	送氣	p [pʰ]						t [tʰ]						k [kʰ]
塞擦音 清	不送氣					z [ts]				zh [tʂ]		j [tɕ]		
	送氣					c [tsʰ]				ch [tʂʰ]		q [tɕʰ]		
擦音	清			f [f]		s [s]				sh [ʂ]		x [ɕ]		h [x]
	濁									r [ʐ]				
鼻音	濁	m [m]						n [n]						
邊音	濁							l [l]						

升堵塞鼻腔通路，聲帶不振動，微弱的氣流在舌尖和硬顎之間衝開一條窄縫，摩擦成聲，如"注重"（zhùzhòng）。

ch[tʂʰ] 舌尖後送氣清塞擦音。發音狀況與 zh 大致相同，只是呼出的氣流較強，如"出差"（chūchāi）。

sh[ʂ] 舌尖後清擦音。舌尖翹起靠近硬顎前部，軟顎上升堵塞鼻腔通路，聲帶不振動，氣流從舌尖和硬顎之間的窄縫中擠出，摩擦成聲，如"神聖"（shénshèng）。

r[ʐ] 舌尖後濁擦音。發音狀況與 sh 大致相同，只是聲帶要振動，如"仍然"（réngrán）。

z[ts] 舌尖前不送氣清塞擦音。舌尖輕觸齒背，軟顎上升堵塞鼻腔通路，聲帶不振動，微弱的氣流在舌尖和齒背之間衝開一條窄縫，摩擦成聲，如"自責"（zìzé）。

c[tsʰ] 舌尖前送氣清塞擦音。發音狀況與 z 大致相同，只是呼出的氣流較強，如"層次"（céngcì）。

s[s] 舌尖前清擦音。舌尖靠近齒背，軟顎上升堵塞鼻腔通路，聲帶不振動，氣流從舌尖和齒背之間的窄縫中擠出，摩擦成聲，如"搜索"（sōusuǒ）。

二、零聲母

普通話裡有一些音節的開頭部分沒有輔音聲母，這種音節的聲母就叫"零聲母"，這種音節稱為零聲母音節，如"偶（ǒu）""楊（yáng）""位（wèi）"和"原（yuán）"的聲母都是零聲母，這些音節都是零聲母音節。

零聲母音節書面上以元音開頭，其實嚴格地說並不是以純粹的元音開頭，而是以輕微的喉塞音，或者與起始元音部位相同的輕微的摩擦音開頭。具體表現為：

以 ɑ、o 和 e 開頭的音節，帶有輕微的喉塞成分 [ʔ]；

以 i 開頭的音節，帶有半元音 [j] 的摩擦成分；

以 u 開頭的音節，帶有半元音 [w] 的摩擦成分；

以 ü 開頭的音節，帶有半元音 [ɥ] 的摩擦成分。

在實際發音時，這些喉塞或摩擦成分不明顯。書面上為了使音節界限分明，《漢語拼音方案》規定以 "i、u、ü" 開頭的音節要分別加上或者改寫為 "y、w、yu"。需要注意的是，"y、w" 這兩個字母不是聲母，只是起隔音作用的字母。

複習與練習（二）

一、複習題

1. 普通話輔音根據發音部位可以分為哪些類別？

2. 什麼是發音方法？根據不同的發音方法可以將普通話的輔音分為哪些類別？

3. 什麼是零聲母？

4. 請標寫出普通話中各輔音的國際音標。

二、練習題

1. 請指出：

（1）普通話裡哪些聲母是送氣和不送氣成對出現的？

（2）普通話裡哪些聲母是塞音、塞擦音和擦音相配出現的？

2. 漢語拼音和國際音標在拼寫普通話輔音聲母的時候所用的符號有哪些是不一樣的？將不一致的符號列舉出來。

3. 請從發音部位和發音方法兩方面分析描寫下列聲母。

    b   ch   x   l   k   z

4. 根據下列發音部位和發音方法，指出其所描寫的是哪個聲母。

    雙唇送氣清塞音＿＿＿＿   唇齒清擦音＿＿＿＿

    舌面後不送氣清塞音＿＿＿＿   舌面前不送氣清塞擦音＿＿＿＿

    舌尖後濁擦音＿＿＿＿   舌尖中濁鼻音＿＿＿＿

5. 有人認為，零聲母中的“零”表示“沒有”，零聲母就是“沒有聲母”。因此普通話音節可以根據有無聲母分為兩類：一類是有聲母音節，如 ban；一類是無聲母音節，即零聲母音節，如 an。這種看法對不對？為什麼？

6. 給下面一段歌詞的每個音節標注聲母。

    你是一座高高的山峰，矗立在藍天；

    肩上的道義，筆下的風采，築成民族的尊嚴。

    你是一條長長的大江，延伸到天邊；

    甘甜的乳汁，芬芳的桃李，連結四海的眷戀。

    山高水長，根深葉茂，上下求索，海納百川。

    悠悠寸草心怎樣報得三春暖，

    千百個夢裡總把校園當家園。

7. 填表。

（1）將下列漢字按聲母發音部位歸類。

    散　從　寶　路　自　數　笑　榮　紅　結
    更　口　出　鋪　馬　飛　同　詞　強　度

發音部位	漢字
雙唇	
唇齒	
舌尖前	
舌尖中	
舌尖後	
舌面前	
舌面後	

（2）將下列漢字按聲母發音方法（成阻、除阻）歸類。

去　成　差　此　爛　回　森　光　蹦　鳥
闊　組　修　沙　日　搶　品　邊　現　緊

發音方法	漢字
塞音	
塞擦音	
擦音	
鼻音	
邊音	

8. 朗讀練習，讀準下列詞語。

（1）娘家—良家　泥巴—籬笆　鑷子—列子　濃重—隆重
　　　年假—廉價　寧夏—零下　內人—淚人　男女—襤褸
　　　牛黃—硫黃　南部—藍布　惱怒—老路　年華—聯華
　　　泥人—離任　獰獰—政令　暖風—巒峰　拿開—拉開

（2）廢話—繪畫　開發—開花　佛學—活學　芬芳—混紡
　　　犯病—患病　乏力—華麗　方糖—荒唐　發生—花生

防蟲－蝗蟲　　奮戰－混戰　　花費－花卉　　分辨－婚變
腐爛－護欄　　返京－環境　　廢棄－晦氣　　幸福－姓胡
翻新－歡心　　斧頭－虎頭　　分菜－葷菜　　開房－開航
幅度－弧度　　非法－揮發　　發揮－花卉　　福利－狐狸
（3）摘花－栽花　　炸雞－雜技　　照舊－造就　　蒸糕－增高
正品－贈品　　志願－自願　　支援－資源　　專心－鑽心
主力－阻力　　戰時－暫時　　終結－總結　　囑咐－祖父
（4）成績－層級　　禪寺－蠶絲　　推遲－推辭　　初步－粗布
出氣－粗氣　　春裝－村莊　　吹動－催動　　小炒－小草
木柴－木材　　充裕－蔥鬱　　呈報－層報　　純利－存利
（5）閃光－散光　　善心－散心　　詩人－私人　　熟字－俗字
水稻－隧道　　商業－桑葉　　師長－司長　　史詩－死屍
示意－肆意　　碩士－唆使　　栓劑－算計　　受訓－搜尋
（6）師範－稀飯　　池子－旗子　　制度－季度　　紙巾－幾斤
知識－積習　　知道－擊倒　　師生－犧牲　　柿子－戲子
詩詞－稀奇　　施事－嬉戲　　馳名－齊名　　遲到－齊到
公職－攻擊　　執行－極刑　　智慧－忌諱　　雜誌－雜技
志氣－機器　　著作－劇作　　收拾－休息　　舌根－鞋跟
字母－繼母　　滋味－雞味　　磁石－奇襲　　刺蝟－氣味
名次－名氣　　工資－公雞　　資金－基金　　辭職－奇跡
子女－妓女　　私有－稀有　　絲瓜－西瓜　　死訊－喜訊
自己－積極　　字號－記號　　磁盤－棋盤　　鬆手－兜手

課程延伸內容

聲母辨正

學習普通話往往會遇到發不準某些音或者唸不準某些字的困難。要正確分辨不同聲母的發音，唸準字母、讀準字音，就要掌握聲母發音的基本方法，找準上下發音部位。有時還可以利用形聲字的某些聲旁，憑聲旁記住哪些字唸什麼聲母，特別是要記住容易讀錯的字音（參見附錄二：難辨聲母對照辨音字表）。

（一）n 和 l

普通話的 n 和 l 兩個音在某些方言裡分不清，發音有困難。這兩個聲母的發音部位相同，只是發音方法不同。要分辨它們，首先要掌握不同的發音方法：n 是鼻音，發音時軟顎要下降，氣流從鼻腔出來；l 是邊音，發音時軟顎上升，氣流從舌頭兩邊出來，不從鼻腔出去。練習時可以嘗試捏着鼻孔，如果感覺捏着鼻孔發音不困難，耳膜無鳴聲，那就是 l 音；如果感覺發音有困難，耳膜有鳴聲，那就是 n 音。

其次是要記住哪些字是 n 音，哪些字是 l 音。可以採取記少不記多的辦法。普通話中 n 聲母字比 l 聲母字少，記住 n 聲母常用字，其他一般就是 l 聲母字了。還可以利用聲韻調的拼合規律來記。比如：

n 可以和 en 相拼，而 l 不行，所以 “嫩” 一定是 n 聲母字；

n 不和 un 相拼，l 可以，因此 “論、倫、輪、掄” 一定是 l 聲母字；

l 能和韻母 ia 相拼，而 n 不行，因此 “倆” 一定是 l 聲母。

此外，利用形聲字的偏旁記住少數代表字，類推其他的字，對區分 n 和 l 也有幫助（參見附錄二：n、l 偏旁類推字對照表）。例如：

n 聲母：

> 寧——擰、檸、獰、嚀、濘
>
> 尼——妮、泥、昵、旎、呢
>
> 那——哪、娜、挪
>
> 農——濃、膿、噥
>
> 奴——怒、努、駑、弩
>
> 腦——惱、瑙、堖

l 聲母：

> 力——荔、劣、肋、勒
>
> 利——莉、梨、犁、俐、痢、猁、琍、蜊
>
> 令——領、玲、零、嶺、鈴、齡、伶、翎、聆、羚、苓、冷
>
> 勞——撈、澇、嘮、癆、嶗
>
> 老——姥、佬
>
> 龍——籠、攏、嚨、聾、壟、瓏、朧

（二）f 和 h

f 和 h 都是清擦音，區別在於發音部位：f 是上齒和下唇阻礙氣流，h 是舌面後部和軟顎阻礙氣流。

f 和 h 不分的人要熟記哪些字聲母是 f，哪些字聲母是 h。可以利用聲韻調配合規律來記。比如：

h 可以和所有合口呼韻母相拼，而 f 除了 u 以外，和其他合口呼韻母都不能相拼；

和開口呼相拼時，不能跟 h 相拼的只有 o；而 f 跟 e、ai、ao 都不能相拼。

（三）zh、ch、sh 和 z、c、s

這兩組聲母發音部位很不相同，zh 組聲母是翹舌音，發音時舌尖要向上翹起，抵住硬顎前部；z 組聲母是平舌音，發音時舌頭平伸，舌尖抵住齒背。

要記住哪些字的聲母是翹舌，哪些讀平舌，可以借助聲韻調配合規律來分辨。比如：

ua、uai、uang 這三個韻母只和舌尖後音相拼，不和舌尖前音相拼，因此 "刷、踹、裝" 等字只能是舌尖後音；

普通話只有 song，沒有 shong，因此，"送、松、頌、誦、聳、訟" 等字只能是平舌音；

ze 除了 "仄、昃" 是去聲外，只有陽平，ce、se 只有去聲，因此像 "者、遮、浙、這" 這些都不是陽平調的字，只能是舌尖後音，"車、扯、舌、蛇、奢" 等字都不是去聲，也只能是舌尖後音。

（四）zh、ch、sh、z、c、s 和 j、q、x

有些方言，如廣州話裡只有舌葉音，沒有舌尖前音和舌尖後音，舌葉音聽起來近似 j、q、x，廣州話的 "工資"，北方人聽起來就像 "公雞" 了。要發好這三組音，首先要注意找準這三組音的發音部位，區分發出 zh、z 組聲母的舌尖部位，以及發出 j 組聲母的舌面部位。

要記住普通話裡哪些字是舌面前音，哪些字是舌尖前音，哪些字是舌尖後音，可以利用聲韻調配合規律，如："j、q、x" 是不和開口呼、合口呼相拼的，而 "zh、ch、sh、z、c、s" 則不和齊齒呼和撮口呼相拼。

第三節　韻母

一、韻母的分類和發音

　　普通話一共有 39 個韻母，按照韻母中出現的音素數目和音素性質，可分為單韻母、複韻母和鼻韻母三類。

（一）單韻母

　　由單元音獨立充當的韻母叫單韻母，也叫單元音韻母。普通話裡有十個單韻母，分別是：a、o、e、ê、i、u、ü、-i[ɿ]、-i[ʅ]、er。

　　單元音發音時，口形始終保持不變。根據發音時舌頭緊張的部位，可分為三類：舌面元音、舌尖元音、捲舌元音。

1. 舌面元音

　　舌面元音是指由舌面與硬顎調節共鳴器形狀而形成的元音。舌頭的升降伸縮、唇形的圓展使得口腔形成不同形狀的共鳴器，聲音通過口腔時便形成了不同的音色。可以根據以下三方面來觀察舌面元音的形成過程。

　　（1）舌位的高低：舌位是指發音時舌頭最高的點所在的位置。舌位的高低與口腔的開口度關係密切，舌位越高，開口度越小；舌位越低，開口度越大。根據舌位的高低可以把元音分為高元音（如 i、u、ü）、半高元音（如 e、o）、半低元音（如 ê）、低元音（如 a[A]）。

（2）舌位的前後：根據舌位前伸後縮的不同，把元音分為前元音（如 i、ü）、央元音（如 ɑ[A]）、後元音（如 u、o）。

（3）唇形的圓展：根據發音時嘴唇是攏圓的還是平展的，把元音分為圓唇元音（如 u、ü、o）和不圓唇元音（也叫"展唇"，如 i、ɑ、e）。

舌面元音可用下面的舌位圖表示：

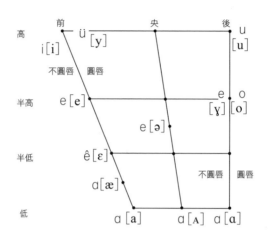

圖 2-9：舌面元音舌位圖

普通話可以充當單韻母的舌面元音有 ɑ、o、e、ê、i、u、ü 七個，其中 ɑ、o、e、i、u、ü 六個既能單獨成音節，也能前加聲母。它們的發音情況如下（方括號內的音標是國標音標）：

ɑ[A] 舌面央低不圓唇元音（即舌面元音、央元音、低元音、不圓唇元音的簡稱，以下類推）。發音時，口大開，舌位低，舌頭居中央，不前不後，雙唇平展，如"馬達"中的 ɑ。

o[o] 舌面後半高圓唇元音。發音時，口半閉，舌位半高，舌頭後縮，雙唇攏圓，如"潑墨"中的 o。

e[ɣ] 舌面後半高不圓唇元音。發音方法與 o 基本相同，但雙唇要平展，如"色澤"中的 e。

i[i] 舌面前高不圓唇元音。發音時，舌頭前伸，舌尖抵住下齒背，雙唇平展，如 "機器" 中的 i。

u[u] 舌面後高圓唇元音。發音時，舌頭後縮，舌面後靠近軟顎，雙唇攏圓，留一小孔，如 "父母" 中的 u。

ü[y] 舌面前高圓唇元音。發音方法與 i 基本相同，但雙唇要前伸攏圓，如 "區域" 中的 ü。

ê[ɛ] 舌面前半低不圓唇元音。發音時，口半開，舌頭前伸，舌尖抵住下齒背，舌位半低，雙唇展開。ê 作為單元音韻母的時候只有嘆詞 "誒" 一種情況，這個讀音更多的是出現在複韻母 ie、üe 中，如 "月夜" 中的 e[ɛ]。

2. 舌尖元音

舌尖元音是一種特殊的元音，主要靠舌尖的前後活動和唇形的圓展來調節氣流。普通話有兩個舌尖元音，都不能單獨成音節。

-i[ɿ] 舌尖前高不圓唇元音，又稱為舌尖前元音。發音時，舌尖前伸靠近上齒背，氣流經過狹窄的通路，但不發生摩擦，雙唇平展，如 "私自" 中的 -i。-i[ɿ] 只能與聲母 z、c、s 相拼。練習時可以唸 "zi（資）、ci（疵）、si（思）" 並拉長，後面部分的音就是 -i[ɿ]。

-i[ʅ] 舌尖後高不圓唇元音，又稱為舌尖後元音。發音時，舌尖上翹，靠近硬顎前部，氣流經過狹窄的通路，但不發生摩擦，雙唇平展，如 "實質" 中的 -i。-i[ʅ] 只能和聲母 "zh、ch、sh、r" 相拼。練習時可以唸 "zhi（支）、chi（吃）、shi（詩）、ri（日）" 並拉長，後面部分的音就是 -i[ʅ]。

這兩個舌尖元音不能單獨成音節，必須前加聲母。《漢語拼音方案》用一個字母 i 代表舌尖元音 -i[ɿ]、-i[ʅ] 與舌面元音 i[i] 這三個不同的音素，如 "資[ɿ]" "支[ʅ]" "機[i]" 的韻母都用 i 表示。因為它們出現的語音環境各不相同，不會發生混淆，出現在 z、c、s 後面的 i 一定是 [ɿ]，在 zh、ch、sh、r 後面的一定是 [ʅ]，其他聲母

後的則都是 [i]。

3. 捲舌元音

er[ɚ] 捲舌元音的發音是發央元音 [ə] 的同時舌尖向接近硬顎的方向捲起。發央元音 [ə] 時，口略開，舌位不前不後，不高不低，唇形不圓。在做這一發音動作的同時，舌尖上捲，整個元音有明顯的捲舌色彩。er 是兩個字母代表一個音素，其中的"r"是表示捲舌的動作，並不代表音素，因此它也是單元音。

捲舌元音 er 只能自成音節，不和任何輔音聲母相拼，讀 er 的字有限，如"耳、而、二、兒、爾、餌、邇、貳"等。

（二）複韻母

由複元音充當的韻母叫複韻母，又叫複元音韻母。複韻母的發音是從一個元音快速滑到另一個元音，舌位的前後、口腔的開閉、唇形的圓展都有變化，但都是漸變而非突變，中間有一串過渡音，如複元音"ai"是從"a"開始，向"i"滑動，中間會經過 [æ] → [ɛ] → [e] 等一串過渡音。

複元音的表示方法一般是使用兩個（首音和尾音）或三個代表元音（首音、中音和尾音）結合在一起。在兩個或三個代表元音中，一定有一個元音是開口度較大、舌位較低、聽起來較為清晰響亮的，稱為"主要元音"。

普通話的複韻母一共有十三個，根據響度較大的主要元音所在的位置，可分為三類：

1. 前響複韻母

複韻母中前一個元音比後一個元音開口度大，聲音較為響亮。發音時，前音清晰，後音相對輕短模糊。普通話共有四個前響複韻母：

ai [ai]　愛戴（àidài）　　　　ei [ei]　蓓蕾（bèilěi）

ao[au]　高考（gāokǎo）　　　ou[ou]　喉頭（hóutóu）

ao[au]是從 a 滑向 u。《漢語拼音方案》規定將[au]寫做 "ao"，是為了避免手寫體的 "u" 和 "n" 相混。"iao" 也是同樣處理的結果。

2. 後響複韻母

複韻母中後一個元音比前一個元音開口度大，聲音較為響亮。發音時，前音相對輕短，表示一個起始動作，後音的發音清晰響亮。普通話共有五個後響複韻母：

ia [iA]　恰恰（qiàqià）　　　ie [iɛ]　歇業（xiēyè）

ua[uA]　掛畫（guàhuà）　　　uo[uo]　墮落（duòluò）

üe[yɛ]　決絕（juéjué）

ie 和 üe 中，主要元音的發音跟單韻母 "ê" 的發音相同。

3. 中響複韻母

複韻母有三個代表元音，中間的元音比前後元音的開口度都大，發音最響亮。發音時，首音相對輕短，表示一個起始動作；過渡到中間的元音時發音清晰響亮，尾音輕短模糊，表示滑動方向。普通話共有四個中響複韻母：

iao[iau]　小巧（xiǎoqiǎo）　　uai[uai]　外快（wàikuài）

iou[iou]　優秀（yōuxiù）　　　uei[uei]　追隨（zhuīsuí）

《漢語拼音方案》規定，iou、uei 跟輔音聲母相拼時，省寫中間的元音字母，聲調符號統一標在後一個元音上，如"xiū（修）""huī（灰）"。

（三）鼻韻母

由元音跟鼻輔音韻尾構成的韻母叫鼻韻母，又叫帶鼻音韻母。普通話鼻韻母的輔音韻尾只有"n、ng"兩個，它們做韻尾時的發音稱為"唯閉音"，即發音過程只有成阻和持阻階段，沒有除阻階段，這與鼻音聲母有成阻、持阻和除阻三個完整的發音階段不一樣。

普通話的鼻韻母共有十六個，根據鼻韻尾的不同可以分為兩類：

1. 前鼻音韻母（又叫舌尖中鼻韻母）

由元音加舌尖中濁鼻音韻尾 n 構成，一共有八個。這八個韻母發音時，先發單元音或複元音，然後舌尖抵住上齒齦，緊接着軟顎下降，氣流在鼻腔共鳴，形成前鼻音韻母。

an[an]	貪婪（tānlán）	ian[iæn]	見面（jiànmiàn）
uan[uan]	專斷（zhuānduàn）	üan[yæn]	淵源（yuānyuán）
en[ən]	恩人（ēnrén）	uen[uən]	溫存（wēncún）
in [in]	金銀（jīnyín）	ün[yn]	均勻（jūnyún）

在 an、uan、ian 和 üan 這一組韻母中，雖然主要元音的拼音都是"a"，但在普通話中的實際發音是不同的，an 和 uan 的主要元音讀[a]，ian 和 üan 的主要元音讀[æ]。

《漢語拼音方案》規定，uen 跟輔音聲母相拼時，省寫中間的元音，聲調符號標在前面的元音上，如"sūn（孫）"。

2. 後鼻音韻母（又叫舌面後鼻音韻母）

由元音加舌面後濁鼻音韻尾 ng[ŋ] 構成，普通話後鼻音韻母也是八個。發音時先發元音，發好元音後，緊接着舌面後部往軟顎移動，抵住軟顎，氣流從鼻腔通過，形成後鼻音韻母。

ang[aŋ]　　當場（dāngchǎng）　iang[iaŋ]　獎項（jiǎngxiàng）

uang[uaŋ] 狂妄（kuángwàng）　ing[iŋ]　　情景（qíngjǐng）

eng[əŋ]　　更正（gēngzhèng）　ueng[uəŋ] 嗡嗡（wēngwēng）

ong[uŋ]　　從容（cóngróng）　iong[yŋ]　炯炯（jiǒngjiǒng）

需要注意的是，韻母 ong 的元音不是 o，而是 [u]；韻母 iong 的元音是 [y]，不是 io。

韻母 ueng[uəŋ] 只能自成音節，不和任何輔音聲母相拼。

二、韻母的結構與"四呼"

1. 韻頭、韻腹和韻尾

普通話韻母可分為三部分：韻頭、韻腹、韻尾。

韻腹是韻母的核心部分，由開口度較大、發音較響亮的主要元音充當。韻腹是普通話音節中必不可少的部分，如果韻母是單元音韻母，那麼這個元音就是韻腹。複韻母分類"前響、後響、中響"中的"響"，就是指韻腹所在的位置。

韻腹前面的是韻頭，普通話只有高元音 i、u、ü 可以充當韻頭。因為韻頭介於聲母和韻腹之間，所以又叫"介音"。

韻腹後面的部分叫韻尾，普通話可以充當韻尾的只有 i 和 u 兩個高元音（ao、iao 的韻尾其實也是 u），以及鼻輔音 n 和 ng。

普通話的韻母不一定同時出現韻頭、韻腹和韻尾。有的韻母只有韻頭和韻腹，有的只有韻腹和韻尾，最簡單的只有韻腹一個部分。

2. "四呼"

　　根據韻母開頭元音發音的口形，可以把韻母分為四類，傳統音韻學稱之為"四呼"。

普通話韻母總表

音素 數量和性質 ＼ 韻母 口形	開口呼	齊齒呼	合口呼	撮口呼
單韻母（單元音韻母）	-i [ɿ][ʅ]	i [i]	u [u]	ü [y]
	ɑ [A]			
	o [o]			
	e [ɤ]			
	ê [ɛ]			
	er [ɚ]			
複韻母（複元音韻母）		iɑ [iA]	uɑ [uA]	
			uo [uo]	
		ie [iɛ]		üe [yɛ]
	ɑi [ai]		uɑi [uai]	
	ei [ei]		uei [uei]	
	ɑo [ɑu]	iɑo [iɑu]		
	ou [ou]	iou [iou]		
鼻韻母（帶鼻音韻母）	ɑn [an]	iɑn [iæn]	uɑn [uan]	üɑn [yæn]
	en [ən]	in [in]	uen [uən]	ün [yn]
	ɑng [ɑŋ]	iɑng [iɑŋ]	uɑng [uaŋ]	
	eng [əŋ]	ing [iŋ]	ueng [uəŋ]	
			ong [uŋ]	iong [yŋ]

開口呼：沒有韻頭，韻腹不是 i、u、ü 的韻母。舌尖元音單韻母屬於開口呼而不是齊齒呼，因為它們的元音不是 [i]，而是 [ɿ] 和 [ʅ]。

齊齒呼：韻頭或韻腹為 i 的韻母。

合口呼：韻頭或韻腹為 u 的韻母。韻母 ong 的實際讀音是 [uŋ]，也屬於合口呼。

撮口呼：韻頭或韻腹為 ü 的韻母。韻母 iong 的實際讀音是 [yŋ]，也屬於撮口呼。

複習與練習（三）

一、複習題

1. 畫出舌面元音舌位圖，並在上面標注出普通話的舌面單元音韻母。

2. 根據構成韻母的音素數量和性質，普通話韻母可以分為幾類？

3. 普通話音節中，韻頭和韻尾分別可由哪些音充當？

4. 什麼是"四呼"？

5. 捲舌元音 er 是不是單元音？為什麼？

6. 請用國際音標標寫普通話各韻母。

二、練習題

1. 韻母發音分析。

（1）"惡"和"二"、"鵝"和"而"這兩對音節的發音有什麼差異？

（2）"hun"和"jun"兩個音節的韻母是否相同，為什麼？

（3）"huī" 和 "qiū" 中聲調分別標注在 i 和 u 上，是否說明這兩個音節的主要元音分別是 i 和 u？為什麼？

2. 找出下面一段歌詞中有韻頭的字。

月落烏啼總是千年的風霜，

濤聲依舊不見當初的夜晚。

今天的你我，怎樣重複昨天的故事，

這一張舊船票，能否登上你的客船。

3. 填表。

（1）將下列漢字按韻尾歸類。

杭　形　表　按　勸　逛　水　有　照　連　勞　黑　對

韻尾	漢字
-i	
-u	
-n	
-ng	

（2）將下列漢字按複韻母類型歸類。

傲　賴　鳥　假　拽　被　話　嚇　肺　瑞　抓　耐　廖

韻母類型	漢字
前響複韻母	
中響複韻母	
後響複韻母	

（3）將下列漢字按四呼歸類。

凝　望　這　些　雨　靈　執　勤　奮
軍　工　作　我　感　似　窮　濁　歡

四呼	漢字
開口呼	
齊齒呼	
合口呼	
撮口呼	

4. 用漢語拼音和國際音標給下面的古詩注音（只標聲母和韻母）。

朝辭白帝彩雲間，千里江陵一日還。

兩岸猿聲啼不住，輕舟已過萬重山。

5. 朗讀練習。

（1）婆婆　伯伯　默默　薄膜　潑墨　磨破
　　　天鵝　捨得　各個　特色　折合　色澤
　　　波折　破格　薄荷　磨合　叵測　博得
　　　隔膜　刻薄　折磨　河伯　惡魔　磕破

（2）吹捧　碰頭　夢境　風雨　前鋒　蒙蔽
　　　做夢　風箏　颱風　碰撞　迸裂　崩塌
　　　美夢　懵懂　萌芽　漁翁　春風　重逢

（3）容易—榮譽　結集—結局　意義—寓意　絕跡—絕句
　　　通信—通訊　意見—預見　雨季—雨具　生意—生育
　　　汲取—舉起　忌諱—聚會　起名—取名　儀式—於是
　　　名義—名譽　意見—遇見　季節—拒絕　美意—美玉

（4）爛漫—浪漫　機關—激光　晚上—網上　環球—黃球

申明—聲明　診治—整治　金銀—經營　頻繁—平凡

禁止—靜止　新鮮—新鄉　船頭—床頭　新年—新娘

6. 繞口令練習。

（1）阿新和阿巨同到銀行去儲蓄，

　　　阿新存七萬一千一百七十一元一角七，

　　　阿巨存七萬七千七百一十七元七角一，

　　　一年去取利息，一人能買一台 VCD。

（2）紅鳳凰，黃鳳凰，紅黃牆上畫鳳凰。

　　　紅牆上畫黃鳳凰，黃牆上畫紅鳳凰。

　　　紅紅黃黃色相混，粉牆不見飛鳳凰。

課程延伸內容

（一）分辨 i 和 ü

　　有的方言沒有撮口呼韻母，如西南方言的昆明話、粵方言的陽江話以及客家方言等，這些方言區的人容易把 ü 唸成 i。要糾正這種習慣，首先要發好兩個音：先發好 i，再把嘴唇攏圓，就能發出 ü 來。然後就是要記住哪些字的韻頭或韻腹是 i，哪些字的是 ü。

（二）分辨鼻音尾韻母 n 和 ng

　　不少方言區的人會混淆前鼻音韻尾和後鼻音韻尾，尤其是當韻腹是開口度小的元音時最容易混淆，如 in 和 ing、en 和 eng。要發好這兩個韻尾，必須先發好 n、ng 兩個鼻音，確認音節結束時舌頭的位置。發前鼻音 n 時，舌尖要前伸，抵住上齒齦；發後鼻音 ng 時，舌根後縮抵住軟顎。

（三）分辨 o 和 e

　　某些方言區沒有 o 韻母，某些方言區把 o 發成 e；還有的方言區把 e 發成 o。這兩個元音發音只是圓唇和不圓唇的區別，發音時注意唇形就可以了。普通話韻母 e 一般不和雙唇音、唇齒音聲母相拼（"me" 是例外，也僅限於 "麼" 和 "嘞" 等極少數語氣詞）。

（四）分辨 eng 和 ong

有些方言區的人習慣把"風"（fēng）讀成"fōng"，把"夢"（mèng）讀成"mòng"，其實只要記住"ong"不能和雙唇音、唇齒音聲母相拼，這種錯誤就不會發生了。

（五）避免丟失韻頭 i 或 u

有些方言區的人容易把齊齒呼和合口呼韻母的字讀成開口呼。如有的方言區的人容易把"對"（duì）說成"dèi"，把"推"（tuī）說成"tēi"，把"間"（jiān）說成"gān"。在普通話中，雙唇音、唇齒音、鼻音、邊音聲母可以和"ei"相拼。除此之外，其他聲母可以和"ei"相拼的不多，只有為數不多的一些字，如口語中的"得（děi）""誰（shéi）""這（zhèi）"等。掌握這些聲韻母拼合規則，有助於防止韻頭的丟失。

（參見附錄二：難辨韻母對照辨音字表）

第四節　聲調

　　聲調不同於輔音、元音音素，它是依附在音節上能區別意義的音高變化格式，是漢語音節不可缺少的。

一、調值和調類

　　漢語是有聲調的語言[①]，每一個音節除了聲母和韻母外，還必須有聲調，如普通話 [mi] 這個音節有平（高平）、升（中升）、曲（先降後升）、降（高降）四種音高變化格式，可以有"咪、靡、米、冪"等不同的漢字與之相對應，表示不同的意義。這四種音高變化格式就是四個聲調。

　　聲調的音高是相對的。人的聲帶各不相同，用儀器記錄下來的絕對音高會有差異，如女人、小孩的絕對音高就比男人、大人高得多。但是當他們發"大（dà）"這個音時，都是從自己的高音降到低音，發"來（lái）"時都是從自己的中音升到高音，每個人說"大""來"時，音高變化的走勢和格局都是基本相同的，這種音高的升降幅度就是相對音高。相對音高的一致可以讓不同人之間毫無障礙地交流和相互理解。

　　漢語的聲調包括調值和調類兩個方面。

---

① 英語沒有聲調。雖然英語的音節也可以有平降等不同的音高變化，但這些音高變化不能區別音節的意義，所以說這種音高變化只是語調，不是聲調。

調值是聲調的實際音值或讀法。"五度標記法"是現在最通行的記錄調值的方法，它把聲調高低域大致劃分為五度：高、半高、中、半低、低，用數字 5、4、3、2、1 表示，5 度最高，1 度最低。五度標記法的數值展示了聲調的起點、終點和中間的曲折。普通話的四個聲調用五度標記法表示分別為陰平 55、陽平 35、上聲 214 和去聲 51。

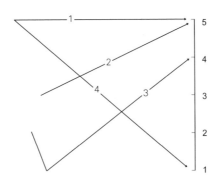

圖 2-10：普通話聲調調值的五度標記

　　調類是聲調的種類，也就是把全部字音按不同的調值加以分類後得到的類別。有幾種基本調值就可以歸納出幾種調類。

二、普通話的聲調

　　普通話所有的字音可以分為四個調類，有四種基本調值。

　　1. 陰平（又叫第一聲），調值是 55。從 5 度到 5 度，平穩延續，不升不降，又稱為高平調，如"青、春"的聲調。

　　2. 陽平（又叫第二聲），調值是 35。從中音 3 度升到高音 5 度，又稱為中升調，如"前、途"的聲調。

　　3. 上（shǎng）聲（又叫第三聲），調值是 214。從半低音 2 起，先向下降至最低的 1 度，再上升至半高音 4 度，是一個曲折調，又稱為降升調，如 "美、好" 的聲調。

4. 去聲（又叫第四聲），調值是 51。從最高音 5 度降到最低音 1 度，又稱為高降調，如 "亮、麗" 的聲調。

《漢語拼音方案》採用簡化五度標記法的辦法，以 " ‾ ✓ ˇ ˋ " 分別表示四個聲調，這四個標記聲調的符號稱為 "調號"。它形象直觀地呈現了普通話四聲的音高變化格式，便於書寫和學習。調號一般標在主要元音上。

除了調號標記法之外，還有兩種常見的聲調標記法，即調值數碼法和五度豎標法。

普通話聲調標記法

調類名稱	陰平	陽平	上聲	去聲	調號位置
例字	酸	甜	苦	辣	
調號標記法	suān	tián	kǔ	là	標在主要元音上
調值數碼法	[suan^{55}]	[tʰiæn^{35}]	[kʰu^{214}]	[lA^{51}]	標在音標右上角
五度豎標法	[suan˥]	[tʰiæn˩]	[kʰu˩]	[lA˥]	標在音標右邊

複習與練習（四）

一、複習題

1. 什麼是聲調？如何理解聲調在漢語音節中的重要性？

2. 為什麼說聲調的音高是相對的？

3. 什麼是調值和調類？二者的關係是怎樣的？

4. 熟記普通話四個聲調的發音，並用三種標調法標寫這四個聲調。

二、練習題

1. 請舉出普通話裡五組四聲皆備的音節，如 mi。
2. 寫出下列漢字的拼音，注意聲調標注的位置。

黃　穩　混　繡　虧　兄　鷗　夏

節　隨　黑　船　花　香　考　駕

3. 填表。

（1）將下列漢字按照調類歸類。

伏　筆　湖　泊　高　產　逮　捕　卑　廖
鄙　複　雜　指　甲　穴　道　梁　釀　扇

四聲	漢字
陰平	
陽平	
上聲	
去聲	

（2）比較下列詞語的聲調，並寫出相應的漢字。

拼音		漢字
biànjiě　:　biànjié		
dúqì　:　dǔqì		
huánxíng　:　huǎnxíng		
chóushì　:　chǒushì		
wúlì　:　wǔlì		
yáncháng　:　yánchǎng		
pífū　:　pǐfū		
qíjiàn　:　qǐjiàn		
wéirén　:　wěirén		

4. 朗讀練習。

（1）第一組：同聲同韻但不同調。

　　　媽麻馬罵　　低敵底遞　　衣移已義　　通銅桶痛
　　　呼湖虎互　　非肥匪費　　淤魚語遇　　接節解借

（2）第二組：聲調相同。

　　　息息相關　　江山多嬌　　人民銀行　　豪情昂揚
　　　廠長領導　　理想美好　　變幻莫測　　勝利在望

（3）第三組：四聲順序排列。

　　　光明磊落　　心明眼亮　　山河錦繡　　酸甜苦辣
　　　思前想後　　胸懷廣闊　　心直口快　　安全可靠

（4）第四組：四聲逆序排列。

　　　妙手回春　　熱火朝天　　信以為真　　赤膽雄心
　　　順理成章　　奮起直追　　刻骨銘心　　異口同聲

課程延伸內容

一、古今聲調關係

漢語自古就有聲調。古漢語的調類有四個：平聲、上聲、去聲和入聲。隨着語音發展，每個聲調又按聲母的清濁不同分出陰調和陽調，清聲母字歸陰調，濁聲母字歸陽調，就有陰平、陽平、陰上、陽上、陰去、陽去、陰入、陽入八個聲調。

古漢語聲調還分平仄。"平"是指古四聲中的平聲，包括陰平和陽平；"仄"的本義是"不平"，指古四聲中的上、去、入聲三類。詩歌創作講究平仄，是因為平仄相間和平仄相對能使詩句抑揚相間，起伏有致，富有節奏的美感。

漢語的方言各有不同的調值和調類，它們也是從古漢語四聲系統發展演變而來的。方言的調類名稱也跟普通話一樣，沿用平上去入的舊名，這樣既可以看出歷史演變的軌跡，又可以連貫各方言的聲調系統，方便方言間的相互比較。

各方言的調類都沿用舊名，但具體的調值卻在演變過程中各自發展，彼此不同，因此不同方言間調值相同的字不一定屬於相同的調類，調類相同的字，調值也往往差異很大。如"七"在北京話和廣州話中都是高平調，不過北京話"七"的調類是陰平，而廣州話是陰入。又如"平"在北京話和廣州話都屬於陽平字，但調值卻不一樣，北京話是 35，而廣州話則是 21。（參見附錄三：漢語主要方言聲調對照表）

普通話的四聲是從古代的八個調類發展演變而來的，下表是古今四聲關係的一般情況。（參見附錄三：古今調類的比較表）

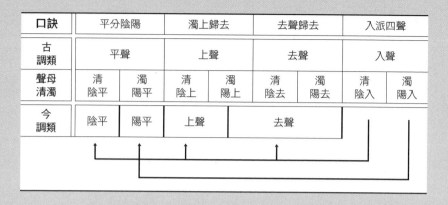

圖 2-11：古今四聲關係表

　　跟古代的聲調相比，普通話的聲調主要發生了三個方面的變化，這也是普通話聲調的特點：

　　（1）平分陰陽。普通話的陰平基本上來自古代清聲母的平聲字，陽平基本上來自古代濁聲母的平聲字。

　　（2）全濁上歸去。普通話的上聲基本上來自古代的上聲，去聲也基本來自古代的去聲。但是古代上聲字裡聲母是全濁聲母的字，現在唸去聲，如"是、近、稻"等。

　　（3）入派四聲。普通話裡沒有入聲，古漢語的入聲字已經分化到普通話的四聲裡了。

　　現在的北方方言的大部分地區跟普通話一樣，都已經沒有入聲了，但是在北方方言區的江淮和山西一帶，還有其他六大方言區，都還保留有入聲這個調類。在有入聲的方言中，可以看到兩種不同的入聲調類：

　　一類是帶有 -p、-t、-k 等塞音韻尾的入聲，這種入聲音節都很短促，又稱為"促聲調"，如廣州話的"十 [sɐp]、一 [jɐt]、百 [pak]"都是屬於促聲調的入聲音節。

　　另一類是不帶塞音韻尾，但是自成一類、沒有分化到其他調類中去的入聲，這種入聲音節並不短促，如長沙話中調值為 24 的調類就是入聲。

二、聲調辨正

漢語眾多方言中，聲調差別明顯，多的有十個，如廣西博白話，少的只有三個，如河北臨城話、甘肅康樂話等。方言區人學普通話聲調時，首先應該搞清楚自己方言和普通話聲調的對應規律，這樣有助於類推學習。

例如普通話平聲分陰平和陽平，但是有些方言是不分陰陽的，如山西太原"青天"和"晴天"不分，這些方言區的人學習普通話時就要注意哪些字讀陰平、哪些字讀陽平。

普通話上聲和去聲都不分陰陽，而有些方言上聲去聲都分陰陽，如"我、市"在廣州話都是陽上字，普通話則分別屬於上聲和去聲，對應規律是：廣州話陽上字中的鼻音、邊音和零聲母字在普通話裡歸入上聲，其餘全歸入普通話的去聲，所以廣州人學習普通話時，要把聲母不是鼻音或邊音的字，以及零聲母的字都讀成高降調的去聲，這樣就行了。

具體發音時，聲調的"到位"非常重要。常見的聲調發音錯誤有：

（1）陰平不夠高。陰平需要始終保持在一個最高的調值上，有些人會把陰平調發成 44 甚至 33，主要是因為發音時聲帶的緊張度不夠，雖然有"平"的特徵，但是還不夠高。練習時應該稍微誇張一點，適當提高音高。

（2）去聲下不來。有些人發去聲時總是發成 53 或 52，沒有降到最低點，整個去聲音節的長度也偏長。普通話的去聲音節是四個聲調中長度最短的，因此練習時應注意讓聲帶緊繃後快速地放鬆，降得快的同時才能降得夠低。

（3）陽平和上聲混淆。陽平和上聲都包含有"升"的一段，如果發陽平調音節時，在前面的 3 度部分稍微延長一下，聽起來就會像上聲；如果發上聲的時候前面的"21"段說得太短，而後面的"14"段說得太長，聽起來也會像陽平，最後導致兩個聲調混淆不清，如把"節日"說成"解日"、"好的"說成"豪的"。練習時應該注意，陽平的主要特徵是"升"，一開始發音就往高處走，不要拖拉出平調；上聲的主要特徵是"低"，"21"段是主體，"14"段只佔很短的時間，應加強"21"部分的練習。

第五節　音節

　　音節是聽感上最容易分辨的語音單位，它由音素構成。而在漢語這種有聲調的語言中，音節上還必須附有聲調才能夠表達意義，這種音節叫做帶調音節，如 "文化交流" 就是四個帶調的音節。下面將要分析的普通話音節都是指帶調音節。

一、普通話的音節結構

　　傳統音韻學把音節分為聲、韻、調三個部分，韻母可以進一步分解為韻頭（介音）、韻腹（主要元音）和韻尾，其中韻腹和韻尾較為緊密，韻腹跟韻頭的關係相對鬆散。漢語音節的聲韻調結構模式可以用下圖表示：

聲調			
聲母	韻母		
	韻頭	韻身	
		韻腹	韻尾

　　普通話的每個音節都帶有聲調。漢語音節之間界限分明，正是與每個音節有一個獨立的聲調貫穿其中有關。聲母和韻母方面，並不一定是聲母、韻頭、韻腹和韻尾四者都具備，可以沒有輔音聲母，也可以沒有韻頭和韻尾，但每個音節都必須有韻腹。普通話的音節一共有十二種結構類型，見下頁表。

普通話音節結構類型表

序號	例字	聲母	韻母				聲調
			介音（韻頭）	韻身			
				韻腹	韻尾		
					元音韻尾	輔音韻尾	
1	魚	ø①		ü			陽平
2	偶	ø		o	u		上聲
3	安	ø		ɑ		n	陰平
4	業	ø	i	ê			去聲
5	歪	ø	u	ɑ	i		陰平
6	楊	ø	i	ɑ		ng	陽平
7	吃	ch		i			陰平
8	給	g		e	i		上聲
9	琴	q		i		n	陽平
10	家	j	i	ɑ			陰平
11	推	t	u	e	i		陰平
12	黃	h	u	ɑ		ng	陽平

總的來看，普通話的語音音節結構特點鮮明：

1. 一個音節最多有四個音素，如上表中的例（11）和（12）；最少有一個音素，如例（1）。

2. 在音節的組成音素中，元音佔優勢，最多可以有三個元音。當一個音節只有一個音素時，都是元音充當韻腹。輔音只能出現在音節的開頭或末尾，而且不能連續排列②。

3. 能進入韻頭位置的只有三個高元音：i、u 和 ü。

4. 普通話音節的韻尾可以是元音韻尾，也可以是輔音韻尾，但不能同時出現。可以充當元音韻尾的只有 i 和 u；可以充當輔音韻尾的只有鼻音 n 和 ng。

---

① "ø" 是零聲母的符號，注音時不出現。

② 普通話輔音中的鼻音 "m、ng" 也可以獨立成音節，但是僅出現在嘆詞中，如 "唔（m）" "嗯（ng）"。這種情況有條件限制，而且數量少，不列入漢語基本音節結構的類型中。

二、普通話的聲韻配合規律

普通話有二十二個聲母（包括零聲母）和三十九個韻母，外加四個聲調，理論上漢語普通話的音節能達到三千多個，但事實上普通話只有四百多個音節，加上帶聲調的音節也只有一千三百多個。這說明普通話的音素在組合時，受到聲韻調配合規律的制約。

《普通話聲韻配合簡表》反映了聲母和韻母最基本的組合規律。表中聲母按發音部位分類，韻母按四呼分類，"＋"表示聲母和韻母可以相拼，"－"表示不可以相拼。

普通話聲韻配合簡表

序號	聲母	開口呼	齊齒呼	合口呼	撮口呼
1	雙唇音 b p m	＋	＋	＋（只與 u 相拼）	－
2	唇齒音 f	＋	－	＋（只與 u 相拼）	－
3	舌尖前音 z c s	＋	－	＋	－
4	舌尖中音（清）d t	＋	＋	＋	－
5	舌尖中音（濁）n l	＋	＋	＋	＋
6	舌尖後音 zh ch sh r	＋	－	＋	－
7	舌面前音 j q x	－	＋	－	＋
8	舌面後音 g k h	＋	－	＋	－
9	零聲母 ø	＋	＋	＋	＋

普通話聲母和韻母的組合規律可以分別從聲母和韻母兩個角度去觀察。從聲母的角度看，有以下六點規律：

（1）雙唇音能跟開口呼、齊齒呼的韻母相拼，不能跟合口呼韻母中"u"以外的韻母相拼，也不能跟撮口呼相拼。

（2）唇齒音聲母只跟開口呼韻母和"u"韻母相拼，不能跟其他三呼的韻母相拼。

（3）舌尖中音聲母分為清音和濁音兩類，濁音聲母 n 和 l 能跟四呼韻母拼合，但是清音的 d 和 t 不能跟撮口呼韻母相拼。

（4）舌尖前音、舌尖後音和舌面後音聲母都只能跟開口呼、合口呼韻母相拼，不能跟齊齒呼、撮口呼韻母相拼。

（5）舌面前音聲母跟上面的三組聲母正好相反，只能跟齊齒呼、撮口呼韻母相拼，不能跟開口呼、合口呼韻母相拼。

（6）跟四呼都能相拼的聲母只有 n、l 和零聲母。

從韻母的角度看，聲韻組合的規律主要有以下五點：

（1）開口呼韻母能跟舌面前音聲母（即 j、q、x）以外的所有聲母相拼。

（2）齊齒呼能跟雙唇音、舌尖中音和舌面前音聲母相拼，不能與唇齒音、舌尖前音、舌尖後音和舌面後音聲母相拼。

（3）合口呼不能與舌面前音聲母相拼，在與雙唇音、唇齒音聲母相拼時只限於 “u”。

（4）撮口呼韻母只能與濁音的舌尖中音聲母和舌面前音聲母相拼。

（5）能與開口呼韻母拼合的聲母最多，能與撮口呼韻母拼合的聲母最少。

複習與練習（五）

一、複習題

1. 普通話音節有多少種結構類型？從中可以看出什麼特點？
2. 從聲母角度看，普通話聲韻配合有什麼特點？
3. 從韻母角度看，普通話聲韻配合有什麼特點？

二、練習題

1. 普通話音節分析。寫出下列漢字的漢語拼音,並進行音節結構分析,指出該音節韻母所屬的四呼。分析音節結構時要寫出音節的實際讀音,如"月(yuè)",聲母是零聲母 ø,韻頭是 ü,韻腹是 ê。

漢字	拼音	聲母	韻母			聲調		所屬四呼
			韻頭	韻腹	韻尾	調值	調類	
蛙								
越								
祝								
卯								
昆								
菌								
紅								
回								
惡								
酒								
號								
遠								
指								
熊								
特								

2. 根據拼合規律改正下列的拼寫錯誤,並指出錯誤的拼寫違反了哪些拼合規律。

下 xa　　抓 jua　　風 fung　　曉 shiao

盡 zin　　薄 buo　　綠 lù　　翁 ong

3. 指出下列字音的韻腹及所包含的音素個數。例如:人(e/3)

窗(　)　粵(　)　論(　)　誤(　)　研(　)

規(　)　網(　)　休(　)　魚(　)　強(　)

課程延伸內容

一、韻母對聲母發音的影響

普通話的輔音聲母會受後接元音的影響，產生一些發音附加動作，主要包括以下幾種：

（1）圓唇化：這是最常見的輔音附加動作，除了 f 之外，其餘所有的聲母只要出現在圓唇元音之前，都會受影響出現不同程度的圓唇。

（2）顎化：聲母 d、t、n、l 跟齊齒撮口呼韻母相拼時，受前高元音的影響，發音時舌尖會偏離齒齦，整個舌面接近硬顎，產生顎化。

（3）前移：聲母 g、k、h 跟韻母 ei 拼合的時候，受較高的前元音 e 影響，舌面後的發音部位會向前移動。

（4）濁化：不送氣清塞音、清塞擦音聲母出現在輕聲音節中時，由於讀音弱化，受前後元音的影響，有時會從清音變成相應的濁音，如 "哥哥 [gə]" 中後一個 "哥" 的聲母從清音的 [k] 變成濁音的 [g]，"他的 [də]" 中 "的" 的聲母從 [t] 變成 [d]，"結巴 [bA]" 中 "巴" 的聲母從 [p] 變成 [b]。

二、聲韻組合的互補規律

普通話的聲韻配合關係比較複雜，除了從聲母的發音部位和韻母四呼的配合得到主要的配合關係外，還有一些比較重要的配合規律。

（1）韻母 o 只與唇音聲母配合，而 uo 只與非唇音聲母配合，不與唇音聲母配合。

	o	uo
唇音聲母	＋（波、頗、莫、佛）	－
非唇音聲母	－	＋（多、國、所、做）

（2）舌尖前音的韻母只與舌尖前聲母配合，而舌尖後音的韻母也只與舌尖後聲母相拼。

	-i[ɿ]	-i[ʅ]
舌尖前聲母	＋（字、詞、思）	－
舌尖後聲母	－	＋（知、尺、時）

（3）ong 和 ueng 的讀音比較相近，但是 ong 只和輔音聲母配合，ueng 只和零聲母配合。

	ong	ueng
輔音聲母	＋（孔、東、龍）	－
零聲母	－	＋（甕）

第六節　漢語拼音方案

一、漢語拼音方案的設計原則

漢語拼音方案是依據音位理論針對普通話設計出來的。

音位是一種語言（或方言）中能區別意義的最小的語音單位。從生理的角度看，人類可能發出來的音素非常多，但一種語言裡使用的音素是有限的，而且說話時產生的語音差異如果不影響意義的理解，就常常會被認為是同一個音，如把普通話"大哥"中的"哥"從 [kɣ⁵⁵] 說成 [gə⁵⁵]，聽話的人一般都不會理解成其他詞，因為普通話裡的 [k] 和 [g]、[ɣ] 和 [ə] 這些音素之間不區別意義，所以彼此的差異常被忽略。這說明除了可以從音色角度劃分出最小的單位"音素"外，還可以從能否區別意義的角度歸納出一個最小單位，即"音位"。

將普通話中出現的多個音素歸納成有限的音位，得到一個整齊而嚴謹的音位系統後，就可以在此基礎上為普通話設計拼音方案了。

漢語拼音方案採用了二十六個拉丁字母，但它們並不像記錄音素的國際音標那樣一符一音地準確對應。漢語拼音字母與普通話的音位之間存在以下幾種關係：

（1）一個字母（或兩個字母）代表一個音位。

普通話一共有二十二個輔音音位。其中十八個用單字母來表示，還有四個用雙字母 zh、ch、sh、ng 表示。

普通話輔音音位				普通話輔音拼音			
/p/	/pʰ/	/m/	/f/	b	p	m	f
/t/	/tʰ/	/n/	/l/	d	t	n	l
/k/	/kʰ/	/ŋ/	/x/	g	k	ng	h
/tɕ/	/tɕʰ/	/ɕ/		j	q	x	
/ts/	/tsʰ/	/s/		z	c	s	
/tʂ/	/tʂʰ/	/ʐ/	/ʐ/	zh	ch	sh	r

普通話的元音音位除了 /ɚ/ 用兩個字母 er 表示外，其他都是用單字母表示。其中有四個是一個字母表示一個音位。它們是：

a 代表音位 /a/　　o 代表音位 /o/[①]

u 代表音位 /u/　　ü 代表音位 /y/

字母 a 代表音位 /a/ 的情況比較特殊，它雖然也是用一個字母代表一個音位，但是這個音位 /a/ 包含了幾個不同的音素，分別是 [A]、[a]、[ɑ] 和 [æ]。這四個音素出現的環境各不相同，不會互相混淆：

[A] 出現在沒有韻尾的音節中；

[a] 出現在韻尾為 [-i] 和 [-n]，韻頭不是 [i-]、[y-] 的音節中；

[ɑ] 出現在韻尾為 [-u] 和 [-ŋ] 的音節中；

[æ] 出現在韻尾為 [-n]，同時韻頭為 [i-] 或 [y-] 的音節中。

我們把這種分佈現象叫做"互補"，互補的音素就可以歸納為同一個音位。這四個音素都屬於低元音，發音相似，歸並為同一個音位 /a/。

（2）一個字母代表兩個或三個音位。

字母 i 代表 /i/、/ɿ/ 和 /ʅ/ 三個音位。[i] 和 [ɿ]、[ʅ] 這三個音素中，[i] 是舌面元音，[ɿ] 和 [ʅ] 是舌尖元音，它們在音色上有一定的差異，

---

① 拼音 ao 和 iao 中的韻尾實際上是 u[u]，屬於 /u/ 音位，《漢語拼音方案》用字母 "o" 來書寫，是為了避免與 "n" 混淆。

所以在音位分析時分成三個音位。這三個音位分別出現在不同的聲母後面，/ʅ/ 只出現在舌尖前聲母 z、c、s 後、/ɿ/ 只出現在舌尖後聲母 zh、ch、sh、r 後，/i/ 則出現在非舌尖聲母後，彼此的出現環境不同，不會混淆，所以漢語拼音方案都用字母"i"來表示。

其實，舌面元音 [i] 和舌尖元音 [ɿ]、[ʅ] 的書寫還是有差別的：漢語拼音方案用拉丁字母"i"前面加上短橫"-"表示舌尖元音，與舌面元音"i"相區別。不過由於"-i"在前接聲母時要去掉前面的短橫，因此看起來跟"i"是用同一個字母。

字母 e 代表 /e/ 和 /ə/ 兩個音位。每個音位下面又包含兩個出現環境各不相同的音素。如下表：

拼音字母	音位	音素	出現的環境	例字（國際音標）
e	/ə/	[ɤ]	單韻母	哥 [kɤ]
		[ə]	韻尾為 [-n] 或 [-ŋ]；輕聲音節	陳 [tʂʰən]，成 [tʂʰən]（哥），哥 [gə]，了 [lə]
	/e/	[ɛ]	韻頭為 [i-] 或 [y-]	解 [tɕiɛ]，決 [tɕyɛ]
		[e]	韻尾為 [-i]	給 [kei]

二、漢語拼音方案的拼寫規則

為了使音節界線更加清晰，拼寫形式盡量簡短，避免字母混淆，漢語拼音方案制定了以下拼寫規則：

（一）隔音

a、o、e 開頭的音節連接在其他音節後面的時候，如果音節的界線發生混淆，就用隔音符號"'"隔開。例如：

pi+ao → pi'ao（皮襖）

xi+an → xi'an（西安）

　　y 和 w 兩個字母也起隔音的作用，它們只出現在零聲母音節前頭，不是聲母。y 和 w 的使用主要是添加和改寫。

　　（1）**添加**：如果 i 和 u 是韻腹，則分別在前面加上 y 和 w。例如：

i　→　yi（衣）　　ing　→　ying（英）

u　→　wu（烏）

　　（2）**改寫**：如果 i 和 u 是韻頭，則分別將韻頭 i 和 u 改寫為 y 和 w。例如：

ie　→　ye（耶）　　uan　→　wan（彎）

　　（3）**添加並改寫**：撮口呼零聲母音節中 ü 的前頭，一律加上 y，並去掉 ü 上的兩點，寫成 yu。例如：

ü → yu（於）　　üe　→　yue（約）

ün　→　yun（暈）

　　記住口訣：韻腹 i、u 要添加；韻頭 i、u 要改寫；ü 母前頭加 y 去兩點。

（二）省略

　　ü 行的韻母跟聲母 j、q、x 相拼的時候，ü 頂上的兩點省略，寫成 ju、qu、xu。雖然 ü 省略兩點後看起來像 u，但因為 j、q、x 不能跟合口呼韻母相拼，所以這裡的省略不會引起混淆。

iou、uei、uen 前加輔音聲母時，省寫韻腹，寫成 iu、ui、un，這樣可以縮短拼寫形式。

（三）聲調標寫

調號要標在韻腹上。調號標在韻腹 i 上時，上邊的一點要省略。

韻母 iou、uei 在韻腹字母省略時，調號標在韻尾上；韻母 uen 在韻腹省略時，調號標在韻頭 u 上。

輕聲不標調，有變調的字都要標原調，不標變調。

三、分詞連寫的拼寫規則

根據漢語拼音正詞法基本規則，拼寫普通話原則上以詞為單位，表示一個整體概念的雙音節和三音節詞內的各個音節要連寫，詞和詞要分寫。例如：

zài tànsuǒ zhōng qiánjìn（在探索中前進）

四個音節以上的表示一個整體概念的名稱，按詞分開寫。四字成語算一個整體，如果可以分成兩個雙音節的，中間加上短橫線。例如：

shìchǎng jīngjì（市場經濟）
Shìjiè Màoyì Zǔzhī（世界貿易組織）
chàzǐ-yānhóng（姹紫嫣紅）

單音節動詞、形容詞和量詞的重疊式連寫，動詞與後面的動態助詞"了、着、過"連寫。例如：

kànkan（看看） mànman（慢慢）
kànzhe（看着） chīle（吃了）

代詞、介詞、方位詞、連詞、副詞、結構助詞、語氣詞與別的詞語分開寫。例如：

zhè xuéqī（這學期） zài hēibǎn shang（在黑板上）
hǎo de hěn（好得很） tǒngyī de biāozhǔn（統一的標準）

專有名詞中第一個字母要大寫。例如：

Wáng Lì xiānsheng（王力先生）
Sū Bùqīng jiàoshòu（蘇步青教授）
Běijīng Chāngpíng jiāowài（北京昌平郊外）

每句話、每行詩歌開頭的第一個字母要大寫。例如：

Kǎoguān pàn fēn yǒu jiào dà de zhǔguān cáidìngquán.（考官判分有較大的主觀裁定權。）

複習與練習（六）

一、複習題

1. 普通話的拼音字母設計與音位歸納有什麼關係？

2. 普通話有哪些輔音音位？這些音位在漢語拼音中用什麼字母來表示？

3. 普通話有哪些元音音位？這些音位在漢語拼音中用什麼字母來表示？

二、練習題

1. 用國際音標標注下列漢字讀音，並回答下列問題。

（1）哈　花　想　少　先　算　代　怪　選

以上漢字的主要元音在漢語拼音裡都用字母 ɑ 表示，用國際音標表示有何差異？不同的主要元音出現的條件是什麼？

（2）雞　系　只　次　日　思

以上漢字的主要元音在漢語拼音裡都用字母 i 表示，用國際音標表示有何差異？不同的元音出現的條件是什麼？

2. 寫出下列詞語的拼音，指出其中的零聲母字，並總結在拼寫中 y、w 和 "'"（隔音符號）的性質和作用。

方案　鵝毛　雨水　演員　膠囊

五百　國王　可以　午安　西歐

3. 寫出下列詞語的拼音，指出其中的省寫規則。

優秀　文具　尾隨　旅遊　溫吞　救命　推託　軍隊

4. 用漢語拼音拼寫下列詞語和句子。

（1）千言萬語

（2）蔬菜的價格

（3）漢語拼音方案

（4）楊紫瓊和章子怡是《臥虎藏龍》這部電影的女主角。

5. 朗讀練習。

對照拼音和中文進行朗讀，注意拼音的標寫。

Mǎkè·Tǔwēn shōudào yī fēng dúzhě láixìn, wèn: "Wǒ zài bàozhǐ li fāxiànle yī zhī zhīzhū, qǐng wèn zhè shì jízhào háishi xiōngzhào?" Mǎkè·Tǔwēn huí xìn shuō: "Zhè zhīzhū bùguò xiǎng pájìn bàozhǐ kànkan nǎ ge shāngrén méiyǒu dēng guǎnggào, tā jiù dào nà jiā shāngdiàn de ménkǒu qù jié wǎng, hǎo guò ān'ān-wěnwěn de rìzi."

馬克·吐溫收到一封讀者來信，問：「我在報紙裡發現了一隻蜘蛛，請問這是凶兆還是吉兆？」馬克·吐溫回信說：「這蜘蛛不過想爬進報紙看看哪個商人沒有登廣告，它就到那家商店的門口去結網，好過安安穩穩的日子。」

課程延伸內容

音位和音位變體

（一）音位歸納原則

音位分析首先要掌握某一種語言或方言中所使用的全部音素，然後確定該語言或方言中哪些音素能區別意義，哪些不能區別意義，再根據對立原則、互補原則等進行歸納。

對立原則是指把兩個不同的音素放在相同的語音環境中，如果能區別不同的意義，那麼這兩個音素就處於對立的環境之中。處於對立環境的音素必須分列為不同的音位。

普通話的輔音音位主要是依據對立原則歸納出來的，如在 "$\sim an^{51}$" 這一環境中，如果把 "b" 換成 "p" 就會產生不同的意義。例如：

$$b \rightarrow \sim an^{51} \rightarrow ban^{51}（辦……）$$
$$p \rightarrow \sim an^{51} \rightarrow pan^{51}（盼……）$$
$$ban^{51} \neq pan^{51}$$

這說明 "b[p]" 和 "p[pʰ]" 是對立的，對立的音素分屬不同的音位，所以 [p] 和 [pʰ] 兩個音素分屬兩個不同音位：/p/ 和 /pʰ/。

互補原則是指兩個音素不在相同的語音環境中出現，即使它們出現在相同的環境中，也不會產生不同的意義，那麼這兩個音素就是互補的。互補的音素可以歸納為同一個音位，普通話的音位 /a/ 是典型的例子。不過，處於互補環境的音素是否歸為同一個音位，還要考慮其他因素，尤其是語音相似性，如普通話中的 [m] 只出現在聲母的位置上，[ŋ] 則只出現在韻尾，這兩個音是互補分佈的，但是在北京人的音感中有着明顯的差異，所以歸為不同的音位。

（二）音位變體

一個音位可以只包括一個音素，也可以包含幾個音素。同一音位裡所包含的音素，就叫做這個音位的"音位變體"。音位與音位變體是類別與成員的關係。

音位變體可分成"條件變體"和"自由變體"兩類。在一定條件下出現的音位變體就叫做"條件變體"，如 [A]、[a]、[ɑ]、[æ] 的出現都是有特定的環境、有條件的，它們是音位 /a/ 的條件變體。沒有環境限制，可以自由替換而不區別意義的音位變體就叫做"自由變體"，如北京話的"瓦、外、聞"等字開頭的音都有兩種唸法：一種唸做雙唇音 [u]，雙唇攏圓，沒有摩擦；另一種唸做唇齒音 [v]，上齒輕觸下唇，略有摩擦。這兩種唸法在上述字音中可以互相替換，但不會改變意思，它們是音位 /u/ 的兩個自由變體。

（三）音質音位和非音質音位

從音質角度歸納出來的音位，稱為"音質音位"。其中從輔音中歸納出來的音位叫"輔音音位"，從元音中歸納出來的音位叫"元音音位"。

從非音質的角度（音高、音長和音強）也能歸納出區別意義的音位，稱為"非音質音位"，如漢語裡的四個聲調可以分別依附在音節"jie"上，能夠區別"jiē（接）、jié（節）、jiě（姐）、jiè（借）"四種意義。從聲調的角度歸納出的音位，稱做"聲調音位"，簡稱"調位"；從音長角度歸納出的音位稱為"時位"；從音強角度歸納出的音位稱為"重位"。音長和音強在普通話中一般不具有區別意義的作用，所以，普通話中沒有時位和重位這兩個非音質音位。

第七節　音變

　　音變包括兩種類型。一種是語流音變，是指說話時語流中一連串的音由於緊密相連、相互影響而造成的音素或聲調上的變化。這裡主要談"啊"的音變和聲調的變化。另一種是內部音變，它們不是受前後音影響而發生的音變，而是在一個詞裡因受韻律和意義等因素影響而出現的內部語音變化，最典型的是輕聲和兒化。

一、語氣詞"啊"的音變

　　語氣詞"啊"讀音為"a"，常會受到它前面音節末尾音素的影響而發生音變，讀為 ya、wa、na、nga、ra 等，"啊"字也隨之換成"呀、哇、哪"等。如下表：

"啊"的音變規律表

前接音素	變讀讀音	用字	例詞
i[i] ü[y]	ya[iA]	呀	好戲呀　注意呀　去呀　雨呀
a[A] o[o] e[ɤ] ê[ɛ]	ya[iA]	呀	爬呀　大伯呀　餓呀　快寫呀
u[u]	wa[uA]	哇	苦哇　走哇　有哇　好哇　別笑哇
n[n]	na[nA]	哪	看哪　天哪　小心哪　快問哪　好幾萬哪
ng[ŋ]	nga[ŋA]	啊	這樣啊　唱啊　行啊　好冷啊　別動啊
-i[ɿ]	za[zA]	啊	真自私啊　寫字啊　來過幾次啊　猴子啊
-i[ʅ] er[ɚ]	ra[ʐA]	啊	是啊　吃啊　真值啊　小二啊

前接音素要以實際讀音為準，而不是只看拼音字母的寫法，若前接音素為"o[o]"，則不含實際讀音為[u]的韻尾"ao"和"iao"。

零聲母音節前面一般都會有摩擦或者喉塞的發音動作，但零聲母音節"啊"不同，它的前面沒有任何發音動作，因此它是唯一一個可以跟前面音節連讀的普通話音節。

二、變調

變調是指語流中相鄰音節的聲調相互協調而發生的調型、調值上的變化。音節單唸時的調值是"本調"，音節相連發生變化後的調值稱為"變調"。普通話的連讀變調都是前一個音節的聲調受到後一個音節聲調的影響，變成不同的調值。其中變化較大的是上聲的變調和"一""不"的變調。

（一）上聲變調

1. 上聲變調的基本規律

上聲的本調是 214，只出現在單唸和語句的停頓處，其他情況多以變調形式出現。基本的變調規律有兩種：

（1）兩字組中，上聲出現在上聲前，調值由214變成35調。例如：

可以　所有：214+214 → 35+214

（2）兩字組中，上聲出現在陰平、陽平和去聲前，調值由214變成211（或21），稱為"半上"。例如：

小吃　老師：214+55 → 211+55

指責　語言：214+35 → 211+35

準確　滿意：214+51 → 211+51

2. 輕聲音節中的上聲變調

上聲出現在輕聲音節前，要先把輕聲音節還原為本調，然後再按以上兩條基本規律發生變調。例如：

想想　捧起：214+・（後字本調為上聲）　→ 35 + ・

打聽　暖和　打量：214+・（後字本調為陰平／陽平／去聲）→ 211+・

但是在本調為上聲的輕聲前，上聲變調常有例外，即不變為35調，而是變成半上。主要出現在後綴是"子"的名詞和親屬稱謂名詞中。例如：

寶寶　姐姐　奶奶　腦子：214+・（後字本調為上聲）→ 211+・

3. 多個上聲相連的變調

三個上聲相連，也要按兩字組的規律變調，但要根據詞語內部的結構層次確定變調的先後次序。

（1）三個上聲字的層次關係為"（A+B）+C"，前兩個音節的調值都變成陽平，如：展覽館、洗臉水。

變調過程：（214 + 214）+ 214　→（35 + 214）+ 214

→ 35 + 35 + 214

（2）三個上聲字的層次關係為"A+（B+C）"，第一個音節調值變成半上，第二個音節調值變成35，如：小拇指、孔乙己。

變調過程：214 +（214 + 214）　→ 214 +（35 + 214）

→ 211 + 35 + 214

三個以上的上聲相連，也要根據詞語之間的結構層次，按上聲變調的基本規律變調。例如：

王廣祖請你往北走 → <u>王　廣祖</u> / <u>請你</u> / <u>往　北走</u>
　　　　　　　　　　21　35　　　35　　　21　35

（二）"一"和"不"的變調

1. "一"的變調
　　"一"的本調是 55，單唸、在詞語末尾以及在詞語前表序數時唸本調。"一"的變調規律有兩種：
　　（1）"一"在去聲前面變成 35 調。例如：

一定　一道　一向：55+ 去聲 → 35+ 去聲

　　（2）"一"在非去聲前面都變成 51 調。例如：

一般　一絲　一生
一時　一頭　一直　⎫ 55+ 非去聲 → 51+ 非去聲
一舉　一覽　一起　⎭

2. "不"的變調
　　"不"的本調是 51，單唸、在詞語末尾以及在非去聲前時唸本調，"不"在去聲前變成 35 調。例如：

不對　不會　不願：51+ 去聲 → 35+ 去聲

三、輕聲

（一）什麼是輕聲

普通話中有的音節會失去原有的聲調，變為一種又短又輕的調子，稱為輕聲。

與非輕聲音節相比，輕聲音節的四種物理屬性都發生了變化。首先，原有的音高變化格式消失了；其次，音強的強度明顯減弱，音長也明顯變短。如圖 2-12 中，第二個輕聲音節"‧哥"的振幅和時長都明顯小於、短於第一個非輕聲音節的"哥"。音強的減弱和音長的縮短造成音色的相應變化，輕聲音節"‧哥"聲母濁化，韻母央化，從 [kɣ] 變成了 [ɡə]。

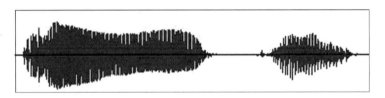

圖 2-12："哥‧哥"的語圖

輕聲音節的音高格式不固定，它的調值由前字聲調的調值決定。總的來看，大致有四種模糊的調值，可以分為兩類：一類是陰平、陽平和去聲後的輕聲，是輕短的低調；另一類是上聲後的輕聲，是輕短的高調。

輕聲調值表

例詞			調類	調值		
鴨子	桌子	村子	陰平＋輕聲	2度	半低	ˌ
兒子	橘子	牌子	陽平＋輕聲	3度	中	·
椅子	點子	嗓子	上聲＋輕聲	4度	半高	ˈ
兔子	欖子	帽子	去聲＋輕聲	1度	低	ˌ

　　輕聲不是一個獨立的調類。首先，每個輕聲音節都有原調，普通話四種聲調都可以變讀為輕聲；其次，輕聲本身不是一個固定的調值，同一個字在不同聲調的字後讀輕聲時，受前字影響，調值都不同。所以說輕聲只是一種音變現象。

（二）輕聲的作用

　　輕聲有區分詞義和詞性的作用。

　　（1）區分詞義。例如：

01　地方：與中央相對的概念，如 "地方政府"。
　　　地·方：地點，如 "去什麼地方"。

02　大人：成人。
　　　大·人：長輩，敬辭。

　　（2）區分詞義和詞性。例如：

03　大意：主要的意思，文章的段落大意。（名詞）
　　　大·意：疏忽，粗心大意。（形容詞）

04　花費：因使用而消耗掉。（動詞）

花·費：消耗掉的錢。（名詞）

（3）改變語素組合的性質。例如：

05　年月："請填寫你的出生年月。"（詞組，名詞＋名詞）
　　年·月："現在這年月，誰還信這一套哇。"（名詞，語素＋語素）
06　火燒："火燒眉毛。"（詞組，名詞＋動詞）
　　火·燒："買個火燒（燒餅）來吃。"（名詞，語素＋語素）

　　輕聲在語流中可以調節音長、音高，造成語句的高低起伏，形成錯落有致、輕重相間的節奏美感。

（三）輕聲的規律

　　以下情況都要讀輕聲：
　　（1）結構助詞"的、地、得"和動態助詞"了、着、過"。例如：

我·的　　　飛快·地　　　　　跑·得快
看·着書　　吃·了一碗飯　　　去·過那兒

　　（2）語氣詞，如"啊、吧、嗎、哇、啦"等。例如：

來·吧。　　走·嗎？　　　去·啦。

　　（3）名詞、代詞的後綴，如"子、頭、們"等。例如：

褲·子　　　石·頭　　　丫·頭　　　嘴·巴　　　我·們

（4）名詞代詞後表方位的語素或詞，如"上、下、裡、邊、面"等。例如：

樓・上　　眼・下　　大海・裡　　南・邊　　後・面

（5）動詞形容詞後的趨向動詞，如"來、去、起來"等。例如：

上・來　　下・去　　看・起來　　拿・出來

（6）疊音詞、名詞和動詞的重疊式的後一個音節，四音節形容詞生動形式的第二個音節。例如：

爸・爸　　　猩・猩　　　坐・坐　　　　看・看
漂・漂亮亮　熱・熱鬧鬧　黑・不溜秋　　糊・里糊塗

（7）重疊動詞中間或動詞和補語中間的"不"和"一"。例如：

來・不來　　拿・不到　　拖・一拖

（8）量詞"個"。例如：

一・個　　　這・個

　　除了以上這些有規律可循的輕聲之外，口語中還有一批常用的雙音節詞，第二音節應當讀成輕聲。這些輕聲詞是沒有規律的，如"月亮、衣服、便宜、麻煩、蘿蔔、耳朵、頭髮、明白"等。（參見附錄四：必讀輕聲詞表）

四、兒化

（一）什麼是兒化

兒化是指一個音節中韻母帶上捲舌色彩的一種特殊音變現象。兒化了的韻母叫做“兒化韻”，漢字用“兒”表示，漢語拼音用“r”表示。例如：

小人兒　xiǎorénr　　　　花兒　huār

“兒/r”不是一個獨立的音節，而是附加在前一個音節上的捲舌色彩。“人兒”“花兒”是兩個漢字表示一個音節。兒化音變中的“兒”雖然不是獨立的音節，由於它有固定的語法意義，因此可以把它看做是一個語素，是後綴。在漢語普通話裡，有必要區分有詞彙意義的“兒[ɚ³⁵]”和詞綴“兒[r]”。有詞彙意義的“兒₁”自成音節，是“小孩子、年輕的人、兒子、雄性的”的意思，如“嬰兒、健兒、妻兒”裡的“兒”。後綴“兒₂”不成音節，只表示一個捲舌動作，沒有詞彙意義，常用做名詞的標記[①]，並表示一定的感情色彩。

（二）兒化的作用

兒化具有區別詞義、詞性的作用，還能表達一定的感情色彩。
（1）區分詞義。例如：

[①]　“玩兒”“好玩兒”“慢慢兒的”“好好兒的”等少數非名詞性的詞語習慣上也用兒化。

| 01 | 針眼——毛囊炎，一種眼疾 | 針眼兒——針端穿線的小孔 |
| 02 | 火星——行星之一 | 火星兒——極小的火 |

（2）區分詞性。例如：

03	蓋——動詞	蓋兒——名詞
04	尖——形容詞	尖兒——名詞
05	彎——動詞／形容詞	彎兒——名詞

（3）表示喜愛、親切的感情色彩。尤其是"小～兒"的格式，小巧玲瓏、惹人喜愛的語用色彩特別突出。此外詞語兒化還能增加口語的色彩。例如：

06	女孩——（小）女孩兒
07	喇叭——（小）喇叭兒
08	脾氣——（小）脾氣兒
09	蛐蛐——蛐蛐兒

　　普通話裡有一些詞是必須兒化的，這主要是指那些能夠區別不同意思、不同詞性的兒化詞。其他可以兒化也可以不兒化的詞，在正音上都採用不兒化的讀法。（參見附錄四：必讀兒化詞表）

（三）兒化的發音

　　普通話幾乎所有的韻母都有可能兒化。兒化時，舌頭前部要抬高，這可能會使它所附着的韻母發生相應的變化才能完成捲舌動作，如舌位較高、較前或者舌根位置的韻尾要丟掉，韻腹受到"兒"捲舌時起始位置 [ə] 的影響變成央元音（央化）等。下面是兒化發音的音變規律。

（1）無韻尾或 u 做韻尾時，兒化發音是直接後加一個捲舌動作，韻母基本不變。這類韻母一共有十三個。例如：

刀把兒（ar［A→Ar］）　　　　山坡兒（or［o→or］）

唱歌兒（er［ɤ→ɤr］）　　　　鐵鍋兒（uor［uo→uor］）

名角兒（üer［yɛ→yɛr］）　　　山腳兒（iaor［iau→iaur］）

（2）韻尾是 i 或 n（韻母 in 和 ün 除外）時，兒化發音是韻尾 i、n 丟失，主要元音央化後做一個捲舌動作。這類韻母一共十個。例如：

瓶蓋兒（air［ai→Ar］）　　　　刀背兒（eir［ei→ər］）

沒門兒（enr［ən→ər］）　　　　竹竿兒（anr［an→ər］）

（3）韻母是 i 和 ü 時，兒化發音要把韻腹 i 和 ü 變成韻頭，後面增加央元音［ə］，然後做捲舌動作。例如：

米粒兒（ir［i→iər］）　　　　小曲兒（ür［y→yər］）

（4）韻母是 -i（即舌尖前和舌尖後聲母後的 -i）時，兒化發音要把 -i 變成央元音［ə］，然後做捲舌動作。例如：

瓜子兒（-ir［ɿ→ər］）　　　　果汁兒（-ir［ʅ→ər］）

（5）韻母是 in 和 ün 時，兒化發音要先失落韻尾 n，然後按照 i 和 ü 的音變規律，加上央元音［ə］，再做捲舌動作。例如：

腳印兒（inr［in→iər］）　　　　花裙兒（ünr［yn→yər］）

（6）韻尾是 ng 的韻母（ing 和 iong 除外）時，兒化發音要失落韻尾 ng，但是前面的主要元音留下鼻化色彩，然後做捲舌動作。這類韻母一共有六個。例如：

幫忙兒（angr[ɑŋ→ɑ̃r]）　信封兒（engr[əŋ→ə̃r]）
胡同兒（ongr[uŋ→ũr]）

（7）韻母是 ing 和 iong 時，兒化發音時韻尾 ng 失落，加上鼻化的央元音，之前的主要元音[i]和[y]變成韻頭，然後做捲舌動作。例如：

人影兒（ingr[iŋ→iə̃r]）　小熊兒（iongr[yŋ→yə̃r]）

複習與練習（七）

一、複習題

1. 舉例說明語氣詞 "啊" 的音變規律以及相應的用字變化。
2. 舉例說明普通話上聲變調的基本規律。
3. 舉例說明 "一" 和 "不" 的變調規律。
4. 什麼叫輕聲？普通話裡讀輕聲的情況大致有哪些規律？
5. 什麼叫兒化？兒化發音有哪些音變規律？
6. 舉例說明普通話輕聲、兒化區別詞義和詞性的作用。

二、練習題

1. 根據 "啊" 的音變規律在橫線上標注 "啊" 的實際讀音，並在括號內填上 "啊" 的相應寫法。

（1）這些孩子____（　　），真可愛____（　　）！

（2）那還用說____（　　），不然，怎麼叫模範幼兒園____（　　）？

（3）你看____（　　），他們多高興____（　　）！

（4）你還沒見____（　　），下了課____（　　），他們唱____（　　），跳____（　　），簡直像一群小鳥____（　　）！

2. 讀準下列詞語，注意上聲變調。

（1）手錶　水果　領導

（2）首都　祖國　土地

（3）講講　等等　鎖起

（4）比方　老實　火候

（5）嫂子　姐姐　毯子

3. 指出下列句中要讀輕聲的音節。

（1）師傅，我跟您打聽些事兒。

（2）地面上還留着一兩個小水坑。

（3）你去跟他聊聊，看看他有什麼麻煩事需要我們幫忙。

（4）李家村東頭大壩下的兩口水井，水位不斷升高。

（5）媽媽把手裡的針線活停了下來。

（6）你在跟誰鬧彆扭哇？

（7）這些桌子、椅子還能湊合着用兩年。

4. 指出下面句子中哪些詞需要兒化。

（1）他的話沒準，別信。

（2）我也納悶啊，你就一點空也沒有？

（3）他們家的小馬駒脖上拴了個銅鈴，一甩脖就 "丁零零" 響，可好玩了！

（4）聊天的時候，我才知道他們給我起了個外號叫 "小猴"。

5. 語流音變朗讀練習。

（1）人家小燕兒的爺爺、奶奶呀，老給街坊的孩子買點心，講故事，可和氣啦！

（2）四嫂啊！你看二春兒這個丫頭，今兒個也不知又上哪兒瘋去了，我這兒給她趕件小褂兒，連穿上試試的工夫都抓不着她。

（3）我的心不禁一顫：多麼可愛的小生靈啊，對人無所求，給人的卻是極好的東西。蜜蜂是在釀蜜，又是在釀造生活——在為人類釀造最甜的生活。蜜蜂是渺小的；蜜蜂卻又是多麼高尚啊！

課程延伸內容

一、推廣普通話

　　早在 20 世紀 50 年代中期，國家就確定了"大力提倡、重點推行、逐步普及"為推廣普通話的工作方針。到了新時期，根據推廣普通話工作的實際情況，把這個方針調整為"大力推行、積極普及、逐步提高"，工作重點轉移至普及和提高上來。經過幾十年的實踐，推廣普通話取得了巨大成績。

　　"以北京語音為標準音，以北方話為基礎方言，以典範的現代白話文著作為語法規範"，這就從語音、詞彙和語法方面明確了現代漢語規範化的標準。

　　以北京語音為標準音，這是就北京語音系統的整體而言的，並不意味着北京語音中的所有語音成分都能成為普通話的標準音。由於種種原因，北京語音中也同樣存在着一些內部分歧，存在着很多異讀和土音，如"比較（bǐjiào）"讀成 bǐjiǎo，"複雜（fùzá）"讀成 fǔzá，"忒不是東西"中"忒（tuī）"讀成 tēi 等，這些都成為規範的對象。國家語言文字工作委員會、國家教育委員會和廣播電視部 1985 年聯合頒佈的《普通話異讀詞審音表》對此加以審定。此外，北京話中還存在着大量的輕聲和兒化現象，就不能全部吸收到普通話中來，因為這不利於在方言地區學習和推廣普通話。

　　現代漢民族共同語是在北方方言的基礎上形成的，自然要以北方方言中的詞彙為基礎。但是，並非所有北方方言的詞都能進入普通話。北方方言覆蓋地區廣，各地之間用詞存在着分歧，有些土語成分，就不能吸收到普通話中來，如官話中的"俺"和"饃"。當然，普通話的詞彙系統不是一成不變的，不僅需要從其他方言中汲取營養，而且需要從古語詞和外來詞中進行吸收和借鑒，不斷擴大和豐富自己的詞彙系統。

典範的現代白話文著作，是指具有廣泛代表性和影響力的現代白話文作品，尤其是現代著名作家的優秀白話文作品，它們的語言是經過反覆推敲和提煉的，自然可以作為語法規範的標準。當然，要以它們的一般用例作為規範，排除那些邏輯上有毛病、帶有方言土語成分的特殊用例。

二、語音規範化

普通話和方言最主要的差別是語音，因此推廣標準音也成為推廣普通話最重要的環節。學好普通話，掌握每個音節正確的聲韻調發音，不摻雜方音，不唸錯字音，這是基本功。說規範的普通話，才能達到口齒清晰、字正腔圓的效果，降低聽者的理解負擔。

語音規範化就是指根據語音發展的規律來確立和推廣普通話的語音標準，讓其他方言地區的人在學習普通話時有可以遵循的標準。

語音規範化包括推廣標準音，也包括規範異讀詞、輕聲詞和兒化詞等。

異讀詞的規範以 1985 年公佈的《普通話異讀詞審音表》為標準。例如：

乘車　chéng（統讀）；不取 chèng

複雜　fù（統讀）；不取 fǔ

教室　shì（統讀）；不取 shǐ

亞洲　yà（統讀）；不取 yǎ

究竟　jiū（統讀）；不取 jiù

號召　zhào（統讀）；不取 zhāo

指甲　zhǐ（統讀）；不取 zhī
卓越　zhuó（統讀）；不取 zhuō

此外，還要注意一些同形字在不同詞中的讀音：

處：chù 辦事～；chǔ ～理、～分
與：yǔ 我～你；yù 參～、～會者
創：chuāng ～傷；chuàng ～造、～作
泊：bó 停～、淡～；pō 湖～、血～
畜：chù 牲～；xù ～牧
夾：jiā ～道、～子；jiá ～襖、～被
倒：dǎo ～下、～閉；dào ～水、～退
供：gōng ～應、～給；gòng ～奉、～認
模：mó ～範、～糊；mú ～樣、～子
提：tí ～綱、～醒；dī ～防
強：qiáng ～壯；qiǎng ～迫；jiàng 倔～（犟）

還有一些詞分書面語讀音（文讀）和口語語音（白讀）：

薄：bó ～弱、淡～；báo 很～
剝：bō ～削、～奪；bāo ～皮
給：jǐ ～予、供～；gěi ～你一本書
勒：lè ～索；lēi ～死、～緊
削：xuē 剝～；xiāo ～皮
血：xuè ～液、～統；xiě 流了點～

輕聲和兒化是北京話裡突出的音變現象，但是普通話不可能吸收北京話裡所有的輕聲詞和兒化詞。有關輕聲詞和兒化詞的規範，可參考普通話水平測試用的輕聲詞表和兒化詞表（參見附錄四）。

思考與討論

有的人認為不用兒化也不會影響交流，而且兒化是北京話的土語說法，其他地方的人不必掌握，請談談你對這種觀點的看法，並舉例說明。

第八節　語調

語調又稱為“節律”或“韻律”，由音高、音長和音強等要素組合而成，它們不能獨立存在，必須附着在一定的音色（音質）上，是話語中的超音段成分。語調包含停頓、重音和句調等，是準確表達思想內容、充分表達說話人情緒的重要手段。

一、停頓

停頓是語流中出現的聲音中斷或間歇。停頓可以分為生理停頓、語法停頓和邏輯停頓三類，生理停頓是指生理上換氣造成的停頓，而語法停頓和邏輯停頓的斷點則需要結合語言的實際情況才能確定。

（一）語法停頓

語言內部是有結構層次的，詞與詞結合在一起時疏密程度不同，在關係稍微疏遠的詞中間停頓，能讓聽者更清晰地領會意思，這種停頓就是語言中最主要的“語法停頓”。

語法停頓與“音步”和“意群”關係密切。音步是韻律系統中最小的輕重節奏單位。漢語裡一般是一個雙音節詞構成一個音步，如“太陽”“地球”“植物”都是最小的音步。意群是詞和詞結合在一起的時候構成的意義整體。意群可大可小，小的意群可以構成更大的意群。例如“地球和植物”構成一個意群，它還可以跟別的意群構成更大的意群，如 "太陽、地球和植物" "太陽、地球和植物在一起" 等。音步或意群之後都可以是停頓點。例如：

太陽 ∧ 地球和植物 ∧ 在一起 ∧ 形成了 ∧ 微妙的平衡

顯著的停頓在書面上一般用標點符號表示。不同的標點符號所表示的停頓長度不同，更長的停頓則用章節的分段來表示。一般標點符號的停頓長短關係如下：

頓號 ＜ 逗號 ＜ 分號／破折號 ＜ 冒號 ＜ 句號／問號／感嘆號

（二） 邏輯停頓

有時為了突出某一事物，強調某一觀點，或者表達某種情感，在不是語法停頓的地方、沒有標點符號的地方做出停頓，這屬於 "邏輯停頓" ，又稱為 "強調停頓" 。例如：

01 根，緊握在 ∧ 地下，
　　葉，相觸在 ∧ 雲裡。
　　每一陣風過，我們都 ∧ 互相致意，
　　但沒有人
　　聽懂 ∧ 我們的言語。

02 趙州橋非常雄偉，全長 ∧ 50.82 米，兩端寬 ∧ 約 9.6 米，中部略窄，寬約 9 米。

例 01、02 在標有 "∧" 處適當停頓，起強調作用。

人們在說話時總是綜合地運用三類停頓，一般的原則是：語法停頓服從邏輯停頓，生理停頓又服從語法和邏輯停頓。三類停頓運用得當，可以把說話的內容、說話人的情感清楚明白地表現出來。

停頓還跟語速、語氣、情緒等有關係。激動、歡快的時候，語速較快，停頓就會相對減少；沮喪、低沉的時候，語速較慢，停頓則會適當增加。

二、重音

重音是語流中唸得比較重、聽起來比較清晰的音，有時候也用延長時間的方式來體現。

（一）語法重音

句子裡的某些語法成分需要讀成重音，這種因語法結構產生的重音稱為語法重音。由於句子結構多樣化，語法重音的落點也比較繁雜，主要規律如下：

（1）謂語的核心動詞常常讀重音。例如：

01　這輛車賣出去了。

02　南郭先生就混在樂隊裡，冒充內行。

（2）動詞、形容詞前的狀語常常讀重音。例如：

03　他驚恐地看着對方。

04　漓江的水真綠呀！

（3）程度補語一般讀重音。例如：

05　這件衣服便宜得不得了！

06　寫得好極了。

（4）定語中離名詞性中心語最近的成分常常讀重音。例如：

07　她買了一套紅色的陶瓷茶杯。

08　這位是我以前鄰居的上司的秘書。

（5）指示代詞和表疑問的代詞常常讀重音。例如：

09　他是誰？怎麼來的？

10　我沒想到他們的關係那麼錯綜複雜。

（二）　邏輯重音

　　邏輯重音用來強調特別需要突出的詞語，是表意的焦點所在。邏輯重音沒有語法重音那樣固定的位置，聲隨意轉，同一句話會由於語境的不同有不同的重音，傳遞出不同的潛台詞。例如：

01　他說得挺容易（，做起來就難了。）

02　他說得挺容易（，可是我還是不明白。）

03　我這是為你好（，可不是為了別人。）

04　我這是為你好（，你怎麼不理解呢？）

三、句調

　　句調是指整句話的音高升降變化。句調以句子為基本單位，貫穿整個句子，但是在句末音節上表現得特別突出。說話時會因為表達的情感不同產生不同的句調，因此句調也是語氣的標誌。口語中常見的句調形式有以下四種：

（一）平調（→）

句調平穩，沒有明顯的升降變化。平調一般表示沒有感情色彩的敍述語氣，或者冷淡、含蓄、嚴肅等語氣。例如：

01 今天晚上到明天，晴轉多雲，最高溫度 25 度，最低溫度 18度。（敍述）

02 右轉，201 房。（冷淡）

03 現在出發，各位小心。（嚴肅）

（二）降調（↘）

句調從高走向低。降調一般表示陳述、祈使、感嘆等語氣，多用於陳述句、祈使句和感嘆句，感嘆句的句末要用感嘆號。例如：

01 他們絕對是最容易獲得尖叫的大明星。（陳述）

02 你們都出去吧。（祈使）

03 他是世界上最棒的爸爸！（感嘆）

疑問代詞在句首的特殊疑問句也可以使用降調。例如：

04 為什麼要我去？↘

05 誰是你們的頭兒？↘

（三） 升調（↗）

句調從低走向高。升調一般表示疑問、反問、驚訝等語氣。例如：

01 這是爸爸買的？（疑問）

02 你的個子有多高？（疑問）

03 難道會比我還少？（反問）

04 才放兩天假？（驚訝）

（四） 曲折調（↘或↗）

曲折調包括降低再升高的凹曲調，以及升高再降低的凸曲調。凸曲調一般是由於句子的重音出現在句子的中間。例如：

01 您的鞋子真漂亮啊！

凹曲調大多用來表示諷刺、埋怨等語氣，重音多出現在句首和句尾兩端。例如：

02 誰敢得罪您哪？（諷刺）

03 白費這個勁兒幹嗎？（埋怨）

漢語是聲調語言，每個音節都有固定的聲調，這是“字調”。但是漢語的句調不是字調的相連，而是貫穿於整個句子的另一層音高的曲折變化。漢語的字調和句調關係比較複雜，相互依存，彼此制約：句調的基礎是字調的組合，字調受到句調的調節，隨句調的升降而變化。二者是部分和整體的關係，字調就像是句調大波浪中的小波浪，二者相互疊加。

複習與練習（八）

一、複習題

1. 什麼是語調？
2. 停頓有幾種類型？它們之間的關係如何？
3. 舉例說明語法重音的主要規律。
4. 句調有幾種？各表示什麼語氣？

二、練習題

1. 下列句子如果做不同的停頓會得到什麼不同的意義？

   （1）他說不下去了。

   （2）不是學生。

   （3）不要用壞了。

2. 指出下列句子中的語法重音。

   （1）他感冒了。

   　　他真的感冒了。

   　　他怎麼感冒了？

   （2）他買了一瓶葡萄酒。

   　　他買了一瓶很貴的葡萄酒。

   　　他買的葡萄酒貴極了。

   （3）他們明天就要徹底離開這個地方了。

   　　他們為什麼要離開這個地方？

   　　他們離開這兒要去哪兒？

3. 為下列句子標注句調的升降變化。

   （1）盼望着，盼望着，東風來了，春天的腳步近了。

   （2）各位乘客，廣州站到了，請拿好您的行李物品下車。

   （3）我的母親老了，她早已習慣聽從她強壯的兒子；我的兒
   子還小，他還習慣聽從他高大的父親；妻子呢？在外面，她

總是聽我的。一霎時我感到我責任的重大。

4. 朗讀練習。朗讀講究讀起來朗朗上口，聽起來層次分明。要朗讀得好，除了要正確地理解作品的內容和思想外，還要有效地利用語調因素，正確處理語速的快慢、句子中的停頓點、句調的高低變化，以及每個音節的輕重格式，才能讀出抑揚頓挫的韻律感。

（1）詩歌

給每一條河每一座山取一個溫暖的名字

陌生人，我也為你祝福

願你有一個燦爛的前程

願你有情人終成眷屬

願你在塵世獲得幸福

我只願面朝大海，春暖花開

（海子《面朝大海，春暖花開》）

（2）散文

那是力爭上游的一種樹，筆直的幹，筆直的枝。它的幹呢，通常是丈把高，像是加以人工似的，一丈以內，絕無旁枝；它所有的丫枝呢，一律向上，而且緊緊靠攏，也像是加以人工似的，成為一束，絕無橫斜逸出；它的寬大的葉子也是片片向上，幾乎沒有斜生的，更不用說倒垂了；它的皮，光滑而有銀色的暈圈，微微泛出淡青色。這是雖在北方的風雪的壓迫下卻保持着倔強挺立的一種樹！

（普通話水平測試作品 1 號）

（3）小說

父親走進孩子的房間：“你睡了嗎？” “爸，還沒有，我還醒着。” 孩子回答。“我剛才可能對你太兇了，” 父親說，“我不應該發那麼大的火兒—— 這是你要的十美金。” “謝謝您。” 孩子高興地從枕頭下拿出一些被弄皺的鈔票，慢慢地數着。“為什麼你已經有錢了還要？” 父親不解地問。“因為原來不夠，但現在湊夠了。"孩子回答："爸，我現在有二十美金了，我可以向您買一個小時的時間嗎？明天請早一點兒回家——我想和您一起吃晚餐。"

（普通話水平測試作品 7 號）

（4）議論文

牡丹沒有花謝花敗之時，要麼爍於枝頭，要麼歸於泥土，它跨越委頓和衰老，由青春而死亡，由美麗而消遁。它雖美卻不吝惜生命，即使告別也要展示給人最後一次的驚心動魄。……任憑遊人掃興和詛咒，牡丹依然安之若素。它不苟且、不俯就、不妥協、不媚俗，甘願自己冷落自己。它遵循自己的花期自己的規律，它有權利為自己選擇每年一度的盛大節日。它為什麼不拒絕寒冷？

於是你在無言的遺憾中感悟到，富貴與高貴只是一字之差。同人一樣，花兒也是有靈性的，更有品位之高低。品位這東西為氣為魂為筋骨為神韻，只可意會。你嘆服牡丹卓爾不群之姿，方知品位是多麼容易被世人忽略或是漠視的美。

（普通話水平測試作品 30 號）

附錄一

漢語拼音方案

一、字母表

字母：	A a	B b	C c	D d	E e	F f	G g
名稱：	Y	ㄅㄝ	ㄘㄝ	ㄉㄝ	ㄜ	ㄝㄈ	ㄍㄝ
	H h	I i	J j	K k	L l	M m	N n
	ㄏY	I	ㄐㄧㄝ	ㄎㄝ	ㄝㄌ	ㄝㄇ	ㄋㄝ
	O o	P p	Q q	R r	S s	T t	
	ㄛ	ㄆㄝ	ㄑㄧㄡ	Yㄦ	ㄝㄙ	ㄊㄝ	
	U u	V v	W w	X x	Y y	Z z	
	ㄨ	ㄪㄝ	ㄨY	ㄒㄧ	ㄧY	ㄗㄝ	

　　v 只用來拼寫外來語、少數民族語言和方言。

　　字母的手寫體依照拉丁字母的一般書寫習慣。

二、聲母表

b	p	m	f		d	t	n	l
ㄅ玻	ㄆ坡	ㄇ摸	ㄈ佛		ㄉ得	ㄊ特	ㄋ訥	ㄌ勒
g	k	h			j	q	x	
ㄍ哥	ㄎ科	ㄏ喝			ㄐ基	ㄑ欺	ㄒ希	
zh	ch	sh	r		z	c	s	
ㄓ知	ㄔ蚩	ㄕ詩	ㄖ日		ㄗ資	ㄘ雌	ㄙ思	

　　在給漢字注音的時候，為了使拼式簡短，zh ch sh 可以省作 ẑ ĉ ŝ。

三、韻母表

		i ㄧ 衣	u ㄨ 烏	ü ㄩ 迂
a ㄚ 啊		ia ㄧㄚ 呀	ua ㄨㄚ 蛙	
o ㄛ 喔			uo ㄨㄛ 窩	
e ㄜ 鵝		ie ㄧㄝ 耶		üe ㄩㄝ 約
ai ㄞ 哀			uai ㄨㄞ 歪	
ei ㄟ 欸			uei ㄨㄟ 威	
ao ㄠ 熬		iao ㄧㄠ 腰		
ou ㄡ 歐		iou ㄧㄡ 憂		
an ㄢ 安		ian ㄧㄢ 煙	uan ㄨㄢ 彎	üan ㄩㄢ 冤
en ㄣ 恩		in ㄧㄣ 因	uen ㄨㄣ 溫	ün ㄩㄣ 暈
ang ㄤ 昂		iang ㄧㄤ 央	uang ㄨㄤ 汪	
eng ㄥ 亨的韻母		ing ㄧㄥ 英	ueng ㄨㄥ 翁	
ong ㄨㄥ 轟的韻母		iong ㄩㄥ 雍		

（1）"知、蚩、詩、日、資、雌、思"等七個音節的韻母用 i，即：知、蚩、詩、日、資、雌、思等字拼作 zhi，chi，shi，ri，zi，ci，si。

（2）韻母儿寫成 er，用作韻尾的時候寫成 r，如"兒童"拼作 ertong，"花兒"拼作 huar。

（3）韻母ㄝ單用的時候寫成 ê。

（4）i 行的韻母，前面沒有聲母的時候，寫成 yi（衣），ya（呀），ye（耶），yao（腰），you（憂），yan（煙），yin（因），yang（央），ying（英），yong（雍）。

u 行的韻母，前面沒有聲母的時候，寫成 wu（烏），wa（蛙），wo（窩），wai（歪），wei（威），wan（彎），wen（溫），wang（汪），weng（翁）。

　　ü 行的韻母，前面沒有聲母的時候，寫成 yu（迂），yue（約），yuan（冤），yun（暈）；ü 上兩點省略。

　　ü 行的韻母跟聲母 j，q，x 拼的時候，寫成 ju（居），qu（區），xu（虛），ü 上兩點也省略；但是跟聲母 n，l 拼的時候，仍然寫成 nü（女），lü（呂）。

　　（5）iou，uei，uen 前面加聲母的時候，寫成 iu，ui，un，如 niu（牛），gui（歸），lun（論）。

　　（6）在給漢字注音的時候，為了使拼式簡短，ng 可以省作 ŋ。

四、聲調符號

陰平	陽平	上聲	去聲
ˉ	ˊ	ˇ	ˋ

　　聲調符號標在音節的主要母音上。輕聲不標。例如：

媽 mā	麻 má	馬 mǎ	罵 mà	嗎 ma
（陰平）	（陽平）	（上聲）	（去聲）	（輕聲）

五、隔音符號

　　a，o，e 開頭的音節連接在其他音節後面的時候，如果音節的界限發生混淆，用隔音符號（'）隔開，如 pi'ao（皮襖）。

聲母、韻母辨正

n、l偏旁類推字對照表

聲母 l				聲母 n			
例字	完全相同	聲調不同	無法類推	例字	完全相同	聲調不同	無法類推
剌	辣/痢	喇3①		那	娜（名）	哪	挪/娜nuó
臘	蠟		獵liè	奈			捺nà
賴	癩/籟		懶lǎn	乃	奶		
蘭	欄/攔	爛4		南	喃/楠	腩/蝻3	
藍	籃	濫4					
覽	攬/纜/欖						
勞	癆	撈1、澇4		腦	惱/瑙		
樂			礫lì				
雷	鐳	蕾3 擂4		內			訥nè、呐/衲/鈉nà
累			螺/騾luó				
里	理/鯉	厘/狸2	糧liáng 量liàng	尼	泥/呢	妮1	
利	莉/俐/痢	梨/犁2		倪	霓		
離	籬/璃						
立	粒/笠		拉/垃/啦lā				
厲	勵						
力	荔		劣liè、肋lēi、勒lè				
歷	瀝						
連	蓮	鏈4		念		捻3	
廉	濂/鐮						
臉	斂	殮4					
煉	練						
戀			攣/孿/巒/鸞/鑾/灤luán				
良			lang 狼/郎/廊/琅/螂/榔2、朗3、浪4				

① 表中漢字後的數字表示該字的聲調。

梁	梁						
涼		諒/晾 4	掠 lüè				
兩	(伎)倆	輛 4	倆 liǎ				
列	裂/烈	咧 3	例 lì	捏 / 聶	囁	涅 4	
林	琳/淋/霖		婪 lán				
鱗	磷/麟/粼/嶙/璘/轔/遴/鄰		憐 lián				
令		玲/鈴/齡/聆/蛉/零/翎/伶/羚2/領3/嶺3	冷 lěng	寧	擰/嚀/獰/檸	寧(可)/濘4	
菱	凌/陵		棱 léng				
留	瘤/榴/餾	溜 1		紐	扭/鈕	妞 1	
流	硫/琉						
柳			聊 liáo				
龍	籠/瓏/聾/嚨	隴/壟/攏 3		農	濃/膿		
隆	窿/癃						
婁	嘍/樓	摟/簍 3	屢/縷 lǚ				
盧	顱/瀘/鱸/轤			奴	駑/孥	努/弩3、怒4	
戶	戽/扈		所 suǒ				
魯	櫓	擼 1					
錄	碌/祿		綠/氯 lǜ				
鹿	麓/轆						
路	露/璐/潞/鷺						
戮	寥/蓼		liao 寥2、蓼3、廖4				
侖	倫/輪/綸/淪/圇	掄1/論4					
羅	蘿/邏/鑼/籮	囉1		諾		匿 nì	
洛	落/駱/絡		略 lüè、烙/酪 lào	懦	糯		
呂	鋁/侶	閭/櫚2		虐	瘧		
慮	濾						

（1）f 和 h

韻母	f 陰平	f 陽平	f 上聲	f 去聲	韻母	h 陰平	h 陽平	h 上聲	h 去聲
a	發~財	伐罰閥乏筏	法砝	髮頭~	ua	花嘩	華鏵驊滑划~船		畫化話劃~分樺
o		佛			uo	豁	活	火夥	禍貨或獲霍惑
u	夫	扶芙福服幅輻拂俘符袂伏浮	府俯腐斧釜府甫撫輔腑脯	父附富付複負腹赴婦賦縛傅副咐訃覆馥駙	u	呼乎忽惚	胡湖糊蝴狐弧斛葫囫壺瑚核~兒	虎唬琥滸	戶互護滬扈
					uai		懷淮槐徊		壞
ei	飛非緋霏扉蜚啡菲芳~	肥淝	誹斐悱匪菲~薄	費廢肺沸吠痱	ui	灰恢揮輝徽暉詼麾	回蛔茴	悔毀	會繪誨晦彗惠匯穢卉慧薈賄蕙諱燴
an	番翻帆幡藩	凡繁煩樊礬播	反返	飯範犯泛販販梵	uan	歡獾	還環寰	緩	換喚渙患幻宦
en	分芬吩紛氛酚	墳焚	粉	憤分奮糞份忿	un	昏婚葷	渾~身魂餛混~蛋		混~亂諢
ang	芳方坊	房防妨肪	仿訪紡舫	放	uang	慌荒肓	黃皇煌簧凰璜蝗惶徨	恍晃~眼謊幌	晃~蕩滉
eng	風楓封峰瘋鋒蜂豐灃	逢縫馮	諷	鳳奉縫~裂	ong	烘轟哄~抬	紅洪鴻弘泓虹宏	哄~騙	訌哄起~

（2）zh 和 z

韻母	zh				z			
	陰平	陽平	上聲	去聲	陰平	陽平	上聲	去聲
a	挓駐~渣	閘鍘扎撐~ 札信~	眨	乍詐炸 柵榨蚱	紮包~匝	雜砸		
e	遮	折哲轍	者	蔗這浙		澤擇責則		
u	朱豬諸 株誅蛛 茱	竹燭逐	主煮囑	住注駐柱 蛀貯祝鑄 築著箸	租	族足卒	組阻祖	
-i	之芝支 枝肢知 蜘汁隻 織脂	直值植 殖侄執 職	止址趾 旨指紙 只	至致窒志 治智質幟 摯擲秩置 滯制稚痔 痣	茲滋孳 姿諮資 孜齜緇 輜		子仔籽 梓滓紫	字自恣 漬
ai	摘齋	宅	窄	債寨	災哉栽		宰載記~	在再 載~重
ei						賊		
ao	昭招朝	着	找爪沼	召照趙兆 罩	糟遭	鑿	澡早棗 藻蚤	造躁燥 皂灶
ou	州周舟 洲粥	軸妯	肘帚	皺驟咒 晝宙縐	鄒		走	揍奏
ua	抓		爪					
uo	桌捉拙	卓着灼 濁酌啄 鐲琢			作~坊	昨琢~磨	左佐撮	做作坐 座柞柞
uai		跩		拽				
ui	追錐			綴墜贅			嘴	最醉罪
an	沾粘氈		展斬盞 嶄輾	占站蘸綻 棧戰	簪	咱	攢	暫贊
en	真珍貞 楨偵幀 臻斟甄 針砧箴		診疹枕 縝	振震陣鎮			怎	
ang	張章彰 樟		長漲掌	帳丈賬仗 杖障瘴漲 嶂	髒骯~臟			葬藏 臟肝~
eng	睜爭征 掙蒸錚 崢猙箏		整拯	正證鄭 症政怔				
ong	中鐘終 忠衷盅		種~子 腫塚	重種~植 眾仲中~風	宗綜蹤 棕鬃		總	粽縱
uan	專磚		轉	轉~動賺 撰傳篆	鑽		纂	鑽~石
un	諄		准準		尊遵樽鱒			
uang	裝妝莊樁			狀撞壯幢 戇				

（3）ch 和 c

韻母	ch				c			
	陰平	陽平	上聲	去聲	陰平	陽平	上聲	去聲
a	插叉杈差~別	茶察搽查	衩	岔詫 差~勁	擦嚓			
e	車		扯	撤徹掣				冊測側策 廁惻
u	初出	除廚櫥鋤 躇芻雛	楚儲礎杵 褚 處~理	處到~觸 畜矗怵黜	粗			促醋簇蹴 猝 卒倉~
-i	吃癡嗤	遲持池馳 匙	尺齒恥侈 奼	赤翅斥熾 叱	疵差參~	雌詞辭磁 瓷慈祠糍 茨	此	次伺刺賜
ai	拆釵 差出~	柴豺			猜	才財材裁	彩采踩睬	菜蔡
ao	超抄鈔	朝巢潮嘲	吵炒		操糙	嘈曹槽漕	草	
ou	抽	仇愁籌稠 酬綢疇躊	瞅醜	臭				湊
uo	戳踔			綽~號啜 輟惙齪	搓撮蹉磋			措錯挫剉
uai	揣~手兒		揣~測	踹				
ui	吹炊	垂錘捶槌			催崔摧		璀	翠脆粹萃 瘁悴淬
an	摻攙	纏饞禪潺 蟬讒蟾	產鏟闡	懺顫	參餐	蠶殘慚	慘	燦璨
en	嗔琛	陳臣辰晨 塵沉忱宸		稱~職 趁襯	參~差		岑	
ang	昌猖娼倀	常長嘗 償腸 場~院 嫦	廠場敞昶 氅	唱暢倡悵	倉蒼艙滄	藏		
eng	稱撐	成程城 呈乘誠 承橙懲 澄盛~水	逞騁	秤		曾層		蹭
ong	沖充舂崇	重蟲崇	寵	衝~勁兒	蔥匆聰囪	叢從淙		
uan	穿川	船傳椽	喘舛	串釧	躥氽攛	攢		竄篡
un	春椿	唇純淳醇	蠢		村皴	存	忖	寸
uang	窗瘡 創~傷	床	闖	創~造				

（4）sh 和 s

韻母	sh				s			
	陰平	陽平	上聲	去聲	陰平	陽平	上聲	去聲
a	沙紗砂莎殺鯊裟痧煞	啥	傻	廈煞<白>霎	撒~嬌仨		灑撒~播	薩颯卅
e	奢賒	舌蛇	捨~棄	社攝設射懾赦麝涉舍				色瑟澀塞嗇
u	書梳疏蔬殊叔淑輸抒舒樞紓	孰贖熟塾	暑署薯曙鼠數屬蜀黍	述術樹數恕漱豎束	蘇酥酥	俗		素塑訴肅粟宿速夙溯
-i	施師屍失獅詩濕虱	時十拾石實識食蝕什	使史始屎矢駛	是式事世勢誓逝市示視室適飾士仕氏試弒侍恃柿釋特嗜	撕斯司思絲私廝		死	四寺似肆飼巳嗣祀伺
ai	篩			曬	腮鰓塞			賽塞~要
ao	燒稍梢捎艄	勺芍韶杓	少~量	少~女哨紹邵	騷嫂臊		嫂掃~除	掃~帚臊~書
ou	收	熟	手首守	受授壽售獸瘦狩	搜艘餿嗖颼溲		叟擻	嗽
ua	刷		耍					
uo	説			碩爍朔	縮梭唆娑蓑嗦		所鎖索瑣	
uai	摔衰		甩	帥率蟀				
ui		誰	水	睡税	雖尿~胯	隨隋綏	髓	歲碎穗隧遂崇邃燧
an	山刪衫珊煽姍衫柵跚		閃陝	扇善擅膳繕贍蟮	三叁		傘散~文	散分~
en	身深申伸呻參娠莘紳	神	審沈嬸	慎腎甚滲蜃葚	森			
ang	傷商墒殤觴		晌賞垧上~聲	上~學尚	桑喪~事		嗓	喪~失
eng	聲生升笙甥牲	繩	省	聖勝盛剩	僧			
ong					松嵩		聳悚慫	送宋頌誦訟
uan	栓拴			涮	酸			算蒜
un			吮	順瞬舜	孫		笋損隼榫	
uang	雙霜孀		爽					

難辨韻母對照辨音字表

（1）en 和 eng

聲母	en 陰平	en 陽平	en 上聲	en 去聲	eng 陰平	eng 陽平	eng 上聲	eng 去聲
Ø	恩			摁	鞥			
b	奔賁		本苯	笨	崩繃~帶	甮	繃~臉	迸泵蹦 繃~瓷
p	噴~泉	盆		噴~香	烹抨砰怦	朋彭棚 蓬鵬篷 硼澎膨	捧	碰椪
m	悶~熱	門們捫		悶愁~燜	蒙~騙	萌蒙~混 朦盟檬 懵虻曚	猛懵錳 蠓艋 蒙~古	夢孟
f	分芬吩 紛氛酚	墳焚	粉	憤分奮糞 份忿	風楓封 峰瘋鋒 蜂豐灃	逢縫馮	諷	鳳奉 縫裂~
d				扽	燈登		等	鄧凳燈 瞪澄鐙
t						疼騰藤塍 謄		
n			嫩		能			
l					棱楞		冷	愣
g	跟根	哏	艮發~	艮~卦亙	更變~庚 耕羹賡		耿哽梗埂 鯁埂	更~加
k			肯啃懇墾	裉	坑鏗吭			
h		痕	很狠	恨	亨哼	橫~豎 衡恒		橫蠻~
zh	真珍貞楨 偵幀臻斟 甄針砧箴		診疹枕縝	振震陣鎮	睜爭征 掙蒸錚 崢猙箏		整拯	正證鄭 症政怔
ch	嗔琛	陳臣辰晨 塵沉忱宸	稱~職 趁襯	稱撐	成程城 呈乘誠 承橙懲 澄盛~水	逞騁	秤	
sh	身深申伸 呻參娠紳 莘	神	審沈嬸	慎腎甚滲 蜃葚	聲生升笙 甥牲	繩	省	聖勝 盛剩
r		人仁壬	忍荏	任認刃軔 妊衽靭紉 飪	扔	仍		
z		怎			曾增憎繒			贈
c	參~差	岑			噌	曾~經 層嶒		蹭
s	森				僧			

（2）in 和 ing

聲母	in				ing			
	陰平	陽平	上聲	去聲	陰平	陽平	上聲	去聲
Ø	音因姻殷陰蔭樹~茵洇氤	銀吟淫寅鄞齦垠	引隱飲癮尹蚓	印蔭~庇	應~該英櫻鷹嬰鶯瑛纓膺鸚嚶瓔罌媖鍈	迎螢營盈熒縈贏蠅	穎影	硬映應~酬
b	賓彬斌濱繽瀕檳~子			擯殯鬢	兵冰檳~榔		丙餅柄秉稟炳	病並
p	拼	貧頻嬪	品	聘	乒	平評憑萍瓶屏坪蘋枰		
m		民旻岷	皿閩閔泯敏抿			名明銘鳴冥茗溟暝瞑螟	酩	命
d					丁叮釘盯仃疔		頂鼎	定訂錠腚碇
t					聽廳汀	停亭婷庭霆蜓廷	挺艇梃鋌	
n		您				寧~靜檸獰嚀凝	擰	濘佞寧~肯
l		林琳淋霖鄰鱗獜磷麟嶙轔潾遴	凜廩檁	吝淋~病賃躪		靈玲零聆鈴凌齡伶翎羚苓菱陵綾鯪泠瓴蛉	嶺領	另令
j	今金巾斤津襟筋矜衿		緊錦僅謹瑾槿饉	盡進近勁晉浸禁覲妗燼縉靳	京經晶精驚菁鯨荊睛旌涇莖兢粳		景警井頸儆	敬靜淨徑勁痙競竟靖境鏡婧脛
q	親侵欽衾	琴勤秦禽擒芹覃噙	寢	沁撳	青輕清傾氫卿蜻	晴情擎	請頃	慶磬親~家
x	新心辛鑫馨欣芯鋅薪昕忻炘			信釁	星猩腥惺興~旺	形行刑型邢	醒省~悟	幸姓性杏興高~

（3）uen 和 ong

聲母	uen（un）				ong			
	陰平	陽平	上聲	去聲	陰平	陽平	上聲	去聲
d	噸敦蹲墩		疊盹	盾頓遁燉鈍囤	東冬		懂董	洞動凍棟恫侗
t	吞	屯臀豚囤~積		褪	通	同銅童彤桐瞳潼	筒桶捅統	痛
l	掄	侖綸淪輪倫		論		龍籠~子聾隆瓏朧窿嚨	壟攏隴籠~統	弄~堂
g			滾輥	棍	工攻公供~應功宮弓躬恭蚣觥龔		拱鞏汞	共貢供~奉
k	昆坤		捆	困	空~氣		孔恐	控空~白
h	昏婚葷	魂渾		混	哄~抬烘轟	紅洪鴻弘泓宏虹	哄~騙	哄起~訌
zh	諄		准準		中鐘終忠衷盅		種~子腫塚	重種~植眾仲中~風
ch	春椿	唇純淳醇	蠢		沖充舂	重蟲崇	寵	沖~勁兒
sh		吮		順瞬舜				
r				潤閏		榮容融溶絨蓉熔榕戎茸嶸	冗	
z	尊遵樽鱒				宗綜蹤棕鬃		總	粽縱
c	村皴	存	忖	寸	蔥匆聰囪	叢從淙		
s	孫		筍損隼榫		松嵩		聳悚慫	送宋頌誦訟

（4）ün 和 iong

聲母	ün				iong			
	陰平	陽平	上聲	去聲	陰平	陽平	上聲	去聲
Ø	暈頭~	雲芸勻	允隕殞	運熨孕蘊韻醞暈~車	擁傭庸		永詠泳勇湧踴蛹	用
j	軍君均菌細~鈞			俊郡駿峻竣菌~子			窘炯迥炅	
q		群裙				窮瓊穹		
x	熏勳	尋詢循巡旬		訓訊迅汛殉遜馴	兄凶匈洶胸	雄熊		

（5）uen 和 ueng

聲母	uen（wen）				ueng（weng）			
	陰平	陽平	上聲	去聲	陰平	陽平	上聲	去聲
∅	溫瘟	文聞紋雯蚊玟	吻穩紊刎	問汶璺	翁嗡鶲			甕蕹齆

古今四聲關係

古今調類比較表

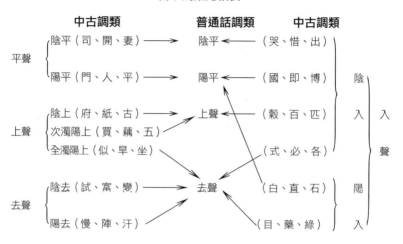

漢語主要方言聲調對照表

古調類	平聲		上聲			去聲		入聲			
古清濁聲母	清	濁	清	次濁	全濁	清	濁	次清	全清	次濁	全濁
地名　調類和調值											
北京 4①	陰平 55	陽平 35	上聲 214			去聲 51		分別歸入陰平、陽平、上聲和去聲			
瀋陽 4	陰平 44	陽平 35	上聲 213			去聲 41		分別歸入陰平、陽平、上聲和去聲			
濟南 4	陰平 213	陽平 42	上聲 55			去聲 21		分別歸入陰平、陽平和去聲			
蘭州 4	陰平 31	陽平 53	上聲 33			去聲 24		歸去聲			歸陽平

---

① 地名下方的數字為該地的聲調數目。

方言	陰平	陽平	上聲		去聲	陰去	陽去	陰入 / 入聲	陽入
西安 4	31	24	上聲 42		去聲 55			分別歸入陰平、陽上和去聲	
成都 4	44	31	上聲 53		去聲 13			歸陽平	
南京 5	31	13	上聲 22		去聲 44			入聲 5	
蘇州 7	44	13	上聲 52	歸陽去		陰去 412	陽去 31	陰入 5	陽入 23
上海 5	54	24	上聲 33			歸陽平		陰入 5	陽入 2
長沙 6	33	13	上聲 41	歸陽去		陰去 55	陽去 21	入聲 24	
南昌 6	42	24	上聲 213	歸陽去		陰去 55	陽去 21	入聲 5	
梅縣 6	44	11	上聲 31		去聲 52			陰入 21	陽入 3
福州 7	44	52	上聲 31	歸陽去		陰去 213	陽去 242	陰入 23	陽入 4
廈門 7	55	24	上聲 51	歸陽去		陰去 11	陽去 33	陰入 32	陽入 5
廣州 9	53	21	陰上 35	陽上 13		陰去 33	陽去 22	上陰入 55 / 下陰入 33	陽入 22

輕聲、兒化必讀詞

必讀輕聲詞表

　　下表為《普通話水平測試用必讀輕聲詞語表》中不含詞綴"子""頭"的詞語以及重疊詞。原表共收詞 546 條，其中"子"尾詞 206 條，"頭"尾詞 21 條，重疊詞 20 條。下列 299 條。

愛人	巴掌	白淨	幫手	包袱	包涵	棒槌	本事
比方	扁擔	彆扭	撥弄	簸箕	補丁	不由得	不在乎
部分	裁縫	財主	蒼蠅	差事	柴火	稱呼	除了
畜生	窗戶	刺蝟	湊合	奔拉	答應	打扮	打點
打發	打量	打算	打聽	大方	大爺	大夫	耽擱
耽誤	道士	燈籠	提防	地道	地方	弟兄	點心
東家	東西	動靜	動彈	豆腐	嘟囔	對付	隊伍
多麼	耳朵	廢物	風箏	福氣	甘蔗	幹事	高粱
膏藥	告訴	疙瘩	胳膊	工夫	功夫	姑娘	故事
寡婦	怪物	關係	官司	規矩	閨女	蛤蟆	含糊
行當	合同	和尚	核桃	紅火	厚道	狐狸	胡蘿蔔
胡琴	糊塗	護士	皇上	活潑	火候	夥計	機靈
脊樑	記號	記性	傢伙	架勢	嫁妝	見識	將就
交情	叫喚	結實	街坊	姐夫	戒指	精神	咳嗽
客氣	口袋	窟窿	快活	闊氣	喇叭	喇嘛	懶得
老婆	老實	老爺	累贅	籬笆	力氣	厲害	俐落
利索	痢疾	連累	涼快	糧食	溜達	蘿蔔	駱駝
麻煩	麻利	馬虎	買賣	忙活	冒失	眉毛	媒人
門道	瞇縫	迷糊	苗條	名堂	名字	明白	蘑菇
模糊	木匠	那麼	難為	腦袋	能耐	你們	唸叨
娘家	奴才	女婿	暖和	瘧疾	牌樓	盤算	朋友
脾氣	屁股	便宜	漂亮	婆家	鋪蓋	欺負	親戚
勤快	清楚	親家	熱鬧	人家	人們	認識	掃帚
商量	晌午	上司	燒餅	少爺	什麼	生意	牲口

師父	師傅	石匠	石榴	時候	實在	拾掇	使喚
世故	似的	事情	收成	收拾	首飾	舒服	舒坦
疏忽	爽快	思量	算計	歲數	他們	它們	她們
特務	挑剔	跳蚤	鐵匠	頭髮	妥當	唾沫	挖苦
晚上	尾巴	委屈	為了	位置	穩當	我們	稀罕
媳婦	喜歡	下巴	嚇唬	先生	鄉下	相聲	消息
小氣	笑話	心思	行李	兄弟	休息	秀才	秀氣
學生	學問	衙門	啞巴	胭脂	煙筒	眼睛	秧歌
養活	吆喝	妖精	鑰匙	衣服	衣裳	意思	應酬
冤枉	月餅	月亮	雲彩	運氣	在乎	咱們	早上
怎麼	扎實	眨巴	柵欄	張羅	丈夫	帳篷	丈人
招呼	招牌	折騰	這個	這麼	芝蔴	知識	指甲
主意	轉悠	莊稼	壯實	狀元	字號	自在	祖宗
嘴巴	作坊	琢磨					

必讀兒化詞表

下表為《普通話水平測試用兒化詞語表》，共 189 條，按兒化音節的漢語拼音聲母順序排列。

（1） a–ar：刀把兒　號碼兒　戲法兒　在哪兒　找茬兒　打雜兒　板擦兒

　　　ai–air：名牌兒　鞋帶兒　壺蓋兒　小孩兒　加塞兒

　　　an–anr：快板兒　老伴兒　蒜瓣兒　臉盤兒　臉蛋兒　收攤兒

　　　　　　　柵欄兒　包乾兒　筆桿兒　門檻兒

（2） ang–angr（鼻化）：藥方兒　趕趟兒　香腸兒　瓜瓢兒

（3） ia–iar：掉價兒　一下兒　豆芽兒

　　　ian–ianr：小辮兒　照片兒　扇面兒　差點兒　一點兒　雨點兒

　　　　　　　　聊天兒　拉鍊兒　冒尖兒　坎肩兒　牙籤兒　露餡兒

　　　　　　　　心眼兒

（4） iang–iangr（鼻化）：鼻樑兒　透亮兒　花樣兒

（5） ua－uar：腦瓜兒　大褂兒　麻花兒　笑話兒　牙刷兒

　　　uai－uair：一塊兒

　　　uan－uanr：茶館兒　飯館兒　火罐兒　落款兒　打轉兒　拐彎兒

　　　　　　　　好玩兒　大腕兒

（6） uang－uangr（鼻化）：蛋黃兒　打晃兒　天窗兒

（7） üan－üanr：煙捲兒　手絹兒　出圈兒　包圓兒　人緣兒

　　　　　　　　繞遠兒　雜院兒

（8） ei－eir：刀背兒　摸黑兒

　　　en－enr：老本兒　花盆兒　嗓門兒　把門兒　哥們兒　納悶兒

　　　　　　　　後跟兒　高跟兒鞋　別針兒　一陣兒　走神兒

　　　　　　　　大嬸兒　小人兒書　杏仁兒　刀刃兒

（9） eng－engr（鼻化）：鋼鏰兒　夾縫兒　脖頸兒　提成兒

（10）ie－ier：半截兒　小鞋兒

　　　üe－üer：旦角兒　主角兒

（11）uei－ueir：跑腿兒　一會兒　耳垂兒　墨水兒　圍嘴兒　走味兒

　　　uen－uenr：打盹兒　胖墩兒　砂輪兒　冰棍兒　沒準兒　開春兒

　　　ueng－uengr（鼻化）：小甕兒

（12）-i（前）-ir：瓜子兒　石子兒　沒詞兒　挑刺兒

　　　-i（後）-ir：墨汁兒　鋸齒兒　記事兒

（13）i-ir：針鼻兒　墊底兒　肚臍兒　玩意兒

　　　in-inr：有勁兒　送信兒　腳印兒

（14）ing-ingr（鼻化）：花瓶兒　打鳴兒　圖釘兒　門鈴兒　眼鏡兒

　　　　　　　　　　蛋清兒　火星兒　人影兒

（15）ü-ür：毛驢兒　小曲兒　痰盂兒

　　　üen-üenr：合群兒

（16）e-er：模特兒　逗樂兒　唱歌兒　挨個兒　打嗝兒　飯盒兒　在這兒

（17）u-ur：碎步兒　沒譜兒　兒媳婦兒　梨核兒　淚珠兒　有數兒

（18）ong-ongr（鼻化）：果凍兒　門洞兒　胡同兒　抽空兒　酒盅兒　小蔥兒

（19）ao-aor：紅包兒　燈泡兒　半道兒　手套兒　跳高兒　叫好兒
　　　　　　　口罩兒　絕着兒　口哨兒　蜜棗兒

（20）iao-iaor：魚漂兒　火苗兒　跑調兒　麵條兒　豆角兒　開竅兒

（21）ou-our：衣兜兒　老頭兒　年頭兒　小偷兒　門口兒　紐扣兒
　　　　　　　線軸兒　小丑兒

（22）iou-iour：頂牛兒　抓鬮兒　棉球兒　加油兒

（23）uo-uor：火鍋兒　做活兒　大夥兒　郵戳兒　小說兒　被窩兒
　　　o-or：耳膜兒　粉末兒

普通話異讀詞審音表

　　1982 年，普通話審音委員會重建，對 1963 年輯錄的《普通話異讀詞三次審音總表初稿》進行修訂。修訂稿經國家語言文字工作委員會、國家教育委員會、廣播電視部審核通過，1985 年 12 月以《普通話異讀詞審音表》名稱予以公佈。以下審音表省略修訂說明。

A

阿 1. ā ～訇 / ～羅漢
　　～木林 / ～姨
　　2. ē ～諛 / ～附 /
　　～膠 / ～彌陀佛

挨 1. āi ～個 / ～近
　　2. ái ～打 / ～說

癌 ái（統讀）

靄 ǎi（統讀）

藹 ǎi（統讀）

隘 ài（統讀）

諳 ān（統讀）

埯 ǎn（統讀）

昂 áng（統讀）

凹 āo（統讀）

拗 1. ào ～口
　　2. niù 執～ / 脾氣很～

坳 ào（統讀）

B

拔 bá（統讀）

把 bà 印～子

白 bái（統讀）

膀 bǎng　翅～

蚌 1. bàng 蛤～
　　2. bèng ～埠

傍 bàng（統讀）

磅 bàng 過～

齙 bāo（統讀）

胞 bāo（統讀）

薄 1. báo（語）常單用，如"紙很～"。
　　2. bó（文）多用於複音詞。～弱 / 稀～ / 淡～ / 尖嘴～舌 / 單～ / 厚～

堡 1. bǎo 碉～ / ～壘
　　2. bǔ ～子 / 吳～ / 瓦窯～ / 柴溝～
　　3. pù 十里～

暴 1. bào ～露
　　2. pù 一～（曝）十寒

爆 bào（統讀）

焙 bèi（統讀）

憊 bèi（統讀）

背 bèi ～脊 / ～靜

鄙 bǐ（統讀）

俾 bǐ（統讀）

筆 bǐ（統讀）

比 bǐ（統讀）

臂 1. bì 手～ / ～膀
　　2. bei 胳～

庇 bì（統讀）

髀 bì（統讀）

避 bì（統讀）

辟 bì 復～

裨 bì ～補 / ～益

婢 bì（統讀）

痹 bì（統讀）

壁 bì（統讀）

蝙 biān（統讀）

遍 biàn（統讀）

驃 1. biāo 黃～馬
　　2. piào ～騎 / ～勇

儐 bīn（統讀）

繽 bīn（統讀）

瀕 bīn（統讀）

髕 bìn（統讀）

屏 1. bǐng ～除／～棄／
　　～氣／～息
　　2. píng ～藩／～風

柄 bǐng（統讀）

波 bō（統讀）

播 bō（統讀）

菠 bō（統讀）

剝 1. bō（文）～削
　　2. bāo（語）

泊 1. bó 淡～／飄～／
　　停～
　　2. pō 湖～／血～

帛 bó（統讀）

勃 bó（統讀）

鈸 bó（統讀）

伯 1. bó ～～（bo）／
　　老～
　　2. bǎi 大～子（丈夫
　　的哥哥）

箔 bó（統讀）

簸 1. bǒ 顛～
　　2. bò ～箕

膊 bo 胳～

蔔 bo 蘿～

醭 bú（統讀）

哺 bǔ（統讀）

捕 bǔ（統讀）

鵏 bǔ（統讀）

埠 bù（統讀）

C

殘 cán（統讀）

慚 cán（統讀）

燦 càn（統讀）

藏 1. cáng 礦～
　　2. zàng 寶～

糙 cāo（統讀）

嘈 cáo（統讀）

螬 cáo（統讀）

廁 cè（統讀）

岑 cén（統讀）

差 1. chā（文）不～
　　累黍／不～什麼／偏
　　～／色～／～別／視
　　～／誤～／電勢～／
　　一念之～／～池／～
　　錯／言～語錯／一～
　　二錯／陰錯陽～／～
　　等／～額／～價／～
　　強人意／～數／～異
　　2. chà（語）～不多／
　　～不離／～點兒
　　3. cī 參～

猹 chá（統讀）

搽 chá（統讀）

闡 chǎn（統讀）

羼 chàn（統讀）

顫 1. chàn ～動／發～
　　2. zhàn ～慄（戰慄）
　　打～（打戰）

懺 chàn（統讀）

伥 chāng（統讀）

場 1. chǎng ～合／～
　　所／冷～／捧～
　　2. cháng 外～／圩
　　～／～院／一～雨
　　3. chang 排～

鈔 chāo（統讀）

巢 cháo（統讀）

嘲 cháo ～諷／～罵／
　　～笑

耖 chào（統讀）

車 1. chē 安步當～／杯
　　水～薪／閉門造～／
　　螳臂當～
　　2. jū（象棋棋子名
　　稱）

晨 chén（統讀）

稱 chèn ～心／～意／
　　～職／對～／相～

撐 chēng（統讀）

乘（動作義，唸 chéng）包~制/~便/~風破浪/~客/~勢/~興

橙 chéng（統讀）

懲 chéng（統讀）

澄 1. chéng（文）~清（如"~清混亂""~清問題"）

2. dèng（語）單用，如"把水~清了"。

癡 chī（統讀）

吃 chī（統讀）

弛 chí（統讀）

褫 chǐ（統讀）

尺 chǐ ~寸/~頭

豉 chǐ（統讀）

侈 chǐ（統讀）

熾 chì（統讀）

舂 chōng（統讀）

衝 chòng ~床/~模

臭 1. chòu 遺~萬年

2. xiù 乳~/銅~

儲 chǔ（統讀）

處 chǔ（動作義）~罰/~分/~決/~理/~女/~置

畜 1. chù（名物義）~力/家~/牲~/幼~

2. xù（動作義）~產/~牧/~養

觸 chù（統讀）

搐 chù（統讀）

絀 chù（統讀）

黜 chù（統讀）

闖 chuǎng（統讀）

創 1. chuàng 草~/~舉/首~/~造/~作

2. chuāng ~傷/重~

綽 1. chuò ~~有餘

2. chuo 寬~

疵 cī（統讀）

雌 cí（統讀）

賜 cì（統讀）

伺 cì ~候

樅 1. cōng ~樹

2. zōng ~陽[地名]

從 cóng（統讀）

叢 cóng（統讀）

攢 cuán 萬頭~動/萬箭~心

脆 cuì（統讀）

撮 1. cuō ~兒/一~兒鹽/一~兒匪幫

2. zuǒ 一~兒毛

措 cuò（統讀）

D

搭 dā（統讀）

答 1. dá 報~/~覆

2. dā ~理/~應

打 dá 蘇~/一~（十二個）

大 1. dà ~夫（古官名）/~王（如"爆破~王""鋼鐵~王"）

2. dài ~夫（醫生）/~黃/~王（如"山~王"）/~城[地名]

呆 dāi（統讀）

傣 dǎi（統讀）

逮 1. dài（文）如"~捕"。

2. dǎi（語）單用，如"~蚊子""~特務"。

當 1. dāng ~地/~間兒/~年（指過去）/~日（指過去）/~天（指過去）/~時（指過去）/螳臂~車

2. dàng 一個~倆/安步~車/適~/~年（同一年）/~日

（同一時候）/ ～天
（同一天）

檔 dàng（統讀）

蹈 dǎo（統讀）

導 dǎo（統讀）

倒 1. dǎo 顛 ～ / 顛 ～
是非 / 顛 ～黑白 / 顛
三 ～四 / 傾箱 ～篋 /
排山 ～海 / ～板 / ～
嚼 / ～倉 / ～嗓 / ～
戈 / 潦 ～

2. dào ～糞（把糞
弄碎）

悼 dào（統讀）

纛 dào（統讀）

櫈 dèng（統讀）

羝 dī（統讀）

氐 dī [古民族名]

堤 dī（統讀）

提 dī ～防

的 dí ～當 / ～確

抵 dǐ（統讀）

蒂 dì（統讀）

締 dì（統讀）

諦 dì（統讀）

點 dian 打 ～（收拾、
賄賂）

跌 diē（統讀）

蝶 dié（統讀）

訂 dìng（統讀）

都 1. dōu ～來了

2. dū ～市 / 首 ～ /
大 ～（大多）

堆 duī（統讀）

噸 dūn（統讀）

盾 dùn（統讀）

多 duō（統讀）

咄 duō（統讀）

掇 1. duō（"拾取、採
取"義）

2. duo 攛 ～ / 掂 ～

裰 duō（統讀）

踱 duó（統讀）

度 duó 忖 ～ / ～德量力

E

婀 ē（統讀）

F

伐 fá（統讀）

閥 fá（統讀）

砝 fǎ（統讀）

法 fǎ（統讀）

髮 fà 理 ～ / 脫 ～ / 結 ～

帆 fān（統讀）

藩 fān（統讀）

梵 fàn（統讀）

坊 1. fāng 牌 ～ / ～巷

2. fáng 粉 ～ / 磨 ～ /
碾 ～染 ～ / 油 ～ /
穀 ～

妨 fáng（統讀）

防 fáng（統讀）

肪 fáng（統讀）

沸 fèi（統讀）

汾 fén（統讀）

諷 fěng（統讀）

膚 fū（統讀）

敷 fū（統讀）

俘 fú（統讀）

浮 fú（統讀）

服 fú ～毒 / ～藥

拂 fú（統讀）

輻 fú（統讀）

幅 fú（統讀）

甫 fǔ（統讀）

覆 / 復 / 複 fù（統讀）

縛 fù（統讀）

G

噶 gá（統讀）

岡 gāng（統讀）

剛 gāng（統讀）

崗 gǎng ～樓 / ～哨 /
～子 / 門 ～ / 站 ～ /
山 ～子

港 gǎng（統讀）

葛 1. gé ～藤 / ～布 / 瓜～

2. gě[姓]（包括單、複姓）

隔 gé（統讀）

革 gé ～命 / ～新 / 改～

合 gě（一升的十分之一）

給 1. gěi（語）單用。

2. jǐ（文）補～ / 供～ / ～ / 供～制 / ～予 / 配～ / 自～自足

亙 gèn（統讀）

更 gēng 五～ / ～生

頸 gěng 脖～子

供 1. gōng ～給 / 提～ / ～銷

2. gòng 口～ / 翻～ / 上～

佝 gōu（統讀）

枸 gǒu ～杞

勾 gòu ～當

估（除 "～衣" 讀 gù 外，都讀 gū）

骨（除 "～碌" "～朵" 讀 gū 外，都讀 gǔ）

穀 gǔ ～雨

錮 gù（統讀）

冠 1. guān（名物義）～心病

2. guàn（動作義）沐猴而～ / ～軍

獷 guǎng（統讀）

庋 guǐ（統讀）

檜 1. guì [樹名]

2. huì [人名] "秦～"。

劊 guì（統讀）

聒 guō（統讀）

蟈 guō（統讀）

過（除姓氏讀 guō 外，都讀 guò）

H

蝦 há ～蟆

哈 1. hǎ ～達

2. hà ～什螞

汗 hán 可～

巷 hàng ～道

號 háo 寒～蟲

和 1. hè 唱～ / 附～ / 曲高～寡

2. huo 攪～ / 攪～ / 暖～ / 熱～ / 軟～

貉 1. hé（文）一丘之～

2. háo（語）～絨 /

～子

壑 hè（統讀）

褐 hè（統讀）

喝 hè ～采 / ～道 / 令 / ～止 / 呼幺～六

鶴 hè（統讀）

黑 hēi（統讀）

亨 hēng（統讀）

橫 1. héng ～肉 / ～行霸道

2. hèng 蠻～ / ～財

訇 hōng（統讀）

虹 1. hóng（文）～彩 / ～吸

2. jiàng（語）單說。

訌 hòng（統讀）

囫 hú（統讀）

瑚 hú（統讀）

蝴 hú（統讀）

樺 huà（統讀）

徊 huái（統讀）

踝 huái（統讀）

浣 huàn（統讀）

黃 huáng（統讀）

荒 huang 饑～（指經濟困難）

誨 huì（統讀）

賄 huì（統讀）

會 huì 一～兒／多～兒／
　～厭［生理名詞］

混 hùn ～合／～亂／～
　凝土／～淆／～血兒／
　～雜

蠖 huò（統讀）

霍 huò（統讀）

豁 huò ～亮

獲 huò（統讀）

J

羈 jī（統讀）

擊 jī（統讀）

奇 jī ～數

芨 jī（統讀）

緝 1. jī 通～／偵～
　2. qī ～鞋口

几 jī 茶～／條～

圾 jī（統讀）

戢 jí（統讀）

疾 jí（統讀）

汲 jí（統續）

棘 jí（統讀）

藉 jí 狼～（籍）

嫉 jí（統讀）

脊 jǐ（統讀）

紀 1. jǐ［姓］
　2. jì ～念／～律／
　綱～／～元

偈 jì ～語

績 jì（統讀）

跡 jì（統讀）

寂 jì（統讀）

箕 ji 簸～

輯 ji 邏～

茄 jiā 雪～

夾 jiā ～帶藏掖／～道
　兒／～攻／～棍／～
　生／～雜／～竹桃／
　～注

浹 jiā（統讀）

甲 jiǎ（統讀）

殲 jiān（統讀）

韉 jiān（統讀）

間 1. jiān ～不容髮／
　中～
　2. jiàn 中～兒／～
　道／～諜／～斷／～
　或／～接／～距／
　陳／～續／～阻
　作／挑撥離～

趼 jiǎn（統讀）

儉 jiǎn（統讀）

韁 jiāng（統讀）

膙 jiǎng（統讀）

嚼 1. jiáo（語）味同～
　蠟／咬文～字

　2. jué（文）咀～／
　過屠門而大～

　3. jiào 倒～（倒嚼）

僥 jiǎo ～幸

角 1. jiǎo 八～（大茴
　香）／～落／獨～戲／
　～膜／～度／～兒（特
　～）／～樓／勾心鬥
　～／號～／口～（嘴
　～）／鹿～菜／頭～

　2. jué ～鬥／～兒（腳
　色）／口～（吵嘴）／
　主～兒／配～兒／～
　力／捧～兒

腳 1. jiǎo 根～

　2. jué ～兒（也作
　"角兒"，腳色）

剿 1. jiǎo 圍～

　2. chāo ～說／～襲

校 jiào ～勘／～樣／～正

較 jiào（統讀）

酵 jiào（統讀）

嗟 jiē（統讀）

癤 jiē（統讀）

結（除 "～了個果子"
　"開花～果" "～巴"
　"～實" 唸 jiē 之外，
　其他都唸 jié）

睫 jié（統讀）

芥 1. jiè ～菜（一般的
芥菜）/ ～末

2. gài ～菜（也作
"蓋菜"）/ ～藍菜

矜 jīn ～持 / 自～ / ～憐

僅 jǐn ～～ / 絕無～有

槿 jǐn（統讀）

覲 jìn（統讀）

浸 jìn（統讀）

斤 jin 千～（起重的工
具）

莖 jīng（統讀）

粳 jīng（統讀）

鯨 jīng（統讀）

境 jìng（統讀）

痙 jìng（統讀）

勁 jìng（統讀）剛～

窘 jiǒng（統讀）

究 jiū（統讀）

糾 jiū（統讀）

鞠 jū（統讀）

鞫 jū（統讀）

掬 jū（統讀）

苴 jū（統讀）

咀 jǔ ～嚼

矩 1. jǔ ～形

2. ju 規矩

俱 jù（統讀）

龜 jūn ～裂（也作"皸
裂"）

菌 1. jūn 細～ / 病～ /
杆～ / 黴～

2. jùn 香～ / ～子

俊 jùn（統讀）

K

卡 1. kǎ ～賓槍 / ～車 /
～介苗 / ～片 / ～通

2. qiǎ ～子 / 關～

揩 kāi（統讀）

慨 kǎi（統讀）

愾 kài（統讀）

勘 kān（統讀）

看 kān（統讀）～管 /
～護 / ～守

慷 kāng（統讀）

拷 kǎo（統讀）

坷 kē ～拉（垃）

匼 kē（統讀）

殼 1. ké（語）～兒 / 貝
～兒 / 腦～ / 駁～槍

2. qiào（文）地～ /
甲～ / 軀～

可 1. kě ～～兒的

2. kè ～汗

恪 kè（統讀）

刻 kè（統讀）

克 kè ～扣

空 1. kōng ～心磚 /
城計

2. kòng ～心吃藥

瞘 kōu（統讀）

硞 kù（統讀）

酷 kù（統讀）

框 kuàng（統讀）

礦 kuàng（統讀）

傀 kuǐ（統讀）

潰 1. kuì ～爛

2. huì ～膿

簣 kuì（統讀）

括 kuò（統讀）

L

垃 lā（統讀）

邋 lā（統讀）

擥 lǎn（統讀）

纜 lǎn（統讀）

藍 lan 苤～

琅 láng（統讀）

撈 lāo（統讀）

勞 láo（統讀）

醪 láo（統讀）

烙 1. lào ～印 / ～鐵 /
～餅

2. luò 炮～（古酷刑）

勒 1. lè（文）～逼／～令／～派／～索／懸崖～馬

2. lēi（語）多單用。

擂（除"～台""打～"讀 lèi 外，都讀 léi）

礧 léi（統讀）

贏 léi（統讀）

蕾 lěi（統讀）

累 1. lèi（辛苦義，如"受～"〔受勞～〕）

2. léi（如"～贅"）

3. lěi（牽連義，例如"帶～""～及""連～""賠～""牽～""受～"〔受牽～〕）

蠡 1. lí 管窺～測

2. lǐ ～縣／范～

喱 lí（統讀）

連 lián（統讀）

斂 liǎn（統讀）

戀 liàn（統讀）

量 1. liàng ～入為出／忖～

2. liang 打～／掂～

踉 liàng ～蹌

潦 liáo ～草／～倒

劣 liè（統讀）

捩 liè（統讀）

趔 liè（統讀）

拎 līn（統讀）

遴 lín（統讀）

淋 1. lín ～浴／～漓／～巴

2. lìn ～硝／～鹽／～病

蛉 líng（統讀）

榴 liú（統讀）

餾 1. liú（文）如"乾～""蒸～"

2. liù（語）如"～饅頭"

鎦 liú ～金

碌 liù ～碡

籠 1. lóng（名物義）～子／牢～

2. lǒng（動作義）～絡／～括／～統／～罩

僂 1. lóu 枸～

2. lǚ 傴～

瞜 lou 眍～

虜 lǔ（統讀）

擄 lǔ（統讀）

露 1. lù（文）赤身～

體／～天／～骨／～頭角／～頭露尾／拋頭～面／～頭（礦）

2. lòu（語）

～富／～苗／～光／～相／～馬腳／～頭

櫓 lú（統讀）

捋 1. lǚ ～鬍子

2. luō ～袖子

綠 1. lǜ（語）

2. lù（文）～林／鴨～江

孿 luán（統讀）

攣 luán（統讀）

掠 lüè（統讀）

圇 lún（統讀）

絡 luò ～腮鬍子

落 1. luò（文）～膘／～花生／～魄／漲～／～槽／～着～

2. lào（語）～架／～色／～炕／～枕／～兒／～子（一種曲藝）

3. là（語）（遺落義）。丟三～四／～在後面

M

脈（除"~~"唸mòmò
外，一律唸mài）

漫 màn（統讀）

蔓 1. màn（文）~延 /
不~不支

2. wàn（語）瓜~ /
壓~

牤 māng（統讀）

氓 máng 流~

芒 máng（統讀）

鉚 mǎo（統讀）

瑁 mǎo（統讀）

虻 méng（統讀）

盟 méng（統讀）

禰 mí（統讀）

眯 1. mí ~ 了眼（灰
塵等入目，也作
"迷"）

2. mī ~ 了一會兒
（小睡）/ ~ 縫着眼
（微微合目）

靡 1. mí ~ 費

2. mǐ 風~ /
萎~ / 披~

秘（除"~魯"讀bì
外，都讀mì）

泌 1.mì（語）分~

2. bì（文）~陽［地
名］

娩 miǎn（統讀）

緲 miǎo（統讀）

皿 mǐn（統讀）

閩 mǐn（統讀）

茗 míng（統讀）

酩 mǐng（統讀）

謬 miù（統讀）

摸 mō（統讀）

模 1. mó ~ 範 / ~ 式 /
~型 / ~糊 / ~特兒 /
~棱兩可

2. mú ~ 子 / ~ 具 /
~樣

膜 mó（統讀）

摩 mó 按~ / 撫~

嬤 mó（統讀）

墨 mò（統讀）

糖 mò（統讀）

沫 mò（統讀）

繆 móu 綢~

N

難 1. nán 困~（或變
輕聲）/ ~兄~弟
（難得的兄弟，現
多作貶義）

2. nàn 排~解紛 / 發
~ / 刁~ / 責~ / ~
兄~弟（共患難或
同受苦難的人）

蝻 nǎn（統讀）

蟯 náo（統讀）

訥 nè（統讀）

餒 něi（統讀）

嫩 nèn（統讀）

恁 nèn（統讀）

妮 nī（統讀）

拈 niān（統讀）

鯰 nián（統讀）

釀 niàng（統讀）

尿 1. niào 糖~症

2. suī（只用於口語
名詞）尿（niao）
~ / ~脬

囁 niè（統讀）

寧 1. níng 安~

2. nìng ~可 / 無~
［姓］

忸 niǔ（統讀）

膿 nóng（統讀）

弄 1. nòng 玩~

2. lòng ~堂

暖 nuǎn（統讀）

衄 nù（統讀）

瘧 1. nüè（文）~疾

　　2. yào（語）發~子

娜 1. nuó 婀~/嫋~

　　2. nà［人名］

O

毆 ōu（統讀）

嘔 ǒu（統讀）

P

杷 pá（統讀）

琶 pá（統讀）

牌 pái（統讀）

排 pǎi ~子車

迫 pǎi ~擊炮

湃 pài（統讀）

爿 pán（統讀）

胖 pán 心廣體~（~

　　為安舒貌）

蹣 pán（統讀）

畔 pàn（統讀）

乓 pāng（統讀）

滂 pāng（統讀）

脬 pāo（統讀）

胚 pēi（統讀）

噴 1. pēn ~嚏

　　2. pèn ~香

　　3. pen 嚏~

澎 péng（統讀）

坯 pī（統讀）

披 pī（統讀）

匹 pǐ（統讀）

僻 pì（統讀）

譬 pì（統讀）

片 1. piàn ~子/唱~/

　　畫~/相~/影~/~

　　兒會

　　2. piān（口語一部

　　分詞）~子/~兒/

　　唱~兒/畫~兒/相

　　~兒/影~兒

剽 piāo（統讀）

縹 piāo ~緲（飄緲）

撇 piē ~棄

聘 pìn（統讀）

乒 pīng（統讀）

頗 pō（統讀）

剖 pōu（統讀）

仆 pū 前~後繼

僕 pú ~從

撲 pū（統讀）

樸 1. pǔ 儉~/~素/

　　~質

　　2. pō ~刀

　　3. pò ~硝/厚~

蹼 pǔ（統讀）

瀑 pù ~布

曝 1. pù 一~十寒

　　2. bào ~光（攝影

　　術語）

Q

棲 qī 兩~

戚 qī（統讀）

漆 qī（統讀）

期 qī（統讀）

蹊 qī ~蹺

蠐 qí（統讀）

畦 qí（統讀）

萁 qí（統讀）

騎 qí（統讀）

企 qǐ（統讀）

綺 qǐ（統讀）

杞 qǐ（統讀）

槭 qì（統讀）

洽 qià（統讀）

簽 qiān（統讀）

潛 qián（統讀）

蕁 1. qián（文）~麻

　　2. xún（語）~麻疹

嵌 qiàn（統讀）

欠 qian 打哈~

戕 qiāng（統讀）

鏹 qiāng ~水

強 1. qiáng ~渡/~取

　　豪奪/~制/博文

　　~識

第二章　語音 ┃ 137

2. qiǎng 勉～/牽～/
～詞奪理/～迫/～
顏為笑

3. jiàng 倔～

襁 qiǎng（統讀）

蹌 qiàng（統讀）

悄 1. qiāo ～～兒的

2. qiǎo ～默聲兒的

橇 qiāo（統讀）

翹 1. qiào（語）～尾巴

2. qiáo（文）～首/
～楚/連～

怯 qiè（統讀）

挈 qiè（統讀）

趄 qie 趔～

侵 qīn（統讀）

衾 qīn（統讀）

噙 qín（統讀）

傾 qīng（統讀）

親 qìng ～家

窮 qióng（統讀）

黢 qū（統讀）

曲（麯）qū 大～/紅
～/神～

渠 qú（統讀）

瞿 qú（統讀）

蠼 qú（統讀）

苣 qǔ ～蕒菜

齲 qǔ（統讀）

趣 qù（統讀）

雀 què ～斑/～盲症

R

髯 rán（統讀）

攘 rǎng（統讀）

橈 ráo（統讀）

繞 rào（統讀）

任 rén（統讀）[姓]
[地名]

妊 rèn（統讀）

扔 rēng（統讀）

容 róng（統讀）

糅 róu（統讀）

茹 rú（統讀）

孺 rú（統讀）

蠕 rú（統讀）

辱 rǔ（統讀）

挼 ruó（統讀）

S

靸 sǎ（統讀）

噻 sāi（統讀）

散 1. sǎn 懶～/零零～
～/～漫

2. sàn 解～

喪 sang 哭～着臉

掃 1. sǎo ～興

2. sào ～帚

埽 sào（統讀）

色 1. sè（文）

2. shǎi（語）

塞 1. sè（文）動作義

2. sāi（語）名物義，
如"活～""瓶～"；
動作義，如"把洞
～住"

森 sēn（統讀）

煞 1. shā ～尾/收～

2. shà ～白

啥 shá（統讀）

廈 1. shà（語）

2. xià（文）
～門/噶～

杉 1. shān（文）紫～/
紅～/水～

2. shā（語）～篙/
～木

衫 shān（統讀）

姍 shān（統讀）

苫 1. shān（名物義，
如"草～子"）

2. shàn（動作義，
如"～布"）

墒 shāng（統讀）

猞 shē（統讀）

舍 shè 宿～

懾 shè（統讀）

攝 shè（統讀）

射 shè（統讀）

誰 shéi，又音 shuí

娠 shēn（統讀）

什（甚）shén ～麼

蜃 shèn（統讀）

葚 1. shèn 桑～

2. rèn（語）

桑～兒

勝 shèng（統讀）

識 shí 常～ / ～貨 / ～字

似 shì ～的

室 shì（統讀）

螫 1. shì（文）

2. zhē（語）

匙 shi 鑰～

殊 shū（統讀）

蔬 shū（統讀）

疏 shū（統讀）

叔 shū（統讀）

淑 shū（統讀）

菽 shū（統讀）

熟 1. shú（文）

2. shóu（語）

署 shǔ（統讀）

曙 shǔ（統讀）

漱 shù（統讀）

戍 shù（統讀）

蟀 shuài（統讀）

孀 shuāng（統讀）

說 shuì 遊～

數 shuò ～見不鮮

碩 shuò（統讀）

蒴 shuò（統讀）

艘 sōu（統讀）

嗾 sǒu（統讀）

速 sù（統讀）

塑 sù（統讀）

雖 suī（統讀）

綏 suí（統讀）

髓 suǐ（統讀）

遂 1. suì 不～ /

毛～自薦

2. suí 半身不～

隧 suì（統讀）

隼 sǔn（統讀）

莎 suō ～草

縮 1. suō 收～

2. sù ～砂密（一種

植物）

嗍 suō（統讀）

索 suǒ（統讀）

T

趿 tā（統讀）

鰨 tǎ（統讀）

獺 tǎ（統讀）

沓 1. tà 重～

2. ta 疲～

3. tá 一～紙

苔 1. tái（文）

2. tāi（語）

探 tàn（統讀）

濤 tāo（統讀）

悌 tì（統讀）

佻 tiāo（統讀）

調 tiáo ～皮

帖 1. tiē 妥～ / 伏伏～

～ / 俯首～耳

2. tiě 請～ / 字～兒

3. tiè 字～ / 碑～

聽 tīng（統讀）

庭 tíng（統讀）

骰 tóu（統讀）

凸 tū（統讀）

突 tū（統讀）

頹 tuí（統讀）

蛻 tuì（統讀）

臀 tún（統讀）

唾 tuò（統讀）

W

媧 wā（統讀）

挖 wā（統讀）

瓦 wà ～刀

喎 wāi（統讀）

蜿 wān（統讀）

玩 wán（統讀）

惋 wǎn（統讀）

脘 wǎn（統讀）

往 wǎng（統讀）

忘 wàng（統讀）

微 wēi（統讀）

巍 wēi（統讀）

薇 wēi（統讀）

危 wēi（統讀）

韋 wéi（統讀）

違 wéi（統讀）

唯 wéi（統讀）

圩 1. wéi ~子
　　2. xū ~（墟）場

緯 wěi（統讀）

委 wěi ~靡

偽 wěi（統讀）

萎 wěi（統讀）

尾 1. wěi ~巴
　　2. yǐ 馬 ~兒

尉 wèi ~官

文 wén（統讀）

聞 wén（統讀）

紊 wěn（統讀）

喔 wō（統讀）

蝸 wō（統讀）

硪 wò（統讀）

誣 wū（統讀）

梧 wú（統讀）

牾 wǔ（統讀）

烏 wù ~拉（也作"靰
鞡"）/ ~拉草

杌 wù（統讀）

鶩 wù（統讀）

X

夕 xī（統讀）

汐 xī（統讀）

晰 xī（統讀）

析 xī（統讀）

皙 xī（統讀）

昔 xī（統讀）

溪 xī（統讀）

悉 xī（統讀）

熄 xī（統讀）

蜥 xī（統讀）

螅 xī（統讀）

惜 xī（統讀）

錫 xī（統讀）

樨 xī（統讀）

襲 xí（統讀）

檄 xí（統讀）

峽 xiá（統讀）

暇 xiá（統讀）

嚇 xià 殺雞 ~猴

鮮 xiān 屢見不 ~ / 數
見不 ~

鍁 xiān（統讀）

纖 xiān ~維

涎 xián（統讀）

弦 xián（統讀）

陷 xiàn（統讀）

霰 xiàn（統讀）

向 xiàng（統讀）

相 xiàng ~機行事

淆 xiáo（統讀）

哮 xiào（統讀）

些 xiē（統讀）

頡 xié ~頏

攜 xié（統讀）

偕 xié（統讀）

挾 xié（統讀）

械 xiè（統讀）

馨 xīn（統讀）

囟 xìn（統讀）

行 xíng 操 ~ / 德 ~ /
發 ~ / 品 ~

省 xǐng 內 ~ / 反 ~ /
~親 / 不 ~人事

芎 xiōng（統讀）

朽 xiǔ（統讀）

宿 xiù 星 ~ / 二十八 ~

煦 xù（統讀）

蓿 xu 苜~

癬 xuǎn（統讀）

削 1. xuē（文）

剝~／減／瘦~

2. xiāo（語）切~／

~鉛筆／~球

穴 xué（統讀）

學 xué（統讀）

雪 xuě（統讀）

血 1. xuè（文）用於複

音詞及成語，如“貧

~”“心~”“嘔

瀝~”“~淚史”

“狗~噴頭”等。

2. xiě（語）口語多

單用，如“流了點

兒~”及幾個口語

常用詞，例如：“雞

~”“~暈”“~

塊子”等。

謔 xuè（統讀）

尋 xún（統讀）

馴 xùn（統讀）

遜 xùn（統讀）

熏 xùn 煤氣~着了

徇 xùn（統讀）

殉 xùn（統讀）

蕈 xùn（統讀）

Y

押 yā（統讀）

崖 yá（統讀）

啞 yǎ ~然失笑

亞 yà（統讀）

殷 yān ~紅

芫 yán ~荽

筵 yán（統讀）

沿 yán（統讀）

焰 yàn（統讀）

夭 yāo（統讀）

肴 yáo（統讀）

杳 yǎo（統讀）

窅 yǎo（統讀）

鑰 1. yào（語）~匙

2. yuè（文）鎖~

曜 yào（統讀）

耀 yào（統讀）

椰 yē（統讀）

噎 yē（統讀）

葉 yè ~公好龍

曳 yè 棄甲~兵／搖~／

~光彈

屹 yì（統讀）

軼 yì（統讀）

誼 yì（統讀）

懿 yì（統讀）

詣 yì（統讀）

艾 yì 自怨自~

蔭 yìn（統讀）如（“樹

~”“林~道”應

作“樹陰”“林陰

道”）

應 1. yīng ~屆／~名

兒／~許／提出的條

件他都~了／是我~

下來的任務

2. yìng ~承／~付／

~聲／~時／~驗／

~邀／~用／~運／

~徵／裡~外合

縈 yíng（統讀）

映 yìng（統讀）

傭 yōng ~工

庸 yōng（統讀）

臃 yōng（統讀）

壅 yōng（統讀）

擁 yōng（統讀）

踴 yǒng（統讀）

詠 yǒng（統讀）

泳 yǒng（統讀）

莠 yǒu（統讀）

愚 yú（統讀）

娛 yú（統讀）

愉 yú（統讀）

傴 yǔ（統讀）

嶼 yǔ（統讀）

籲 yù 呼～

躍 yuè（統讀）

暈 1. yūn ～倒/頭～

　　2. yùn 月～/血～/

　　～車

醞 yùn（統讀）

Z

匝 zā（統讀）

雜 zá（統讀）

載 1. zǎi 登～/記～

　　2. zài 搭～/怨聲～

　　道/重～/裝～/～

　　歌/～舞

簪 zān（統讀）

咱 zán（統讀）

暫 zàn（統讀）

鑿 záo（統讀）

擇 1. zé 選～

　　2. zhái ～不開/～

　　菜/～席

賊 zéi（統讀）

憎 zēng（統讀）

甑 zèng（統讀）

喳 zhā 唧唧～～

軋（除了"～鋼""～

　　輥" 唸 zhá 外，其

　　他都唸 yà）（gá 為

方言，不審）

摘 zhāi（統讀）

粘 zhān ～貼

漲 zhǎng ～落/高～

着 1. zháo ～慌/～急/

　　～家/～涼/～忙/～

　　迷/～水/～雨

　　2. zhuó ～落/～手/

　　～眼/～意/～重/不

　　～邊際

　　3. zhāo 失～

沼 zhǎo（統讀）

召 zhào（統讀）

遮 zhē（統讀）

蟄 zhé（統讀）

轍 zhé（統讀）

貞 zhēn（統讀）

偵 zhēn（統讀）

幀 zhēn（統讀）

胗 zhēn（統讀）

枕 zhěn（統讀）

診 zhěn（統讀）

振 zhèn（統讀）

知 zhī（統讀）

織 zhī（統讀）

脂 zhī（統讀）

植 zhí（統讀）

殖 1. zhí 繁～/生～/

～民

　　2. shi 骨～

指 zhǐ（統讀）

擲 zhì（統讀）

質 zhì（統讀）

蛭 zhì（統讀）

秩 zhì（統讀）

櫛 zhì（統讀）

炙 zhì（統讀）

中 zhōng 人～（人口上

唇當中處）

種 zhòng 點～（義同

"點播"。動賓結

構唸 diǎnzhǒng，義

為點播種子）

謅 zhōu（統讀）

驟 zhòu（統讀）

軸 zhòu 大～子戲/壓

～子

碡 zhou 碌～

燭 zhú（統讀）

逐 zhú（統讀）

屬 zhǔ ～望

築 zhù（統讀）

著 zhù 土～

轉 zhuǎn 運～

撞 zhuàng（統讀）

幢 1. zhuàng 一～樓房

2. chuáng 經~（佛教所設刻有經咒的石柱）

拙 zhuō（統讀）

茁 zhuó（統讀）

灼 zhuó（統讀）

卓 zhuó（統讀）

綜 zōng ~合

縱 zòng（統讀）

粽 zòng（統讀）

鏃 zú（統讀）

組 zǔ（統讀）

鑽 1.zuān ~探／~孔

2. zuàn ~床／~杆／~具

佐 zuǒ（統讀）

唑 zuò（統讀）

柞 1.zuò ~蠶／~綢

2. zhà ~ 水（在陝西）

做 zuò（統讀）

作（除"~坊"讀 zuō 外，其餘都讀 zuò）

第三章　文字

第一節　漢字概說

一、文字和語言

文字是記錄語言的書寫符號系統，是最重要的輔助性交際工具。人類通過文字的記錄和傳播功能，大大加快了人類文明的進程。文字的產生是人類進入文明社會的重要標誌。

文字在語言的基礎上產生，依附於語言。人類先有語言，後有文字。有的民族語言至今還沒有相應的文字。而在有文字的民族裡，不識字的人也可以進行日常交流。

文字用什麼符號記錄語言，是約定俗成的。同一種語言可以採用不同的文字符號，不同的語言也可以採用相同的文字符號。

世界上的文字多種多樣。按照記錄語言音或義的不同，以及記錄語言單位的大小差異，可以把文字分為不同的類型。

記錄語言的音、義	表音文字		表意文字
記錄語言單位	音素文字	音節文字	語素文字
對應文字	英文、阿拉伯文	日文	漢字

表音文字用數目不多的符號（字母）表示有限的音素或音節。一般來說，音和字母的對應相對穩定。人們掌握了字母的發音和拼寫規則，聽到了一個詞的發音大致就能寫下來，看到了一個詞的形體也大體能讀出來。與表音文字相反，表意文字並不直接與聲音發生聯繫，而是用數量較多的符號表示語言中最小的音義結合體——語素。

二、漢字的性質和特點

漢字是記錄漢語的書寫符號系統。它是漢族人民在長期社會實踐中逐漸創造出來的。從形體、造字法、字量及字詞之間的關係來看，商朝晚期的甲骨文已經是相當成熟的文字體系。由此可知，漢字產生的時間一定更早。漢字是世界上持續使用時間最長的文字，也是各大古老文字體系中唯一傳承至今的文字。

漢字用特定的符號直接表示詞或語素的意義。讀音相同的字可以表示意義不同的詞或語素，讀音不同的字也可以表示意義相同的詞或語素。同一個漢字，古今的讀音可能不同，不同方言中的讀音也可能不同。然而今人能理解古書中漢字的字義，不同地方的人對同一漢字字義理解也能相同。因此說，漢字是表意文字。

漢字的表意文字性質使漢字具有較強的超時空性。幾千年來，漢字的字音變化很大，而許多漢字的字義卻變化不大。如古書上"天、地、人、王、馬、牛、羊"等字，現代人不懂它的古音，但能瞭解它的字義。這些漢字在不同方言區往往有不同的讀音，但是字義卻基本相同。中華民族歷史悠久，古籍豐富，地域遼闊，方言分歧很大，漢字具有的較強的超時空性使它能在不同歷史時期、不同方言地區很好地起到交際工具的作用，有效地起到了傳承中華文明，增強了民族凝聚力。

漢字具有分化同音字詞的作用。現代漢語音節約有四百個，帶調的音節也只有一千三百多個，存在大量的同音詞。如果同音都同形，就容易產生歧義，不利於閱讀。但漢字有幾萬個，相同的音節可以用許多不同的字形來書寫，這就把同音詞區分開來了。從這一角度來講，漢字適應了漢語的需要，使漢字的表意體制得以長期保持。

漢字的結構體呈方塊形。漢字不分詞連寫，字與字之間沒有空格。這是漢字書寫上的特點。

三、漢字的作用

中華民族創造的光輝燦爛的古代文化，包括政治、經濟、軍事、科技、歷史、文學、藝術等方面的重大成果，都靠漢字記載下來，傳播四方，流傳至今，成為中華民族和全世界人民共同的寶貴財富。

現在，漢字是國家法定的通用文字，它服務於各族人民，服務於各行各業，在中國的物質文明、精神文明建設中已經發揮並將繼續發揮重要的作用。

我們的鄰國越南、朝鮮半島、日本都曾借漢字來記錄自己的語言。至今，日本、韓國還在部分使用漢字，新加坡等國甚至把漢字作為他們國家的通行文字之一。漢字對保存這些國家的文化遺產，促進中國與這些國家的交流，起着重要的作用。聯合國還把中國的規範漢字作為六種官方使用文字之一，漢字在國際交往中繼續發揮着積極的作用。

複習與練習（一）

複習題

1. 什麼是文字？
2. 為什麼說漢字是表意體系的文字？它在書寫上有什麼特點？
3. 怎樣理解漢字較強的超時空性？
4. 漢字有哪些作用？

第二節　漢字的形體

　　現代漢字是從古代漢字演變來的，漢字歷史上出現過甲骨文、金文、小篆、隸書、楷書五種主要字體以及草書、行書等輔助字體。

　　甲骨文指刻寫在龜甲獸骨上的文字。現在發現的甲骨文主要是商代後期的，也有少量是周代的。它是中國已發現的古代文字中時代最早的成體系的文字。甲骨文絕大多數是用刀刻出來的，所以筆畫細瘦，多用方筆。

商代甲骨文　卜雨應驗①　　　　　商代甲骨文　干支表②

---

① 釋文：癸子（巳）卜，爭鼎（貞）：今一月雨？王固（占）曰：□丙雨。
　　　　癸子（巳）卜，爭鼎（貞）：今一月不其雨？
　　　　勹（旬）壬寅雨，甲辰亦雨。

② 釋文：甲子乙丑丙寅丁卯戊辰己子（巳）庚午辛未壬申癸酉
　　　　甲戌乙亥丙子丁丑戊寅己卯庚辰辛子（巳）壬午癸未
　　　　甲申乙酉丙戌丁亥戊子己丑庚寅辛卯壬辰癸子（巳）
　　　　甲午乙未丙申丁酉戊戌己亥庚子辛丑壬寅癸卯
　　　　甲辰乙子（巳）丙午丁未戊申己酉庚戌辛亥壬子癸丑
　　　　甲寅乙卯丙辰丁子（巳）戊午己未庚申辛酉壬戌癸亥

金文指鑄刻在青銅器上的文字，也叫銅器銘文。金文從商周到秦漢甚至時代更晚都有，這裡指的是先秦金文。金文一般筆畫肥粗豐滿，外形方正、勻稱。

西周早期金文　利簋① 　　　　　西周晚期金文　史頌簋②

① 釋文：珷（武王）征商，隹（惟）甲子朝歲
　　鼎（貞），克，聞（昏）夙又（有）商。辛未
　　王才（在）𥂌𠂤，易（賜）又（有）事（司）利
　　金。用乍（作）旜公寶障（尊）彝。

② 釋文：隹（惟）三年五月丁子（巳），王才（在）宗
　　周，令史頌𧗵（省）穌（蘇），□友里君、
　　百生（姓）帥（率）𦜝（偶）𥂌於成周，休又（有）
　　成事。穌（蘇）賓章（璋）、馬三（四）匹、吉金，用
　　乍（作）𣪊彝。頌其萬年無彊（疆），日
　　遟天子𩁹令，子子孫孫永寶用。

戰國金文　欒書缶①　　　　　　　　秦小篆　嶧山刻石②

　　小篆指秦始皇統一六國後整理、推行的標準字體，筆畫整齊圓
轉、字形勻稱。小篆是漢字古文字階段的最後一種形體，它承上啟
下，既是辨識各種更早古文字的重要階梯，又是漢字繼續發展演變
的基礎。

秦小篆　陽陵虎符③

---

① 釋文：正月秊（季）萅（春），元日己丑，
　　余畜孫書也，穀（擇）其吉
　　金，以攼（作）鑄盉（缶）。吕（以）祭（祭）我
　　皇昳（祖），虘（吾）吕（以）旂（祈）沬（眉）壽。䜌（欒）
　　書之子孫，萬鄡（世）是畜（寶）。
② 釋文：皇帝立國，維（惟）初在昔，嗣世稱王。討伐亂
③ 釋文：甲兵之符，右才（在）皇帝，左才（在）陽陵。

隸書有秦隸、漢隸兩種。秦隸是秦代使用的隸書，主要特點是把小篆圓轉弧形的筆畫變成方折平直的筆畫，基本擺脫了古文字象形的特點，但還保留着一些篆書的筆法，所以也叫古隸。漢隸是在秦隸的基礎上演變來的，是漢代通行的字體，字形規整，撇、捺、長橫有波磔，很少有篆書的筆法。從隸書開始，漢字進入了今文字的範疇。今文字是指秦以後的文字，包括隸書、草書、行書和楷書。

秦隸　睡虎地秦簡《日書》①

漢隸　曹全碑②

楷書興於漢末，盛行於魏晉，一直沿用至今，字形方正，筆畫沒有波磔，書寫方便。楷書的“楷”，是楷模的意思，楷書即標準字體，因此楷書又叫真書、正書。漢字發展到楷書就基本上定型了。

---

① 釋文：凡月望，不可取（娶）婦、家（嫁）女、入畜生（牲）。
　　　凡以此往，亡必得，不得必死。
　　　口祭（祭）祀、家（嫁）子、作大事皆可。

② 釋文：君諱全，字景完，敦煌效穀人也。其先蓋周之冑

楷書　唐歐陽詢《九成宮醴泉銘》[1]

章草　三國吳皇象本《急就篇》[2]

今草　晉王羲之《十七帖》[3]

狂草　唐張旭《古詩四帖》[4]

---

[1]　釋文：享其功者也。然昔之池沼，咸引谷澗。宮城之內

[2]　釋文：第一　急就奇觚與眾異，羅列諸物名姓字，分別部居不雜廁，用日約［少誠快意］，勉力

[3]　釋文：十七日先書，郗司馬未去，即日得足下書，為慰。先書以具，示複數字。吾前東粗足作佳觀，吾為逸民之懷久矣，足下何以等復及此，似夢中語耶？

[4]　釋文：東明九芝蓋，北燭五雲車。飄搖入倒景，出沒上煙霞。春泉下玉霤，青鳥向金華。漢帝看桃核，齊侯

草書包括章草、今草、狂草三種。章草是隸書的草寫體，因在東漢章帝時盛行而得名，筆畫有漢隸的波磔，雖有連筆，但字字獨立。今草產生於東漢末，形體連綿，字字顧盼呼應，貫通一氣，筆形沒有波磔。狂草產生於唐代，變化多端，很難辨認。它脫離了文字的實用目的，變成了純粹的書法藝術。

行書產生於東漢末年，一直運用至今，字形近草不放，近楷不拘，筆畫連綿，一般各字獨立，好認易寫。行書可以分為行楷、行草兩類，行楷是跟楷書比較接近的行書，行草是跟草書比較接近的行書。

行書　晉王羲之《喪亂帖》[1]

現行漢字的印刷體多用楷書，手寫體多用行書和楷書。但在某些特定的場合尤其是書法創作時，各種形體都可能使用。

國家正式發佈的文件和一般的報刊、書籍，都用的是楷書。印刷體中的楷書主要有細明體、仿細明體、黑體、楷體四種，這些字體後來又被輸入電腦，成為電腦印刷體。行書是楷書的輔助性字體，在日常書寫中一般都採用行書。行書是楷書的一種快寫體，由於楷書書寫速度較慢，所以除了有特殊需要之外（如初學者習字），一般人更喜歡寫行書。行書既便於書寫，又易於辨認，是現代漢字手寫體中應用最廣泛的字體。

---

[1]　釋文：奈何！雖即修復，未獲奔馳，哀毒益深，奈何奈何！臨紙感哽，不知何言！羲之頓首。

複習與練習（二）

一、複習題

    1. 漢字主要有哪些字體？這些字體各有什麼特點？

    2. 現行漢字中，印刷體和手寫體主要使用哪些字體？

二、練習題

根據本節提供的字體附圖，選擇其中的一種字體進行臨摹，仔細體會這種字體的特點。

課程延伸內容

現行印刷體的常用字號和字體

印刷體按字體大小不同，分成不同的字號。常用的字號從大到小有初號、小初號、一號、小一號、二號、小二號、三號、小三號、四號、小四號（新四號）、五號、小五號（新五號）、六號、小六號、七號等。

漢字印刷體部分字號表

字號	範例
初號	現代漢字字號
一號	現代漢字字號
二號	現代漢字字號
三號	現代漢字字號
四號	現代漢字字號
小四	現代漢字字號
五號	現代漢字字號
小五	現代漢字字號
六號	現代漢字字號
七號	現代漢字字號

一般來說，各種形體的漢字都可以印刷出來，成為印刷體。隨着信息技術的發展，電腦裡可以出現各類印刷體，電腦中的字體也日趨豐富，較為常用的除前面提到的細明體、仿細明體、楷體、黑體外，還有華文行楷、華文隸書、華文彩雲、華文琥珀、華文細黑、華文新魏、方正舒體、方正姚體、微軟雅黑、幼圓等多種字體。

常見印刷字體表

宋體	現代漢語字體
仿宋體	現代漢語字體
楷體	現代漢語字體
黑體	現代漢語字體
華文行楷	現代漢語字體
華文隸書	現代漢語字體
華文彩雲	現代漢語字體
華文琥珀	現代漢語字體
華文新魏	現代漢語字體
方正舒體	現代漢語字體
方正姚體	現代漢語字體
微軟雅黑	現代漢語字體
幼圓	現代漢語字體

第三節　漢字的造字法

　　古今漢字大體可以按照象形、指事、會意、形聲四種造字法來分析造字的理據。

一、象形

　　通過描繪物體形狀來表示字義的造字法。用這種方法造的字就是象形字。例如：

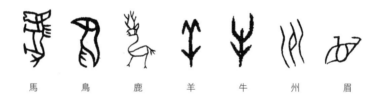

馬　　鳥　　鹿　　羊　　牛　　州　　眉

　　以上例字都是甲骨文，其中“馬、鳥、鹿”三字基本上畫出了這三種動物的外形；“羊、牛”二字只是畫出了這兩種動物的部分外形特徵來代表整體；“州、眉”二字則為了使所描繪的形體更加明確，還附加了相關物體的形象。

　　古代漢字中的象形字發展到現代大都已失去了原來的象形特徵，基本上變成硬性規定的記號字了。新產生的漢字中也有象形字，如“丫”字，但已非常罕見。

　　用象形法造字有它的局限，因為複雜的事物、抽象的概念很難象形，所以單靠這種方法造的字較少。

象形字多是獨體字，是構成其他漢字的基礎。

二、指事

用象徵性符號或在象形字上加提示符號來表示字義的造字法。用這種方法造的字就是指事字。指事字可分兩種。一種是象徵性符號的指事字，如用三條線表示"三"，用弧向上和向下的兩條長弧線（或長橫線）為基準，上邊和下邊各加一短線表示"上"和"下"。另一種是象形字加提示符號的指事字，如"本"原義是樹根，在"木"下部加一點或一短橫，表示樹根的所在，而"末"字剛好相反；"刃"是在刀刃處加一點，"亦"是在人形的兩腋下各加一點。例如：

三　　上　　下　　本　　末　　刃　　亦

在現行漢字中有些指事字已看不出指事的意圖，如"亦"。指事字的數量很少。

三、會意

用兩個或幾個字符合成一個字，把這些字符的意義合成新字的意義，這種造字法叫會意。用會意法造的字就是會意字。會意字有"以形會意"和"以義會意"兩種。"以形會意"是通過字符的形象合起來表意，如甲骨文的"牧"字像手拿鞭子趕牛，表示放牧；

"宿"像屋子裡有人躺在蓆子上睡覺，表示住宿；"伐"像用戈砍人頭，表示砍伐；"折"像用斧子把木頭砍成兩段，表示折斷；"步"像雙腳一前一後走路，表示步行。

牧　　宿　　伐　　折　　步

"以義會意"是通過字符的字義合起來表意，如不正為"歪"，小土為"塵"，山高為"嵩"；"筆"由竹、毛合成，"林"由兩個"木"合成。

現行的會意字多數是從古代會意字演變來的，但古代的有些會意字，如"弄、祝、祭、集、香"等，由於字形的演變、字義的變化，很難瞭解它們是如何會意的。有些古代的會意字如"繭、筆"等，現行漢字簡化成"茧、笔"，會意更清晰了。

四、形聲

由表示字義類屬的部件和表示字音的部件組成新字，這種造字法叫形聲。用形聲法造的字是形聲字。表示字義和字音的部件一般分別稱做形旁和聲旁。如"材"字中的形旁"木"表示樹木，聲旁"才"表示讀音，組成從木才聲的形聲字。形聲法是漢字造字法中最能產的，現行漢字大部分是形聲字。

形聲字的形旁原來大都是象形字，如"箱、廂、想、湘"的形旁"竹、厂、心、氵（水）"。象形字、指事字、會意字、形聲字都可以做形聲字的聲旁，如"恙、忍、慫、悟"的"羊、刃、從、吾"。

有的形聲字有省形和省聲的情況。省形，就是省去形旁的一部分，如"亭"從高省，丁聲；形旁"高"省去了下面的"口"。省聲，就是省去聲旁的一部分，如"珊"從王（玉），刪省聲；聲旁"刪"省寫成了"冊"。

還有一種亦聲字，也就是會意兼形聲字，如"貧"，從貝從分，分亦聲；"姓"，從女從生，生亦聲。

形聲字有表音成分，這比沒有表音成分的象形字、指事字、會意字有一定的優越性。同一個形旁加上不同的聲旁，可以造出意義相關而讀音不同的一批形聲字，如形旁"水"，在通用字中就有"江、湖、溪、汗、沁、沛"等大量的意義和水有關的形聲字。同一個聲旁，也可加上不同的形旁，組成讀音相同或相近而意義不同的一批形聲字，如用"艮"做聲旁的"跟、墾、很、恨、痕、銀"等。

古代傳下來的形聲字，有些簡化後聲旁表音比過去準確了，如"证（證）、沟（溝）、战（戰）、态（態）"等。有些因用特定符號代替聲旁，寫起來簡單，但表音不清楚了，如"鸡（雞）、权（權）、难（難）、仅（僅）、邓（鄧）、赵（趙）"等。後起字絕大多數是形聲字。

形聲字都是合體字，形旁和聲旁的部位大體有以下六類。

01　左形右聲：江、松、銅、推、跑、稅、惕
02　右形左聲：鳩、削、敲、效、雅、魂
03　上形下聲：芋、簡、霄、爸、窖、崇、嶺
04　下形上聲：譬、膏、剪、堡、斧、烈
05　外形內聲：固、閣、匣、衷
06　內形外聲：問、聞、瓣、辯

另外有些字比較特殊。有的左上形，右下聲，如"廳、府、疾、屁"。有的左下形，右上聲，如"廷、越、颺"。有的右上形，左下聲，如"翅、題"。有的形或聲在一個角上，如"荊"，從艹（艸），刑聲；"穎"，從禾，頃聲；"徒"，從辵（chuò），土聲。

有時候，同樣的形旁和聲旁部位不同也是相同的一個字，如"躃躄、棋棊"等，它們只是偏旁位置不同的異體字；但有時候，同樣的形旁和聲旁由於部位不同會形成完全不同的兩個字，如"召叨、含吟、架枷、暈暉、帛帕、衿衾、裏裸、忘忙、忠忡、怠怡、愈愉、紊紋"等。

掌握形聲字的形旁和聲旁對學習漢字具有積極的作用。形旁的主要作用是表示字的意義類屬，可以幫助瞭解和區別字的意義，如用"扌（手）"表示同手的動作行為有關係，如"撲、扒、扔、扛、捫"等。又如，用"勞"做聲旁的形聲字，在通用字中有"撈、嶗、鐒、嘮、癆、耮、澇"等，這些字可以通過形旁瞭解區別它們的意義類屬。聲旁的主要作用是表示讀音，大約有 1/4 的形聲字聲旁和整個字的讀音完全相同，如"換、喚、渙、煥、瘓"等。有些形聲字同聲旁的讀音不完全相同，但也有一定的規律，可以幫助區別形似字。

不過，形旁的表意功能有一定的局限性。第一，絕大多數形旁只表示意義類屬，不表示具體意義，如用"口"做形旁的"吃、吐、呼、吸"等，同是表示與口有關的動作，但"吃"和"吐"、"呼"和"吸"意義正好相反。第二，由於事物的變化以及詞義引申、文字假借等原因，有些形旁的表意作用受到了影響，甚至喪失了表意作用，如戶籍早期是用竹簡來登記的，所以"籍"的形旁用"竹"，這個形旁在今天已經失去了表意作用；"理"的原義是對玉進行加工，所以形旁用"王（玉）"，後來引申為治理、道理等，這些引申義都和玉無關；"笨"字原來表示竹子內壁裡的白色薄膜，所以形旁從"竹"，假借為粗笨的"笨"以後，就與"竹"失去聯繫了。

聲旁的表音作用也有很大的局限性。第一，由於古今語音的演變等原因，大約有 3/4 的形聲字和它的聲旁讀音並不一致，甚至差異很大，如用"昆"做聲旁的"混、棍"，用"壽"做聲旁的"躊、濤、鑄"等，它們的讀音跟聲旁的讀音都不相同。第二，有的聲旁不容易分辨出來，如"賊"，表面看是從貝從戎，像個會意字，其實是從戈則聲的形聲字，從現代漢字的形體上已經看不出來了。省聲字更不好分辨，如"疫"，從疒，役省聲。第三，有些聲旁現在不單用，一般人不知道它的讀音，如"托、瘟、廖"中的"乇（zhé）、昷（wēn）、翏（liù）"等。

複習與練習（三）

一、複習題

 1. 舉例說明漢字的造字法主要有哪幾種。

 2. 形聲字中的形旁主要有什麼作用？又有哪些局限？

 3. 形聲字的聲旁主要有什麼作用？又有哪些局限？

二、練習題

 1. 下列漢字是哪一種造字法造出來的？

  男 女 虎 上 象 下 云 爸

  禾 竹 車 刃 三 常 武 末

  珊 志 凹 明 鹿 匣 門 閣

 2. 分析下列各組聲旁相同的形聲字，看它們的字義跟形旁有什麼聯繫。

  （1）賭睹堵 （2）瞠膛 （3）沾玷 （4）摳樞慪

  （5）溢謚隘 （6）苔答 （7）胳絡 （8）渴謁喝

 3. 分析下列各組形旁相同的形聲字，看它們的讀音跟聲旁有什麼聯繫。

  （1）鎖銷 （2）狼狠 （3）釣鈞 （4）徒徙

  （5）叨叼 （6）痩瘦 （7）沁泌 （8）貨貸

第四節　現代漢字的結構

現代漢字的結構，可以從兩個方面來分析：一是結構單位，包括筆畫和部件；二是筆順。

一、結構單位

（一）筆畫

筆畫是構成漢字字形的最小的連筆單位。從落筆到收筆所寫的點或線叫一筆或一畫。

傳統的漢字基本筆畫有"點、橫、豎、撇、捺、提、折、鉤"八種，又稱"永字八法"。

1965 年文化部和中國文字改革委員會（後面簡稱"文改會"）公佈的《印刷通用漢字字形表》和 1988 年國家語言文字工作委員會（後面簡稱"國家語委"）、新聞出版總署發佈的《現代漢語通用字表》規定了五種基本筆畫：橫、豎、撇、點、折。傳統的"捺"歸入了"點"，"提"歸入了"橫"，"鉤"是楷書的筆勢帶出來的，附屬在其他筆畫末端，因此沒有列為獨立的形體。

筆畫的具體形狀有主筆形和附筆形的分別。主筆形是一般的寫法，附筆形是筆畫在字的不同位置或不同偏旁中的變形，如橫有平橫、提橫（如"三、地"），豎有短豎、長豎（如"歸、中"），撇有平撇、豎撇（如"千、月"），點有短點、長點、左點（如"主、校、刃"），捺有平捺、斜捺（如"之、人"）。

在五種基本筆畫中，橫、豎、撇、點是單一筆畫，折是複合筆畫。折筆是兩種或兩種以上筆畫的連接，如"口"字第二筆橫折，"凹"字第二筆橫折折，"凸"字第四筆橫折折折，"乃"字第一筆橫折折折鉤。2001 年由教育部和國家語委發佈的《GB13000.1 字符集漢字折筆規範》對 20902 個字所歸納的細明體折筆共有 4 大類 25 小類（參見附錄一：GB13000.1 字符集漢字折筆筆形表）。

每一個規範漢字的筆畫數是一定的。筆畫數和筆形，對於漢字教學、查字典和索引都是必要的，排列人名有時也會按姓氏筆畫的多少和筆形的順序。《印刷通用漢字字形表》和《現代漢語通用字表》統一了字形，也規定了筆畫數目。

筆畫的組合有相離（如"二、心"）、相接（如"人、山"）、相交（如"十、末"）三種方式，但多數漢字是由兩種或三種方式構成的，如"沬、街"。

（二）部件

1. 部件及部件的組合

部件是由筆畫組成的構字單位，如"件"中的"亻、牛"，"部"中的"立、口、阝"。部件一般由兩個或兩個以上的筆畫構成，也有一個筆畫構成的，如"乙"。有的部件可以單獨成字，如"牛、口、寸、立"；有的部件不能獨立成字，需要跟別的部件組合成字，如"阝、冫、氵、灬"。由多個部件組成的字，部件的組合往往有先後次序，如"邵"先由部件"刀、口"組合成部件複合體"召"，"召"再跟部件"阝"組合成"邵"；又如"端"是由部件"立"和部件複合體"耑"組合而成的，"耑"又由部件"山"和"而"組合而成。

由兩個或兩個以上部件組成的字，它們部件的組合方式主要有三種：

（1）左右組合

　01　左右結構：休、路、河、好

　02　左中右結構：樹、瓣、掰、弼

（2）上下組合

　03　上下結構：要、寫、露、帛

　04　上中下結構：意、薯、衷、莫

（3）包圍組合

　05　兩面包圍

　　A. 上左包圍：庭、床、病、廂

　　B. 上右包圍：句、勾、匀、包

　　C. 左下包圍：還、越、建、翅

　06　三面包圍

　　A. 上三包圍：間、閒、周、同

　　B. 下三包圍：凶、函、凼

　　C. 左三包圍：區、匝、匪

　07　四面包圍：國、圍、回、園

　　絕大多數漢字屬於左右組合和上下組合，包圍組合較少。結構複雜的漢字可能分析出多層組合。如"想"有兩層組合，第一層組合是"相、心"，上下結構；第二層組合是"相"的"木、目"，左右結構。"落"有三層組合，第一層組合是"艹、洛"，上下結構；第二層組合是"洛"的"氵、各"，左右組合；第三層組合是"各"的"夂、口"，上下結構。

　　部件是對現行漢字的形體結構所作的分析。漢字雖然數量龐大，但部件有限[①]，分析和研究漢字的部件，對漢字的學習和運用可以收

[①]　根據國家語委 1997 年 12 月 1 日發佈、1998 年 5 月 1 日實施的《信息處理用 GB13000.1 字符集漢字部件規範》，共有單一部件 560 個，可分成 393 組，每組 1 個主形部件，其餘是附形部件，如"竹"是主形部件，"⺮"是附形部件。

到以簡馭繁的效果，對漢字的信息化處理也有重要意義。

2. 部件與偏旁、部首

部件與偏旁不同，**偏旁是傳統文字學的概念，它是從造字法的角度對合體字進行分析所得到的結構單位**。偏旁可以分成形旁（或意符）和聲旁（或音符）兩類。形聲字基本上是由一個形旁和一個聲旁組成，如"媽""放"的形旁分別是"女""攵"，聲旁分別是"馬""方"。而構成會意字的偏旁都是形旁，如"休""磊"中的"亻、木、石"。部件和偏旁是從不同角度分析漢字的結果，有時候偏旁與部件並不對應，如"湖"的形旁是"氵"，聲旁是"胡"，由兩個偏旁組成；但從部件的角度看，則可以分析出"氵、十、口、月"四個部件，這裡的"十、口、月"並不是"湖"字的偏旁。可見，偏旁和部件雖然有時重合，但不能混為一談。

部件與部首也不相同，傳統的部首是字書中各部的首字[①]。大部分部首是漢字的一個部件，如"經"的部首"糸"，"家"的部首"宀"。有的部首則可以分成幾個部件，如部首"音"可分成"立、曰"兩個部件。現代字詞典中，有的部首還可能只是部件中的一個筆畫，如"川、久"的部首"丿"。可見，部首和部件是不同的概念。

二、筆順

筆順是書寫漢字時筆畫的先後順序。漢字的筆順規則，可以概括為"從上到下、從左到右"和"先大後小、先長後短"兩條。簡

---

① 採用部首給漢字歸類，始於東漢許慎的《說文解字》，它把 9353 個漢字分為 540 部，每部的部首都是獨立的漢字，所屬部首的字與部首字在形體和意義上有一定的關聯。後來的字書詞典所用的歸類部首跟《說文解字》相比有了不少改變，但一直都沿用這個名稱，"部首"也成了編纂字詞典時給漢字歸類的一種手段。

單地說，就是"上下左右、大小長短"八個字。

從上到下：二、三、丁、匕、弓、十、七、韋、互、巨
從左到右：八、川、州、人、几、九、又、及

　　書寫漢字時，後一筆畫的起筆總是順着前一筆畫的收筆來書寫，所以判斷某個筆畫的上下左右要依據它的收筆而不是起筆。如"二、匕"等字的筆順是從上到下，"七、韋"等字的筆順也是從上到下；"八"等字的筆順是從左到右，"九、及"等字的筆順也是從左到右。因此，"從上到下、從左到右"不僅包括相離和相接的筆畫，也包括相交的筆畫。一般所說的"先橫後豎（如'十'）""先撇後捺（如'八'）""左下包圍結構（如'建'）和下三包圍結構（如'函'），先裡後外"等規則實際已包含在這個規則裡。

　　多數漢字的筆順並不是單純的"從上到下"或"從左到右"，而是兩者的結合。如"仁"字由"亻"到"二"是從左到右，而"亻"和"二"都是從上到下；"火"字由"丷"到"人"是從上到下，而"丷"和"人"都是從左到右；"忄"旁先寫上部兩點是從左到右，再豎是從上到下；"匹"字先橫後"儿"再"乚"是從上到下，而中間的"儿"是從左到右。

先大後小：問、起、司、小、玉、力、卩
先長後短：非、尚、兆、芈、北、重、毋

　　為了字形的勻稱美觀，需要先寫空間較大的部分或較長的筆畫，以先確定這個字的骨架和重心。字形內部的大小可以通過估算它的縱、橫向長度的乘積來判別，包括各種折筆的複合筆畫大於橫豎撇點等單一筆畫。一般所說"從外到內"的字，如上三包圍的"問、同、風"，上左包圍的"廳、庭、病"，上右包圍的"司、旬"，

左下包圍中外圍筆畫較多的"起、爬、翅、魁、趲"等，都是先寫空間較大的部分。"先中間後兩邊"的字，如"小、亦"等中間部分比兩邊的點大，所以先寫。一般所說的"在右上方或字裡頭的點多數最後書寫"，如"代、犬"和"玉、瓦、凡"等，這其實也是"從大到小"。至於"力、乃"等字的撇筆後寫，"阝、卩"等偏旁的豎筆後寫，都是由於單一筆畫小於複合筆畫。

"非"字左右兩邊的長豎比橫畫長，"尚、光、黨"等字上部中間的短豎比兩邊的點長，所以先寫；"兆"字的左右兩邊先寫"丿、乚"，"北"字的左邊和"芈"字的左上角和右上角都先寫"丨"，也是同樣的道理。"里、重"等字最後三筆都是先長豎再兩橫，"毋"字最後兩筆是先長撇再橫，"丑"字中間是先長豎再短橫，這都是"先長後短"。

"上下左右"規則和"大小長短"規則是共同起作用的，其中"上下左右"規則更為根本、重要，一般要優先運用。"國、因"等四面包圍的字不是先把外面的方框寫全，而是最後用下面的橫筆封口；"即、戍、瓜、夜"等字裡的點不是最後寫；"丹、母、舟"等字最後兩三筆不是先橫後點，而是先寫上面的點再橫；"忄"旁不是先寫豎而是先寫上部的兩點，都是"上下左右"規則先於"大小長短"規則運用的結果。

關於漢字筆順的規範，最早有 1965 年文化部、文改會發佈的《印刷通用漢字字形表》，後來在 1988 年國家語委、新聞出版署又發佈了《現代漢語通用字表》，這兩個字表規定了所收漢字的字形結構、筆畫數和筆順，但是沒有一筆一筆地列出筆畫的順序，人們在使用過程中難免存在一些分歧。到了 1997 年，國家語委和新聞出版署聯合發佈《現代漢語通用字筆順規範》，確定了 7000 個漢字的規範筆順，一筆一畫地明確了每個字的筆順。為了規範更多漢字的筆順，國家語委 1999 年發佈《GB13000.1 字符集漢字筆順規範》，規定了 20902 個漢字的筆順規範，已於 2000 年 1 月 1 日正式實施。

複習與練習（四）

一、複習題

1. 什麼是筆畫？漢字的基本筆畫有哪些？

2. 筆畫與筆畫的組合方式有哪些？請舉例說明。

3. 什麼是部件？漢字中部件的組合方式主要有哪些？

4. 什麼是偏旁？什麼是部首？它們和部件有什麼不同？

5. 什麼是筆順？漢字筆順的基本規則有哪些？請舉例說明。

二、練習題

1. 分析下列各字的部件、部首和偏旁。

湖　晴　豎　氧　趕　乃　仍　悉

2. 寫出下列漢字的筆順。

與　義　叉　車　比　丑　北　臼　舟　淵

忖　迅　里　非　乘　兜　頤　乃　及　萬

丹　火　毋　母　凹　凸　垂　脊　邕　敝

課程延伸內容

部件的變形

部件在組成漢字的過程中，為了整體的美觀勻稱，需要與其他部件在形體上相互協調，這樣同一部件在字的不同位置可能會有不同的形體，這就是部件的變形。如組成"楊"字的部件"木"變做"朩"，組成"均"字的部件"土"變做"土"。又如組成"件"字的部件"亻"是"人"的變形，組成"江"字的部件"氵"是"水"的變形。

有的部件變形幅度較大，如上面提到"亻（人）、氵（水）"，又如"刂（刀）、訁（言）、忄（心）、扌（手）、犭（犬）、阝（在左為阜，在右為邑）、礻（示）、衤（衣）、灬（火）、𧾷（足）"等，已經不大容易看出和原來部件的聯繫。有些部件在組字時只是某個筆畫發生了變形，如上面提到的"朩、土"，它們還比較容易看出和原來部件的聯繫。筆畫的變形主要有如下一些規律：

1. 橫變成提。左右結構的字，左邊部件的最後一筆如果是橫，就改為提，如"地、環、功、孩、勤、歧"。

2. 捺變成點。左右、包圍、半包圍結構的字，如果左部件、內部件有捺，就變為點，如"從、燈、郊、領、桃、因、困、醫、送"。

3. 豎彎鈎變成豎提，橫豎彎鈎變成橫折提。左右結構的字，如果左邊部件最後一筆是豎彎鈎或橫豎彎鈎，就分別改為豎提、橫折提，如"改、切、頓、雌、贊、鳩、額"。

4. 豎或豎鈎變成撇。左右結構的字，左邊的部件是"半、羊、辛、手"時，則最後一筆變成撇，如"判、翔、辣、拜、掰"。

5. 橫折鈎變成橫鈎。當"雨"做上部件時，橫折鈎變成橫鈎，如"雪、雷、霜"。

瞭解部件的變形，有利於我們學習和使用漢字。

思考與討論

　　有人認為，漢字部件在組字過程中發生了變形，增加了學習的困難，這完全是沒必要的。你怎麼看？

第五節　漢字的整理和標準化

一、漢字的整理

　　漢字的整理經歷了漫長的歷史，而由政府組織、有計劃、成系統的大規模漢字整理則始於 20 世紀 50 年代。半個多世紀以來，漢字的整理工作主要包括簡化筆畫、精簡字數和整理字形三個方面。

（一）簡化筆畫

　　1956 年，國務院通過並公佈了《漢字簡化方案》，方案中的簡化字分四批推行。1964 年由文改會編印了《簡化字總表》。1986 年經國務院批准，國家語委重新公佈《簡化字總表》，並對個別字作了調整和加注。《簡化字總表》共分三個表，第一表收不做簡化偏旁用的簡化字 350 個，如"兒"簡化為"儿"，但"倪"的右邊不能簡化為"儿"。第二表收可做偏旁用的簡化字 132 個，如"華"簡化做"华"，含有這個偏旁的"曄、樺、嘩"等都可以類推簡化做"晔、桦、哗"；此外，還有"訁、飠、纟、钅"等 14 個"簡化偏旁"。第三表是應用第二表的簡化字和簡化偏旁類推出來的簡化字，共 1753 個。《簡化字總表》共收簡化字 2235 個。

　　簡化字採用的簡化方法主要包括以下幾種：

1. 原形省略

　　就是減省繁體字中的一部分，只留下代表這個字特徵或輪廓的部分。例如：

（1）刪除大半：醫→医　　術→术　　滅→灭
（2）刪除一半：號→号　　雲→云　　隸→隶
（3）刪除小部分：婦→妇　孫→孙　霧→雾
（4）保留輪廓：廣→广　　齒→齿　瘧→疟
（5）刪除部分後略有變形：愛→爱　傘→伞　穩→稳

2. 更換偏旁

（1）更換聲旁：艦→舰　憶→忆　撲→扑
（2）更換形旁：颳→刮　骯→肮　願→愿
（3）換用簡單的符號：僅→仅　戲→戏　趙→赵　區→区

3. 整字替換

（1）換用形體簡單的會意字：體→体　竈→灶　雙→双
（2）換用形體簡單的形聲字：響→响　驚→惊　護→护
（3）用形體簡單的同音或近音字替代：穀→谷　鬥→斗　葉→叶
（4）草書楷化：書→书　為→为　長→长

（二）精簡字數

精簡字數主要包括整理異體字、更改生僻地名用字、統一計量單位名稱。

1. 整理異體字

異體字是音義相同而形體不同的字，如"略（畧）、冰（氷）"。

異體字的大量使用會增加人們不必要的負擔，需要加以整理。

1955 年，文化部和文改會聯合發佈了《第一批異體字整理表》，對 810 組異體字進行整理，每組選定一個作為規範字。該表頒佈後曾作過一些調整，後來頒行的《簡化字總表》和《現代漢語通用字表》，又恢復了少量異體字，並以此為準。

整理異體字的主要原則是從俗、從簡和佈局合理。從俗，就是選通用的，廢除生僻的，如"同（仝）、因（囙）"。從簡，就是在通用的前提下，盡量選筆畫少的，如"瓮（甕）"。選用佈局合理的，如"略（畧）、峰（峯）"。

2. 更改縣級以上地名生僻字

從 1956 年到 1964 年，經國務院批准，公佈了用同音字替代縣級以上地名中的生僻字 34 個。如陝西的盩厔縣、郃陽縣分別改為周至縣、合陽縣，新疆的和闐縣改為和田縣等。

3. 統一計量單位用字

1977 年，文改會和國家標準計量局發出《關於部分計量單位名稱統一用字的通知》，淘汰了二十多個計量單位名稱中使用的複音字和生僻字。如廢除表示長度的"浬""吋"，改稱"海里""英寸"；廢除表示面積的"噉"，改稱"英畝"等。

（三）整理字形

漢字的印刷體最常用的是宋體和楷體兩種，但印刷字體內部存在着字形不統一的問題。為了解決這些問題，1965 年文化部和文改會公佈的《印刷通用漢字字形表》和 1988 年國家語委、新聞出版署發佈的《現代漢語通用字表》，都明確規定了每個字的字形標準和每個字的筆畫數、筆順、結構方式和筆形次序，使絕大多數宋體與楷體的字形趨於一致，印刷體和手寫楷書也基本一致。這樣，漢字的結構更加整齊、勻稱、美觀。

二、漢字的標準化

漢字的標準化包括定量、定形、定音、定序四個方面，簡稱"四定"。

（一）定量

定量，就是規定現代漢語用字的數量，包括常用漢字、通用漢字以及各類專業用字的數量。

漢字的總數十分龐大，但實際上通用的漢字卻是有限的。1965年文化部和文改會公佈《印刷通用漢字字形表》，收字 6196 個；1981 年國家標準局發佈《GB2312—1980 信息交換用漢字編碼字符集·基本集》，收字 6763 個；1988 年國家新聞出版署、國家語委發佈《現代漢語通用字表》，收字 7000 個，這可以看做現代漢語通用的漢字。現代漢語常用字數量更少。1988 年國家語委和國家教委發佈《現代漢語常用字表》，收常用字 2500 個，次常用字 1000 個。

（二）定形

定形，就是規定現代漢語用字的標準字形。《第一批異體字整理表》、《簡化字總表》、《印刷通用漢字字形表》、《現代漢語通用字表》等字表的公佈，為漢字的定形工作打下了較好的基礎。

漢字定形的主要工作，一是進一步整理異體字，二是整理異形詞。異形詞是指同音、同義而書寫形式不同的詞語，如"筆畫—筆劃、人才—人材、倒霉—倒楣"等。2001 年教育部和國家語委發佈的《第一批異形詞整理表》，整理了異形詞 338 組。

（三）定音

定音，就是規定現代漢語用字的標準讀音。現代漢語用字的讀音是以北京語音為標準的，需要定音的主要是異讀詞的字音。1985年國家語委、國家教育委員會、廣播電視部聯合發佈了《普通話異讀詞審音表》。該表的公佈，使常見的異讀詞的讀音有了明確的標準。除此之外，漢字定音的工作還包括審訂人名、地名用字的異讀和一些多音多義字的讀音等。

（四）定序

定序，就是規定現代漢語用字的排列順序。有一個按一定標準排列的固定次序，對工具書的編寫、計算機字庫的編製、人名的排列等都有重要意義。

漢字的排序有形序法、音序法和義序法三種。現在多用形序法和音序法，義序法一般不用了。

形序法是按照字形排列字的順序，主要可分為部首法、筆畫法和號碼法三種。部首法按部首編排漢字。同部首的字，一般又按筆畫數和筆形順序排列。筆畫法是根據筆畫數和筆形的橫、豎、撇、點、折的順序來編排。如果筆畫數和第一筆的筆形都相同，就按照第二筆的筆形順序排列，以此類推。號碼法按根據字形確定的號碼編排漢字，常見的是四角號碼法。

音序法是按照字音排列字的順序。現在的音序法一般按漢語拼音字母的順序排列，《新華字典》、《現代漢語詞典》的正文就是採用這樣的辦法排列的。漢字同音字比較多，相同音節的字往往採用筆畫法作為輔助。

複習與練習（五）

一、複習題

1. 漢字的整理主要包括哪幾個方面的內容？

2. 簡化漢字採用的方法主要有哪幾種？

3. 漢字整理中精簡字數主要有哪些途徑？

4. 什麼是異體字？整理異體字應該遵循什麼原則？

5. 漢字標準化包括哪些方面的內容？

6. 漢字的排列方法主要有哪幾種？

二、練習題

1. 分析下列簡化字分別採用了什麼簡化方法。

门（門）　　汉（漢）　　声（聲）　　窜（竄）

笔（筆）　　迟（遲）　　卜（蔔）　　风（風）

洼（漥）　　坝（壩）　　道（導）　　坟（墳）

怀（懷）　　亏（虧）　　霉（黴）　　盘（盤）

2. 指出下列各組異體字中哪一個是規範字，並說明為什麼。

遍徧　　　臕膘　　　氷冰　　　翅翄

鉏耡鋤　　春旾　　　喆哲　　　年秊

3. 查閱《新華字典》、《現代漢語詞典》、《漢語大字典》、《漢語大詞典》，看它們的索引和正文採用什麼方法來編排。

課程延伸內容

正確使用漢字

《中華人民共和國國家通用語言文字法》規定："國家推廣普通話，推行規範漢字。"所謂規範漢字，是指國家有關部門以字表形式公佈的、經過簡化和整理的現行漢字。

20 世紀 50 年代開始，國家就着手漢字整理和簡化工作，經過半個多世紀的努力，漢字規劃工作取得了很大的成績，如制訂了一些漢字方面的規範和標準，發佈了《簡化字總表》，整理規範異體字，規範印刷字形，更改地名生僻字，統一部分計量單位名稱用字，公佈《現代漢語常用字表》和《現代漢語通用字表》等等。

正確使用漢字，主要包括寫規範字和讀標準音兩個方面。

（一）寫規範字

規範字的形體，主要以國家正式公佈的《簡化字總表》、《第一批異體字整理表》、《現代漢語通用字表》等幾個字表為標準。具體來說，要注意以下兩點：

1. 掌握簡化字和標準字形

要注意類推簡化的範圍。《簡化字總表》第一表中的簡化字，都不能作為簡化偏旁來類推簡化其他繁體字。如"習"簡化為"习"，但是不能以此類推，把"熠"字的右邊也做相應的簡化。第一表中的繁體偏旁有的是單獨簡化的，就不能按照第二表的簡化偏旁再來類推簡化了，如"傷"在第一表中已經簡化為"伤"，就不能再按照第二表中"場、腸"等簡化為"场、肠"的規律再去類推簡化了。此外，還要注意簡化字的一般用法和特殊用法，如"乾淨、乾燥"中的"乾（gān）"簡化為"干"，但"乾隆、乾坤"中的"乾（qián）"則不能簡化。

標準字形就是《印刷通用漢字字形表》、《現代漢語通用字表》規定的新印刷體，也就是現在書報上通用的規範印刷體字形。《現代漢語詞典》、《新華字典》等附有新舊字形對照表，表中的例字基本概括了印刷體新舊字形的調整情況。

2. 要注意漢字形體的細微差別，不寫錯別字

一些漢字形體上很接近，應該注意仔細分辨。如"戍戌""未末"等只有一個筆畫位置或筆形不同，"戊戌""氏氐"等是後一個字比前一個字多一個筆畫。"沛肺"和"柿鬧"要注意"巿"和"市"的差別，"盲瞠瞼"和"肓膛臉"要注意"目"和"月（肉）"的差別。"凍棟"和"練煉"要注意右邊偏旁的細微差別，這種聲旁差別細微的系列形聲字，可以通過字音來幫助區分。

（二）讀標準音

正確使用漢字，還包括讀對字音。具體來說，應注意以下兩點：

1. 注意形聲字的讀音

形聲字聲旁的表音狀況比較複雜。有些形聲字的讀音跟聲旁的讀音一致，有些形聲字的聲旁只能提供一些語音線索，不能完全按照聲旁來讀，如"酗酒"的"酗"應該讀做 xù 而不是 xiōng，"纖維"的"纖"應該讀做 xiān 而不是 qiān，"娛樂"的"娛"應該讀做 yú 而不是 wú。不能隨意地根據聲旁"讀半邊"。另外，還要注意一些形旁相近、聲旁相同的形聲字，這些字的形旁所佔空間比聲

旁小，有時會導致誤讀，如"悼念"的"悼（dào）"被誤讀為"掉（diào）"，"一抔淨土"的"抔（póu）"被誤讀為"杯（bēi）"，"贍養"的"贍（shàn）"被誤讀為"瞻（zhān）"。

2. 注意多音多義字

一些漢字有兩個或兩個以上的讀音和意義，如"長"有 cháng 和 zhǎng 兩個讀音，分別表示不同的意義。類似的字還有很多，如"得（dé 得到、de 說得好、děi 我得走了）"；"了（le 好了、liǎo 了解）"；"樂（lè 快樂、yuè 音樂）"；"傳（chuán 傳說、zhuàn 自傳）"；"差（chā 差別、chà 差不多、chāi 出差、cī 參差）"等等。

使用多音多義字時，還要特別注意按照意思來確定讀音，如"安寧"和"寧可"中的"寧"，都有不同讀音。此外，有些字用做地名、姓氏時有特殊的讀音，如"番"字一般讀 fān，但地名"番禺"的"番"讀 pān；"仇"字通常讀做 chóu，但用做姓氏時讀做 qiú。

思考與討論

想一想下列漢字可能會有哪些錯誤寫法。

步　場　策　荒　茂　切　染

燒　吞　柔　武　迎　莊　紙

GB13000.1 字符集漢字折筆筆形表[＊]

折數	序號	名稱		筆形	例字
		全稱	簡稱（或俗稱）		
一折	5.1	橫折豎	橫折	ㄱ（一）	口 见 达 興 己 罗 马 丑 贯／敢 为
	5.2	橫折撇	橫撇	ㄱ（ㄱ）	又 祭 之 社 登 卺／令 了
	5.3	橫鉤		ㄱ	买 宝 皮 饭
	5.4	豎折橫	豎折	ㄴ（ㄴ、ㄴ）	山 世 峀／母 互 乐／发 牙 降
	5.5	豎彎橫	豎彎	ㄴ	四 西 朮
	5.6	豎折提	豎提	ㄴ	长 瓜 鼠 以 瓦 叫 收
	5.7	撇折橫	撇折	ㄥ（ㄥ）	公 离 云 红 乡 亥／车 东
	5.8	撇折點	撇點	ㄥ	女 巡
	5.9	撇鉤		ﾉ	乄^①
	5.10	彎豎鉤	彎鉤（俗稱）	)	犹 家
	5.11	捺鉤	斜鉤（俗稱）	乀	代 戈

＊　表內"筆形"與"例字"部分均為簡化字。（編者註）

①　"乄"為日本專用漢字（《漢語大字典》和《中華字海》皆不收），實際是"五"字的古文"乂"的異寫。

	5.12	橫折豎折橫	橫折折	㇅	凹 卍
	5.13	橫折豎彎橫	橫折彎	㇍	朵
	5.14	橫折豎折提	橫折提	㇊	计 颓 鸠
	5.15	橫折豎鉤	橫折鉤	㇆	同 门 却 永 要 万 母 仓 / 也
二折	5.16	橫折捺鉤	橫斜鉤（俗稱）	㇠	飞 风 执
	5.17	豎折橫折豎	豎折折	㇞	鼎 卐 亞 吳
	5.18	豎折橫折撇	豎折撇	㇜（ㄣ、ㄅ）	专 / 奊 / 夨
	5.19	豎彎橫鉤	豎彎鉤	㇟	己 匕 电 心
	5.20	橫折豎折橫折豎	橫折折折	㇎	凸
	5.21	橫折豎折橫折撇	橫折折撇	㇋	及 延
三折	5.22	橫折豎彎橫鉤	橫折彎鉤	㇈（乙）	几 丸 / 艺 亿
	5.23	橫折撇折彎豎鉤	橫撇彎鉤（俗稱）	㇌	阳 部
	5.24	豎折橫折豎鉤	豎折折鉤	㇉（㇉）	马 与 钙 / 号 弓
四折	5.25	橫折豎折橫折豎鉤	橫折折折鉤	㇡（㇡）	乃 / 杨

簡化字總表（第一表、第二表）

關於重新發表《簡化字總表》的説明

為糾正社會用字混亂，便於群眾使用規範的簡化字，經國務院批准重新發表原中國文字改革委員會於 1964 年編印的《簡化字總表》。

原《簡化字總表》中的個別字，作了調整。"叠""覆""像""囉"不再作"迭""复""象""罗"的繁體字處理。因此，在第一表中刪去了"迭〔叠〕""象〔像〕"，"复"字字頭下刪去繁體字〔覆〕。在第二表"罗"字字頭下刪去繁體字〔囉〕，"囉"依簡化偏旁"羅"類推簡化為"啰"。"瞭"字讀"liǎo"（了解）時，仍簡作"了"，讀"liào"（瞭望）時作"瞭"，不簡作"了"。此外，對第一表"余〔餘〕"的腳注內容作了補充，第三表"亻"下偏旁類推字"雏"字加了腳注。

漢字的形體在一個時期內應當保持穩定，以利應用。《第二次漢字簡化方案（草案）》已經國務院批准廢止。我們要求社會用字以《簡化字總表》為標準：凡是在《簡化字總表》中已經被簡化了的繁體字，應該用簡化字而不用繁體字；凡是不符合《簡化字總表》規定的簡化字，包括《第二次漢字簡化方案（草案）》的簡化字和社會上流行的各種簡體字，都是不規範的簡化字，應當停止使用。希望各級語言文字工作部門和文化、教育、新聞等部門多作宣傳，採取各種措施，引導大家逐漸用好規範的簡化字。

國家語言文字工作委員會

1986 年 10 月 10 日

第一表

不作簡化偏旁用的簡化字

本表共收簡化字 350 個，按讀音的拼音字母順序排列。本表的簡化字都不得作簡化偏旁使用。

A	C	冲〔衝〕	点〔點〕	凤〔鳳〕	关〔關〕
碍〔礙〕	才〔纔〕	丑〔醜〕	淀〔澱〕	肤〔膚〕	观〔觀〕
肮〔骯〕	蚕〔蠶〕①	出〔齣〕	电〔電〕	妇〔婦〕	**H**
袄〔襖〕	灿〔燦〕	础〔礎〕	冬〔鼕〕	复〔復〕	汉〔漢〕
B	层〔層〕	处〔處〕	斗〔鬥〕	〔複〕	号〔號〕
坝〔壩〕	挫〔攙〕	触〔觸〕	独〔獨〕	**G**	合〔閤〕
板〔闆〕	谗〔讒〕	辞〔辭〕	吨〔噸〕	盖〔蓋〕	轰〔轟〕
办〔辦〕	馋〔饞〕	聪〔聰〕	夺〔奪〕	干〔乾〕③	后〔後〕
帮〔幫〕	缠〔纏〕②	丛〔叢〕	堕〔墮〕	〔幹〕	胡〔鬍〕
宝〔寶〕	忏〔懺〕	**D**	**E**	赶〔趕〕	壶〔壺〕
报〔報〕	偿〔償〕	担〔擔〕	儿〔兒〕	个〔個〕	沪〔滬〕
币〔幣〕	厂〔廠〕	胆〔膽〕	**F**	巩〔鞏〕	护〔護〕
毙〔斃〕	彻〔徹〕	导〔導〕	矾〔礬〕	沟〔溝〕	划〔劃〕
标〔標〕	尘〔塵〕	灯〔燈〕	范〔範〕	构〔構〕	怀〔懷〕
表〔錶〕	衬〔襯〕	邓〔鄧〕	飞〔飛〕	购〔購〕	坏〔壞〕④
别〔彆〕	称〔稱〕	敌〔敵〕	坟〔墳〕	谷〔穀〕	欢〔歡〕
卜〔蔔〕	惩〔懲〕	籴〔糴〕	奋〔奮〕	顾〔顧〕	环〔環〕
补〔補〕	迟〔遲〕	递〔遞〕	粪〔糞〕	刮〔颳〕	还〔還〕

---

① 蚕：上從天，不從夭。

② 缠：右從㢆，不從厘。

③ 乾坤、乾隆的乾讀 qián（前），不簡化。

④ 不作坏。坏是磚坯的坯，讀 pī（批），坏坯二字不可互混。

回[迴]	舰[艦]	惧[懼]	累[纍]	岭[嶺]⑦	亩[畝]
伙[夥]①	姜[薑]	卷[捲]	垒[壘]	庐[廬]	**N**
获[獲]	浆[漿]②	**K**	类[類]④	芦[蘆]	恼[惱]
[穫]	桨[槳]	开[開]	里[裡]	炉[爐]	脑[腦]
J	奖[獎]	克[剋]	礼[禮]	陆[陸]	拟[擬]
击[擊]	讲[講]	垦[墾]	隶[隸]	驴[驢]	酿[釀]
鸡[雞]	酱[醬]	恳[懇]	帘[簾]	乱[亂]	疟[瘧]
积[積]	胶[膠]	夸[誇]	联[聯]	**M**	**P**
极[極]	阶[階]	块[塊]	怜[憐]	么[麼]⑧	盘[盤]
际[際]	疖[癤]	亏[虧]	炼[煉]	霉[黴]	辟[闢]
继[繼]	洁[潔]	困[睏]	练[練]	蒙[矇]	苹[蘋]
家[傢]	借[藉]③	**L**	粮[糧]	[濛]	凭[憑]
价[價]	仅[僅]	腊[臘]	疗[療]	[懞]	扑[撲]
艰[艱]	惊[驚]	蜡[蠟]	辽[遼]	梦[夢]	仆[僕]⑨
歼[殲]	竞[競]	兰[蘭]	了[瞭]⑤	面[麵]	朴[樸]
茧[繭]	旧[舊]	拦[攔]	猎[獵]	庙[廟]	**Q**
拣[揀]	剧[劇]	栏[欄]	临[臨]⑥	灭[滅]	启[啟]
硷[鹼]	据[據]	烂[爛]	邻[鄰]	蔑[衊]	签[籤]

---

① 作多解的夥不簡化。

② 浆、桨、奖、酱：右上角從夕,不從夕或⺶。

③ 藉口、憑藉的藉簡化作借,慰藉、狼藉等的藉仍用藉。

④ 类：下從大,不從犬。

⑤ 瞭：讀 liǎo（了解）時,仍簡作了,讀 liào（瞭望）時作瞭,不簡作了。

⑥ 临：左從一短豎一長豎,不從丬。

⑦ 岭：不作岺,免與岑混。

⑧ 讀 me 輕聲。讀 yāo（天）的么應作幺（幺本字）。吆應作吆。麼讀 mó（摩）時不簡化,如幺麼小丑。

⑨ 前仆後繼的仆讀 pū（撲）。

千[韆]	认[認]	书[書]	体[體]	雾[霧]	蚝[蠔]
牵[牽]	**S**	术[術]④	枭[梟]	**X**	兴[興]
纤[縴]	洒[灑]	树[樹]	铁[鐵]	牺[犧]	须[鬚]
[纖]①	伞[傘]	帅[帥]	听[聽]	习[習]	悬[懸]
窍[竅]	丧[喪]	松[鬆]	厅[廳]⑤	系[係]	选[選]
窃[竊]	扫[掃]	苏[蘇]	头[頭]	[繫]⑦	旋[鏇]
寝[寢]	涩[澀]	[囌]	图[圖]	戏[戲]	**Y**
庆[慶]②	晒[曬]	虽[雖]	涂[塗]	虾[蝦]	压[壓]⑩
琼[瓊]	伤[傷]	随[隨]	团[團]	吓[嚇]⑧	盐[鹽]
秋[鞦]	舍[捨]	**T**	[糰]	咸[鹹]	阳[陽]
曲[麯]	沈[瀋]	台[臺]	椭[橢]	显[顯]	养[養]
权[權]	声[聲]	[檯]	**W**	宪[憲]	痒[癢]
劝[勸]	胜[勝]	[颱]	洼[窪]	县[縣]⑨	样[樣]
确[確]	湿[濕]	态[態]	袜[襪]⑥	响[響]	钥[鑰]
R	实[實]	坛[壇]	网[網]	向[嚮]	药[藥]
让[讓]	适[適]③	[罈]	卫[衛]	协[協]	爷[爺]
扰[擾]	势[勢]	叹[嘆]	稳[穩]	胁[脅]	叶[葉]⑪
热[熱]	兽[獸]	誊[謄]	务[務]	亵[褻]	医[醫]

---

① 纖維的纖讀 xiān（先）。

② 庆：從大，不從犬。

③ 古人南宮适、洪适的适（古字罕用）讀 kuò（括）。此适字本作适，為了避免混淆，可恢復本字适。

④ 中藥蒼朮、白朮的朮讀 zhú（竹）。

⑤ 厅：從厂，不從广。

⑥ 袜：從末，不從未

⑦ 系帶子的系讀 jì（計）。

⑧ 恐吓的吓讀 hè（赫）。

⑨ 县：七筆。上從且。

⑩ 压：六筆。土的右旁有一點。

⑪ 叶韻的叶讀 xié（協）。

亿 [億]	御 [禦]	**Z**	赵 [趙]	钟 [鐘]	妆 [妝]
忆 [憶]	吁 [籲]②	杂 [雜]	折 [摺]③	[鍾]	装 [裝]
应 [應]	郁 [鬱]	赃 [臟]	这 [這]	肿 [腫]	壮 [壯]
疡 [瘍]	誉 [譽]	脏 [臟]	征 [徵]④	种 [種]	状 [狀]
拥 [擁]	渊 [淵]	[髒]	症 [癥]	众 [眾]	准 [準]
佣 [傭]	园 [園]	凿 [鑿]	证 [證]	昼 [晝]	浊 [濁]
踊 [踴]	远 [遠]	枣 [棗]	只 [隻]	朱 [硃]	总 [總]
忧 [憂]	愿 [願]	灶 [竈]	[祇]	烛 [燭]	钻 [鑽]
优 [優]	跃 [躍]	斋 [齋]	[祗]	筑 [築]	
邮 [郵]	运 [運]	毡 [氈]	致 [緻]	庄 [莊]⑤	
余 [餘]①	酝 [醞]	战 [戰]	制 [製]	桩 [樁]	

第二表

可作簡化偏旁用的簡化字和簡化偏旁

　　本表共收簡化字 132 個和簡化偏旁 14 個。簡化字按讀音的拼音字母順序排列，簡化偏旁按筆數排列。

A	备 [備]	边 [邊]	仓 [倉]	车 [車]	从 [從]
爱 [愛]	贝 [貝]	宾 [賓]	产 [產]	齿 [齒]	窜 [竄]
B	笔 [筆]	**C**	长 [長]⑥	虫 [蟲]	**D**
罢 [罷]	毕 [畢]	参 [參]	尝 [嘗]⑦	刍 [芻]	达 [達]

---

① 在余和餘意義可能混淆時，仍用餘。如文言句"餘年無多"。

② 喘吁吁，長吁短嘆的吁讀 xū（虛）。

③ 在折和摺意義可能混淆時，摺仍用摺。

④ 宮商角徵羽的徵讀 zhǐ（止），不簡化。

⑤ 庄：六筆。土的右旁無點。

⑥ 长：四筆。筆順是：ノ一长 长。

⑦ 尝：不是賞的簡化字。賞的簡化是赏（見第三表）。

带[帶]	**G**	监[監]	丽[麗]④	卖[賣]⑥	亲[親]
单[單]	冈[岡]	见[見]	两[兩]	麦[麥]	穷[窮]
当[當]	广[廣]	荐[薦]	灵[靈]	门[門]	区[區]⑩
[噹]	归[歸]	将[將]②	刘[劉]	黾[黽]⑦	**S**
党[黨]	龟[龜]	节[節]	龙[龍]	**N**	啬[嗇]
东[東]	国[國]	尽[盡]	娄[婁]	难[難]	杀[殺]
动[動]	过[過]	[儘]	卢[盧]	鸟[鳥]⑧	审[審]
断[斷]	**H**	进[進]	虏[虜]	聂[聶]	圣[聖]
对[對]	华[華]	举[舉]	卤[鹵]	宁[寧]⑨	师[師]
队[隊]	画[畫]	**K**	[滷]	农[農]	时[時]
E	汇[匯]	壳[殼]③	录[錄]	**Q**	寿[壽]
尔[爾]	[彙]	**L**	虑[慮]	齐[齊]	属[屬]
F	会[會]	来[來]	仑[侖]	岂[豈]	双[雙]
发[發]	**J**	乐[樂]	罗[羅]	气[氣]	肃[肅]⑪
[髮]	几[幾]	离[離]	**M**	迁[遷]	岁[歲]
丰[豐]①	夹[夾]	历[歷]	马[馬]⑤	佥[僉]	孙[孫]
风[風]	戋[戔]	[曆]	买[買]	乔[喬]	

① 四川省酆都縣已改丰都縣。姓酆的酆不簡化作邦。

② 将：右上角從夕，不從夕或彐。

③ 壳：几上沒有一小橫。

④ 丽：七筆。上邊一橫，不作兩小橫。

⑤ 马：三筆。筆順是：乛马马。上部向左稍斜，左上角開口，末筆作左偏旁時改作平挑。

⑥ 卖：從十從买，上不從士或土。

⑦ 黾：從口從电。

⑧ 鸟：五筆。

⑨ 作門屏之間解的宁（古字罕用）讀 zhù（柱）。為避免此宁字與寧的簡化字混淆，原讀 zhù 的宁字作㝉。

⑩ 区：不作区。

⑪ 肃：中間一豎下面的兩邊從八，下半中間不從米。

T	**X**	厌[厭]	犹[猶]	专[專]	临[臨]
条[條]①	献[獻]	尧[堯]⑤	鱼[魚]	**简化偏旁**	只[戠]
W	乡[鄉]	业[業]	与[與]	讠[言]⑦	钅[金]⑩
万[萬]	写[寫]④	页[頁]	云[雲]	饣[食]⑧	学[學]
为[為]	寻[尋]	义[義]⑥	**Z**	彐[彑]⑨	睪[睪]⑪
韦[韋]	**Y**	艺[藝]	郑[鄭]	纟[糸]	圣[巠]
乌[烏]②	亚[亞]	阴[陰]	执[執]	臤	继[繼]
无[無]③	严[嚴]	隐[隱]	质[質]	灬	呙[咼]

附錄

　　以下39個字是從《第一批異體字整理表》摘錄出來的。這些字習慣被看作簡化字,附此以便檢查。括弧裡的字是停止使用的異體字。

呆[獃]	唇[脣]	迹[跡]	昆[崑]	麻[蔴]	升[陞]
[騃]	雇[僱]	[蹟]	[崐]	脉[脈]	[昇]
布[佈]	挂[掛]	秸[稭]	捆[綑]	猫[貓]	笋[筍]
痴[癡]	哄[閧]	杰[傑]⑫	泪[淚]	栖[棲]	它[牠]
床[牀]	[鬨]	巨[鉅]	厘[釐]	弃[棄]	席[蓆]

---

① 条:上從夂,三筆,不從攵。

② 乌:四筆。

③ 无:四筆。上從二,不可誤作旡。

④ 写:上從冖,不從宀。

⑤ 尧:六筆。右上角無點,不可誤作堯。

⑥ 义:從乂(讀yì)加點,不可誤作叉(讀chā)。

⑦ 讠:二筆。不作ㄧ。

⑧ 饣:三筆。中一橫折作乛,不作㇇或點。

⑨ 彐:三筆。

⑩ 钅:第二筆是一短橫,中兩橫,豎折不出頭。

⑪ 睪丸的睪讀gāo(高),不簡化。

⑫ 杰,上從木,不從术。

凶［兇］	岩［巖］	岳［嶽］	札［劄］	［綵］	注［註］
绣［繡］	异［異］	韵［韻］	［剳］	占［佔］	
锈［鏽］	涌［湧］	灾［災］	扎［紮］	周［週］	

下列地名用字，因為生僻難認，已經國務院批准更改，錄後以備檢查。

黑龍江　鐵驪縣改鐵力縣　璦琿縣改愛輝縣

青　海　亹源回族自治縣改門源回族自治縣

新　疆　和闐專區改和田專區　和闐縣改和田縣　于闐縣改于田縣
　　　　婼羌縣改若羌縣

江　西　雩都縣改于都縣　大庾縣改大余縣　虔南縣改全南縣
　　　　新淦縣改新干縣　新喻縣改新余縣　鄱陽縣改波陽縣
　　　　尋鄔縣改尋烏縣

廣　西　鬱林縣改玉林縣

四　川　酆都縣改丰都縣　石砫縣改石柱縣　越嶲縣改越西縣
　　　　呷洛縣改甘洛縣

貴　州　婺川縣改務川縣　鰼水縣改習水縣

陝　西　商雒專區改商洛專區　盩厔縣改周至縣　郿縣改眉縣
　　　　醴泉縣改禮泉縣　郃陽縣改合陽縣　鄠縣改戶縣
　　　　雒南縣改洛南縣　邠縣改彬縣　鄜縣改富縣　葭縣改佳縣
　　　　沔縣改勉縣　栒邑縣改旬邑縣　洵陽縣改旬陽縣
　　　　汧陽縣改千陽縣

此外，還有以下兩種更改地名用字的情況：（1）由於漢字簡化，例如遼寧省瀋陽市改為沈阳市；（2）由於異體字整理，例如河南省濬縣改為浚縣。

常見的別字

本表按正字的音序排列；每一組左邊的黑體字是正字，右邊單獨出現的是別字。

A

和**藹**可親	靄
唉聲嘆氣	哀
安**裝**機器	按
黯然銷魂	暗
意義深**奧**	粵

B

飛揚跋**扈**	拔
甘**拜**下風	敗
縱橫**捭**闔	俾
稗官野史	裨
坂上走丸	板
以見一**斑**	般
班門弄斧	搬
洋涇**浜**	濱
自**暴**自棄	抱
英雄**輩**出	倍
並行不**悖**	背
民生凋**敝**	蔽
遮天**蔽**日	避
大有**裨**益	稗
原物**璧**還	壁
金**碧**輝煌	壁

剛**愎**自用	腹
明**辨**是非	辯
針**砭**時弊	貶
辯證法	辨
脈**搏**微弱	膊
赤**膊**上陣	搏
按**部**就班	步
部署妥當	佈
令人恐**怖**	佈

C

慘無人道	殘
殘酷無情	慘
酒中**摻**水	滲
為虎作**倀**	帳
天崩地**坼**	折
瞋目叱之	填
計日**程**功	成
馳**騁**疆場	聘
故作矜**持**	恃
鞭**笞**三百	苔
一張一**弛**	馳
一**籌**莫展	愁
相形見**絀**	拙

川流不息	穿
戳穿陰謀	戮
義不容**辭**	詞
刺刺不休	剌
出類拔**萃**	粹
鞠躬盡**瘁**	粹
精**粹**所在	萃

D

披星**戴**月	帶
以逸**待**勞	代
殫精竭慮	憚
肆無忌**憚**	彈
虎視**眈眈**	耽
稍事**耽**擱	擔
管理**檔**案	擋
循規**蹈**矩	導
中流**砥**柱	抵
玷污清白	沾
掉以輕心	調
橫**渡**長江	度
歡**度**春節	渡
墮落腐化	墜
咄咄逼人	拙

F

三**番**兩次	翻
反**覆**無常	翻
翻雲覆雨	反
妨礙交通	防
冷不**防**	妨
浪**費**金錢	廢
發**憤**圖強	奮
治絲益**棼**	紛
破**釜**沉舟	斧
原子**輻**射	幅
入不**敷**出	付
認識**膚**淺	浮
感人肺**腑**	府

G

言簡意**賅**	該
英雄氣**概**	慨
亙古未有	互
巧奪天**工**	功
卑**躬**屈膝	恭
貢獻巨大	供
辜負好意	姑
一**鼓**作氣	股

明知**故**犯	固	**既**往不咎	即	**坑**害好人	吭	高官厚**祿**	錄
灌輸知識	貫	召之**即**來	既	**空**前絕後	恐	庸庸**碌碌**	錄
羽扇**綸**巾	倫	土地貧**瘠**	脊	**膾**炙人口	燴	語無**倫**次	論
發揚**光**大	廣	豐功偉**績**	蹟			脈**絡**分明	胳
性格粗**獷**	曠	模範事**跡**	績	**L**		**M**	
步入正**軌**	規	不計其**數**	記	味同嚼**蠟**	臘	**漫**山遍野	滿
行蹤**詭**秘	鬼	**緘**口不言	箴	心狠手**辣**	棘	無禮**謾**罵	漫
陰謀**詭**計	鬼	**艱**難困苦	堅	陳詞**濫**調	爛	風**靡**一時	糜
H		草**菅**人命	管	無恥**讕**言	濫	望風披**靡**	糜
短小精**悍**	桿	**截**長補短	接	設計**藍**本	籃	甜言**蜜**語	密
隨聲附**和**	合	情不自**禁**	盡	身體**羸**弱	贏	**勉**強答應	免
和盤托出	合	事過**境**遷	景	大多**雷**同	類	**墨**守成規	默
萬事**亨**通	享	**兢兢**業業	競	變本加**厲**	利	碑帖臨**摹**	摩
寬**宏**大量	洪	不**脛**而走	徑	**厲**行節約	勵	**N**	
聲音**洪**亮	宏	針**灸**療法	炙	風聲鶴**唳**	淚	自尋煩**惱**	腦
哄堂大笑	轟	**赳赳**武夫	糾	史無前**例**	列	罪不及**孥**	奴
侯門如海	候	前**倨**後恭	踞	火中取**栗**	粟	強**弩**之末	努
精神**渙**散	煥	龍盤虎**踞**	據	勞動鍛**煉**	練	**O**	
慘絕人**寰**	環	面面**俱**到	具	軍事訓**練**	煉	**嘔**心瀝血	漚
荒**謬**絕倫	謊	性格**倔**強	崛	這老**兩**口	倆	打架鬥**毆**	歐
病入膏**肓**	盲	**絕**對服從	決	一枕黃**粱**	梁	金**甌**無缺	毆
富麗堂**皇**	黃	千**鈞**一髮	釣	**寥寥**無幾	廖	無獨有**偶**	隅
心**灰**意懶	恢	工程**竣**工	峻	書寫**潦**草	瞭	**P**	
言談**詼**諧	恢	**K**		一一**列**舉	例	堅如**磐**石	盤
風雨如**晦**	誨	熱**炕**頭	坑	**瀏**覽一遍	流	如法**炮**製	泡
魚鮮**葷**腥	暈	不卑不**亢**	坑	**流**連忘返	瀏	**披**沙揀金	批
J		刻苦耐**勞**	克	慘遭屠**戮**	戳	嗜酒成**癖**	僻
迫不**及**待	急	**顆**粒歸倉	棵	優待俘**虜**	擄	**紕**漏百出	批

心懷**叵**測	巨	
一**抔**黃土	杯	
艱苦**樸**素	撲	
前**仆**後繼	撲	
風塵**僕僕**	撲	

Q

出**其**不意	奇
星羅**棋**布	旗
修**葺**一新	茸
感情融**洽**	恰
喬裝打扮	巧
一**竅**不通	竊
提綱**挈**領	契
頃刻之間	傾
罄竹難書	磬
卑**躬**屈膝	曲
怙惡不**悛**	俊
入場**券**	卷
卻之不恭	缺
聲名**鵲**起	雀
有待商**榷**	確

R

熙熙**攘攘**	讓
當**仁**不讓	人
任勞任怨	忍
矯**揉**造作	柔
孺子可教	儒
耳**濡**目染	儒

含辛**茹**苦	如
方**枘**圓鑿	柄

S

煞費苦心	殺
歃血為盟	插
潸然淚下	潛
贍養父母	瞻
禮**尚**往來	上
喜上眉**梢**	捎
稍縱即逝	少
海市**蜃**樓	唇
有**恃**無恐	持
挑撥**是**非	事
手不**釋**卷	失
首屈一指	手
授予獎章	受
軍事部**署**	暑
不辨**菽**麥	黍
肆無忌憚	肄
到處傳**誦**	頌
毛骨**悚**然	聳
鬼鬼**祟祟**	崇

T

恬不知恥	括
義憤填**膺**	添
鋌而走險	挺
如火如**荼**	茶

W

深為**惋**惜	婉
枉費心機	妄
委**靡**不振	萎
甘冒不**韙**	諱
惟命是從	唯
從中**斡**旋	幹
運籌帷**幄**	握
戊戌政變	戍
定期會**晤**	悟

X

希世之珍	惜
雨聲**淅**瀝	浙
條分縷**析**	拆
瑕瑜互見	暇
自顧不**暇**	遐
聲聞**遐**邇	暇
舉止安**詳**	祥
嚮往光明	想
驍勇善戰	饒
通**宵**不眠	霄
直上重**霄**	宵
報**銷**車費	消
脅從分子	協
歪風**邪**氣	斜
不**屑**一顧	宵
睡眼**惺**忪	醒
學識**修**養	休

休**養**生息	修
一切就**緒**	序
栩栩如生	诩
寒**暄**客套	喧
喧賓奪主	宣
徇私舞弊	尋
循序漸進	尋

Y

揠苗助長	偃
雅俗共賞	鴉
偃旗息鼓	揠
湮沒不聞	淹
贗品	膺
敷**衍**塞責	演
杳無音信	遙
專程**謁**見	竭
異口同聲	一
演**繹**歸納	譯
不可思**議**	義
苦心孤**詣**	旨
巍然**屹**立	圪
一勞永**逸**	易
貽笑大方	遺
大學**肄**業	肆
綠樹成**陰**	蔭
綠草如**茵**	蔭
一望無**垠**	銀
化學反**應**	映

反映意見	應	緣木求魚	沿	仗義執言	直	綴句成文	掇
優柔寡斷	憂	**Z**		出奇制勝	致	呱呱墜地	墮
良莠不齊	秀	銷贓滅迹	髒	擲地有聲	拋	真知灼見	卓
記憶猶新	尤	口乾舌燥	躁	幼稚可笑	雅	擢髮難數	捉
怨天尤人	由	人言嘖嘖	責	莫衷一是	中	恣意妄為	姿
手頭寬裕	餘	讀書札記	扎	摩肩接踵	蹤	惡意詛咒	咀
始終不渝	逾	敲詐勒索	榨	捉襟見肘	胄	編纂字典	篡
逾期作廢	渝	改弦更張	章	高瞻遠矚	屬	有所遵循	尊
阿諛奉承	諛	通貨膨脹	漲	孤注一擲	柱	坐月子	做
元氣大傷	原	動輒得咎	轍	招搖撞騙	裝		
世外桃源	園	計劃縝密	慎	梳妝打扮	裝		
斷壁頹垣	桓	舉世震驚	振	惴惴不安	揣		

容易誤讀的字

下列詞語黑體的字容易誤讀，右邊兩種讀法中第一種正確，第二種錯誤。

詞語	正確	錯誤
A		
腌臢	āza	yānzàn
狹隘	ài	yì
凹陷	āo	wā
翁媼	ǎo	wēn
B		
沙家浜	bāng	bīn
同胞	bāo	pāo
蓓蕾	bèilěi	péiléi
悖逆	bèi	bó
迸發	bèng	bìng
麻痺	bì	pì
裨益	bì	pí
復辟	bì	pì
包庇	bì	bǐ
針砭	biān	fá
瀕臨	bīn	pín
摒棄	bǐng	bìng
吐蕃	bō	fān
哺育	bǔ	pǔ
C		
粗糙	cāo	cào
參差	cēncī	cāncā
岑寂	cén	qín
剎那	chà	shà
金釵	chāi	chā
單于	chán	shàn
諂媚	chǎn	chán
闡明	chǎn	shàn
懺悔	chàn	qiàn
賠償	cháng	shǎng
倘佯	cháng	shàng
惆悵	chàng	zhàng
寶琛	chēn	shēn
郴州	chēn	bīn
嗔怒	chēn	zhēn
乘客	chéng	chèng
懲罰	chéng	chěng
馳騁	chěng	pìn
魑魅	chīmèi	líwèi
鞭笞	chī	tái
豆豉	chǐ	zhī
熾熱	chì	zhì
整飭	chì	zhí
憧憬	chōng	tóng
罷黜	chù	chuò
淒愴	chuàng	cāng
輟學	chuò	zhuì
寬綽	chuò	zhuó
淙淙	cóng	zōng
一蹴而就	cù	jiù
簇擁	cù	zú
璀璨	cuǐ	cuī
皴裂	cūn	jùn
挫折	cuò	cuō
D		
韃靼	dá	dàn
傣族	dǎi	tài
逮捕	dài	dì
追悼	dào	diào
締造	dì	tì
掂量	diān	diàn
玷污	diàn	zhān
胴體	dòng	tóng
句讀	dòu	dú
咄咄	duō	chū
踱步	duó	dù
F		
沸點	fèi	fú

束縛	fù	fú

G

咖喱	gā	jiā
矸石	gān	qiān
尷尬	gāngà	jiānjie
佝僂	gōu	jù
桎梏	gù	gào
粗獷	guǎng	kuàng
皈依	guī	fǎn
日晷	guǐ	jiù
劊子手	guì	kuài
鱖魚	guì	jué

H

哈達	hǎ	hā
憨厚	hān	gǎn
引吭	háng	kēng
沆瀣	hàngxiè	kēngjiǔ
巷道	hàng	xiàng
薅草	hāo	nòu
呵欠	hē	hā
乾涸	hé	gù
回紇	hé	gē
一丘之貉	hé	háo
恫嚇	hè	xià
溝壑	hè	huò
華山	huà	huá
徘徊	huái	huí
浣溪沙	huàn	wán

膏肓	huāng	máng

J

畸形	jī	qí
給予	jǐ	gěi
覬覦	jì	qí
雪茄	jiā	qié
緘默	jiān	zhēn
殲滅	jiān	qiān
眼瞼	jiǎn	liǎn
僭越	jiàn	qián
耩地	jiǎng	gòu
發酵	jiào	xiào
拮据	jū	jù
攻訐	jié	jiān
粳米	jīng	gěng
兢兢	jīng	jìng
菁華	jīng	qīng
抓鬮	jiū	guī
狙擊	jū	zǔ
齟齬	jǔyǔ	zǔwǔ
鐫刻	juān	jùn
咀嚼	jué	jiáo

K

鳥瞰	kàn	gǎn
可汗	kèhán	kěhàn
鏗鏘	kēng	jiān
窺探	kuī	guī
喟然	kuì	wèi

L

邋遢	lā	liè
奶酪	lào	luò
羸弱	léi	yíng
醅酒	lèi	lǔ
踉蹌	liàngqiàng	
	lángcāng	
尥蹶子	liào	bào
轉捩點	liè	lì
倉廩	lǐn	bǐng
賄賂	lù	luò
摞起	luò	luǒ

M

陰霾	mái	lí
埋怨	mán	mái
聯袂	mèi	jué
憤懣	mèn	mǎn
靡靡	mǐ	fēi
分娩	miǎn	wǎn
乜斜	miē	niè
黽勉	mǐn	guī
荒謬	miù	niù
万俟	mòqí	wànsì
冒頓	mòdú	màodùn
脈脈	mò	mài
仫佬族	mù	me

N

呶呶	náo	nú

泥淖	nào	zhào		瀑布	pù	bào		樂闋	què	kuí
木訥	nè	nà		**Q**				麇集	qún	jūn
氣餒	něi	nuǐ		蹊蹺	qī	xī		**R**		
嫩芽	nèn	nùn		菜畦	qí	kuí		唱喏	rě	nuò
隱匿	nì	huò		小憩	qì	tián		稔知	rěn	niàn
醞釀	niàng	ràng		關卡	qiǎ	kǎ		冗長	rǒng	chén
鼻衄	nù	niǔ		接洽	qià	xiá		蚊蚋	ruì	à
虐待	nüè	yuè		慳吝	qiān	jiān		**S**		
怯懦	nuò	rú		掮客	qián	jiān		繅絲	sāo	cáo
O				鈐印	qián	jīn		森林	sēn	shēn
慪氣	òu	qū		天塹	qiàn	zǎn		杉篙	shā	shān
P				嵌入	qiàn	kān		歃血	shà	chā
奇葩	pā	bā		憔悴	qiáo	jiāo		禪讓	shàn	chán
琵琶	pá	ba		地殼	qiào	ké		贍養	shàn	zhān
迫擊炮	pǎi	pò		膽怯	qiè	què		鞭鞘	shāo	qiào
澎湃	pài	bài		挈眷	qiè	jiè		折本	shé	zhé
一爿	pán	bàn		愜意	qiè	xiá		威懾	shè	niè
蹣跚	pán	mǎn		侵佔	qīn	qín		妊娠	shēn	chén
河畔	pàn	bàn		沁園春	qìn	xīn		蜃樓	shèn	chén
抨擊	pēng	píng		引擎	qíng	jìng		舐犢	shì	tiǎn
披衣	pī	pēi		親家	qìng	qīn		似的	shì	sì
土坯	pī	pēi		龜茲	qiūcí	guīzī		教室	shì	shǐ
媲美	pì	bǐ		酋長	qiú	yóu		樞紐	shū	qū
胼胝	piánzhī	bìngdǐ		囚犯	qiú	xiú		洗涮	shuàn	shuā
駢文	pián	bìng		齲齒	qǔ	yǔ		遊說	shuì	shuō
血泊	pō	bó		小覷	qù	xù		吮吸	shǔn	yún
解剖	pōu	pāo		顴骨	quán	quàn		碩大	shuò	sháo
苗圃	pǔ	bǔ		債券	quàn	juàn		悚然	sǒng	shù

嗾使	sǒu	zú			**X**		姓仇	qiú	chóu
塑料	sù	suò	膝蓋	xī	qī		姓瞿	qú	jú
粟類	sù	lì	罳蒽	xī	sī		姓任	rén	rèn
鬼祟	suì	chǒng	檄文	xí	jī		姓單	shàn	dān
鷹隼	sǔn	zhǔn	鬩訟	xì	ní		姓澹台	tán	dàn
婆娑	suō	shā	潟鹵	xì	xiè		姓冼	xiǎn	xǐ
	T		呷一口	xiā	jiǎ		姓解	xiè	jiě
跶拉	tā	jí	狡黠	xiá	jié		姓尉遲	yù	wèi
水獺	tǎ	lài	三峽	xiá	jiá		姓查	zhā	chá
鞭撻	tà	dǎ	翩躚	xiān	qiān		姓翟	zhái	dí
饕餮	tāotiè	hàozhěn	纖細	xiān	qiān		星宿	xiù	sù
絲絛	tāo	tiáo	涎水	xián	yán		長吁	xū	yū
奸慝	tè	nì	癲癇	xián	jiǎn		自詡	xǔ	yǔ
心疼	téng	tòng	驍勇	xiāo	yáo		畜養	xù	chù
倜儻	tìtǎng		混淆	xiáo	yáo		酗酒	xù	xiōng
		chóudǎng	挾持	xié	xiá		絢麗	xuàn	xún
靦覥	tiǎn	diǎn	叶韻	xié	yè		噱頭	xué	jué
殄滅	tiǎn	zhēn	攜手	xié	xí		戲謔	xuè	nüè
迢迢	tiáo	zhāo	機械	xiè	jiè		防汛	xùn	xīn
汀江	tīng	dīng	省親	xǐng	shěng		香蕈	xùn	tán
荼毒	tú	chá	姓種	chóng	zhòng			**Y**	
湍急	tuān	chuǎn	姓葛	gě	gé		山崖	yá	ái
	W		姓過	guō	guò		閼氏	yānzhī	yūshì
藤蔓	wàn	màn	姓華	huà	huá		燕京	yān	yàn
圩堤	wéi	yú	姓區	ōu	qū		殷紅	yān	yīn
斡旋	wò	gàn	姓逄	páng	jiàng		贗品	yàn	yīng
可惡	wù	è	姓朴	piáo	pǔ		杳然	yǎo	miǎo
			姓繁	pó	fán		舀子	yǎo	kuǎi

瘧子	yào	nüè	鬼蜮	yù	huò	拯救	zhěng	chéng
鑰匙	yàoshi	yuèchi	老嫗	yù	qū	跖骨	zhí	shí
笑靨	yè	yàn	掾史	yuàn	chuán	針黹	zhǐ	fǔ
拜謁	yè	hè	躍進	yuè	yào	抵掌	zhǐ	dǐ
嗚咽	yè	yàn	**Z**			對峙	zhì	shì
搖曳	yè	yì	崽子	zǎi	sī	投擲	zhì	zhèng
游弋	yì	gē	暫時	zàn	zhàn	登陟	zhì	shè
造詣	yì	zhǐ	寶藏	zàng	cáng	胡謅	zhōu	zōu
屹立	yì	qí	玄奘	zàng	zhuàng	驟雨	zhòu	zòu
疆場	yì	chǎng	確鑿	záo	zuò	屬意	zhǔ	shǔ
軼事	yì	shì	眨眼	zhǎ	biǎn	貯藏	zhù	chǔ
肄業	yì	sì	柵欄	zhà	shān	佇立	zhù	chú
熠熠	yì	xí	摘取	zhāi	zhé	拽過來	zhuài	yè
瘖啞	yīn	àn	破綻	zhàn	dìng	惴惴	zhuì	chuán
堙塞	yīn	yān	蘸水	zhàn	jiāo	諄諄	zhūn	chén
無垠	yín	gěn	波磔	zhé	jié	拔擢	zhuó	dí
郢都	yǐng	chéng	貶謫	zhé	zhāi	卓越	zhuó	zhuō
邕江	yōng	hù	砧板	zhēn	zhàn	髭鬚	zī	cī
擁護	yōng	yǒng	堅貞	zhēn	zhēng	渣滓	zǐ	zǎi
鴻猷	yóu	qiú	賑災	zhèn	shèn	油漬	zì	zé
須臾	yú	yí	鴆毒	zhèn	chén	倥傯	zōng	cōng

第一批異形詞整理表①

（2002 年 3 月 31 日起試行）

A	C	瓷器—磁器
按捺—按纳	参与—参预	赐予—赐与
按语—案语	惨淡—惨澹	粗鲁—粗卤
B	差池—差迟	**D**
百废俱兴—百废具兴	掺和—搀和	搭档—搭当、搭挡
百叶窗—百页窗	掺假—搀假	搭讪—搭赸、答讪
斑白—班白、颁白	掺杂—搀杂	答复—答覆
斑驳—班驳	铲除—划除	戴孝—带孝
孢子—胞子	徜徉—倘佯	担心—耽心
保镖—保镳	车厢—车箱	担忧—耽忧
保姆—保母、褓姆	彻底—澈底	耽搁—担搁
辈分—辈份	沉思—沈思	淡泊—澹泊
本分—本份	称心—趁心	淡然—澹然
笔画—笔划	成分—成份	倒霉—倒楣
毕恭毕敬—必恭必敬	澄澈—澄彻	低回—低徊
编者按—编者案	侈靡—侈糜	凋敝—雕敝、雕弊
扁豆—萹豆、稨豆、藊豆	筹划—筹画	凋零—雕零
标志—标识	筹码—筹马	凋落—雕落
鬓角—鬓脚	跱踱—跱躅	凋谢—雕谢
秉承—禀承	出谋划策—出谋画策	跌宕—跌荡
补丁—补靪、补钉	喘吁吁—喘嘘嘘	跌跤—跌交

---

① 全表為簡體字的異形詞整理。每組異形詞，連接號前為推薦詞形。

喋血—蹀血　　　锋芒—锋铓　　　含糊—含胡

叮咛—丁宁　　　服侍—伏侍、服事　含蓄—涵蓄

订单—定单　　　服输—伏输　　　寒碜—寒伧

订户—定户　　　服罪—伏罪　　　喝彩—喝采

订婚—定婚　　　负隅顽抗—负嵎顽抗　喝倒彩—喝倒采

订货—定货　　　附会—傅会　　　轰动—哄动

订阅—定阅　　　复信—覆信　　　弘扬—宏扬

斗拱—枓拱、枓栱　覆辙—复辙　　　红彤彤—红通通

逗留—逗遛　　　　　　　　　　　宏论—弘论

逗趣儿—斗趣儿　　　　**G**　　　宏图—弘图、鸿图

独角戏—独脚戏　干预—干与　　　宏愿—弘愿

端午—端五　　　告诫—告戒　　　宏旨—弘旨

　　　　　　　　耿直—梗直、鲠直　洪福—鸿福

　　E　　　恭维—恭惟　　　狐臭—胡臭

二黄—二簧　　　勾画—勾划　　　蝴蝶—胡蝶

二心—贰心　　　勾连—勾联　　　糊涂—胡涂

　　F　　　孤苦伶仃—孤苦零丁　琥珀—虎魄

发酵—酸酵　　　辜负—孤负　　　花招—花着

发人深省—发人深醒　古董—骨董　　　划拳—豁拳、搳拳

繁衍—蕃衍　　　股份—股分　　　恍惚—恍忽

吩咐—分付　　　骨瘦如柴—骨瘦如豺　辉映—晖映

分量—份量　　　关联—关连　　　溃脓—殨脓

分内—份内　　　光彩—光采　　　浑水摸鱼—混水摸鱼

分外—份外　　　归根结底—归根结柢　伙伴—火伴

分子—份子　　　规诫—规戒　　　　　　　　　**J**

愤愤—忿忿　　　鬼哭狼嚎—鬼哭狼嗥　机灵—机伶

丰富多彩—丰富多采　过分—过份　　　激愤—激忿

风瘫—疯瘫　　　　　　　　　　　计划—计画

疯癫—疯颠　　　　　**H**

　　　　　　　　蛤蟆—虾蟆

纪念—记念　　　　累赘—累坠　　　　靡费—糜费

寄予—寄与　　　　黛黑—黎黑　　　　绵连—绵联

夹克—茄克　　　　连贯—联贯　　　　腼腆—靦觍

嘉宾—佳宾　　　　连接—联接　　　　模仿—摹仿

驾驭—驾御　　　　连绵—联绵　　　　模糊—模胡

架势—架式　　　　连缀—联缀　　　　模拟—摹拟

嫁妆—嫁装　　　　联结—连结　　　　摹写—模写

简练—简炼　　　　联袂—连袂　　　　摩擦—磨擦

骄奢淫逸—骄奢淫佚　联翩—连翩　　　摩拳擦掌—磨拳擦掌

角门—脚门　　　　踉跄—踉蹡　　　　磨难—魔难

狡猾—狡滑　　　　嘹亮—嘹喨　　　　脉脉—眽眽

脚跟—脚根　　　　缭乱—撩乱　　　　谋划—谋画

叫花子—叫化子　　伶仃—零丁

精彩—精采　　　　囹圄—囹圉　　　　**N**

纠合—鸠合　　　　溜达—蹓跶　　　　那么—那末

纠集—鸠集　　　　流连—留连　　　　内讧—内哄

就座—就坐　　　　喽啰—喽罗、偻㑩　凝练—凝炼

角色—脚色　　　　鲁莽—卤莽　　　　牛仔裤—牛崽裤

　　　K　　　　录像—录象、录相　　纽扣—钮扣

克期—刻期　　　　络腮胡子—落腮胡子　　　**P**

克日—刻日　　　　落寞—落漠、落莫　　扒手—掱手

刻画—刻划　　　　　　**M**　　　　　盘根错节—蟠根错节

阔佬—阔老　　　　麻痹—痲痹　　　　盘踞—盘据、蟠踞、蟠据

　　　L　　　　麻风—痲风　　　　盘曲—蟠曲

褴褛—蓝缕　　　　麻疹—痲疹　　　　盘陀—盘驼

烂漫—烂缦、烂熳　马蜂—蚂蜂　　　　磐石—盘石、蟠石

狼藉—狼籍　　　　马虎—马糊　　　　蹒跚—盘跚

榔头—狼头、鎯头　门槛—门坎　　　　彷徨—旁皇

　　　　　　　　　　　　　　　　　披星戴月—披星带月

疲沓—疲塌

漂泊—飘泊

漂流—飘流

飘零—漂零

飘摇—飘飖

凭空—平空

Q

牵连—牵联

憔悴—蕉萃

清澈—清彻

情愫—情素

拳拳—惓惓

劝诫—劝戒

R

热乎乎—热呼呼

热乎—热呼

热衷—热中

人才—人材

日食—日蚀

入座—入坐

S

色彩—色采

杀一儆百—杀一警百

鲨鱼—沙鱼

山楂—山查

舢板—舢版

艄公—梢公

奢靡—奢糜

申雪—伸雪

神采—神彩

湿漉漉—湿渌渌

什锦—十锦

收服—收伏

首座—首坐

书简—书柬

双簧—双锁

思维—思惟

死心塌地—死心踏地

T

踏实—塌实

甜菜—菾菜

铤而走险—挺而走险

透彻—透澈

图像—图象

推诿—推委

W

玩意儿—玩艺儿

魍魉—蜽蛃

诿过—委过

乌七八糟—污七八糟

无动于衷—无动于中

毋宁—无宁

毋庸—无庸

五彩缤纷—五采缤纷

五劳七伤—五痨七伤

X

息肉—瘜肉

稀罕—希罕

稀奇—希奇

稀少—希少

稀世—希世

稀有—希有

翕动—噏动

洗练—洗炼

贤惠—贤慧

香醇—香纯

香菇—香菰

相貌—像貌

潇洒—萧洒

小题大做—小题大作

卸载—卸傤

信口开河—信口开合

惺忪—惺松

秀外慧中—秀外惠中

序文—叙文

序言—叙言

训诫—训戒

Y

压服—压伏

押韵—压韵

鸦片—雅片

扬琴—洋琴

要么—要末

夜宵—夜消

一锤定音——槌定音

一股脑儿——古脑儿

衣襟—衣衿

衣着—衣著

义无反顾—义无返顾

淫雨—霪雨

盈余—赢余

影像—影象

余晖—余辉

渔具—鱼具

渔网—鱼网

与会—预会

与闻—预闻

驭手—御手

预备—豫备

原来—元来

原煤—元煤

原原本本—源源本本、
            元元本本

缘故—原故

缘由—原由

月食—月蚀

月牙—月芽

芸豆—云豆

Z

杂沓—杂遝

再接再厉—再接再砺

崭新—斩新

辗转—展转

战栗—颤栗

账本—帐本

折中—折衷

这么—这末

正经八百—正经八摆

芝麻—脂麻

肢解—支解、枝解

直截了当—直捷了当、
            直接了当

指手画脚—指手划脚

周济—赒济

转悠—转游

装潢—装璜

孜孜—孳孳

姿势—姿式

仔细—子细

自个儿—自各儿

佐证—左证

第四章 詞彙

第一節　詞彙概說

一、什麼是詞彙

　　詞彙又稱語彙，是一種語言裡（或特定範圍的）所有的詞和固定短語的總和。如漢語詞彙、法語詞彙或一般詞彙、基本詞彙、口語詞彙、方言詞彙等；還可指某一個人或某一作品所用的詞和固定短語的總和，如"曹雪芹的詞彙""《紅樓夢》的詞彙"等。詞彙是眾多詞語的彙集，詞彙和詞的關係是集體和個體的關係。

　　詞彙反映着社會發展和語言發展的狀況，也標誌着人們對整個世界認識的水平。就一種語言來講，它的詞彙越豐富，語言的表現力也就越強。就個人來講，詞彙量越大，就越能確切地表達思想。

　　積累詞彙主要有三種途徑：一是多聽，在現實語言生活中有意識地吸收詞彙；二是多讀，閱讀古今中外各種類型的作品，從中汲取詞彙；三是多用，加強寫作和口頭訓練，有意識地運用各類詞彙。

二、詞彙單位

（一）語素

　　語素是語言中最小的音義結合體。如"筆"是一個語素，它的語音形式是 bǐ，它的語義內容是"寫字、畫圖的工具"。"蟋"和

"蟀"不是語素，它們只有語音形式 xī 和 shuài，沒有語義內容，只有兩者結合在一起才有意義，構成"蟋蟀"一個語素。"蝴蝶"中的"蝶"既有語音形式，也有語義內容，是語素；而"蝴"只有語音形式，沒有語義內容，不是語素，只有跟"蝶"組合在一起才有意義，所以"蝴蝶"整個也是一個語素。"月色"中的"月"和"色"都既有語音形式，也有語義內容，它們各是一個語素。同樣的，"運動鞋"中的"運""動""鞋"都分別是一個語素。

語素可以從不同的角度來分類。根據音節的多少，語素可以分為單音節語素、雙音節語素和多音節語素三種。只有一個音節的語素，叫單音節語素，如"天、人、山、看、從、呢"。在漢語語素中，單音節語素佔絕對優勢，是漢語語素的基本形式。具有兩個音節的語素，叫雙音節語素，如"蹉跎、葡萄、坎坷、吩咐、參差"。具有三個或三個以上音節的語素，叫多音節語素，如"吐魯番、威士忌、迪斯尼、奧林匹克"。雙音節語素有一部分是從別的語言中借用來的，多音節語素大多是從別的語言中借用來的。需要注意的是，由兩個以上音節構成的語素，它們的語義內容只有一個，如"巧克力"是三個音節表達一個語義內容。

按構詞能力，語素可以分為成詞語素和不成詞語素兩種。

能獨立成詞的語素是成詞語素，如"虎、聽、看、紅、甜"。不能獨立成詞的語素是不成詞語素。不成詞語素又分不定位語素和定位語素兩類。不定位語素是指不能單獨成詞，跟別的語素組合成詞時位置不固定的語素，如"機（飛機、機關）、習（習慣、學習）"。定位語素是指不能單獨成詞，跟別的語素組合時位置比較固定的語素，如"初（初級、初戀）、們（我們、咱們）"。

成詞語素、不定位語素是詞根，是詞的基本意義的載體。定位語素是詞綴，它總是附着於詞根的前後，表示附加的意義。位於詞根前頭的叫前綴，如"老、阿"（老師、老虎／阿姨、阿婆），位於詞根後頭的叫後綴，如"子、頭"（瓶子、褲子／看頭、吃頭）。

現代漢語的許多不成詞語素，如"語言、耳目"中的"語、言、耳、目"，在古代漢語裡是可以獨立成詞的，發展到今天只能作為語素。如果作為詞來使用，只出現在某些文言句式或熟語中，如"食不言，寢不語""耳濡目染"。

（二）詞

詞由語素構成，是語言中能夠獨立運用的最小的音義結合體。

"獨立運用"是指能夠單獨成句或單獨起語法作用。如"老師辛苦了"，"老師""辛苦"能分別單獨成句，是詞；剩下的"了"雖不能單獨成句，但能單獨起語法作用，也是詞。

"最小的"是說詞是不能擴展的，即在詞中間一般不能再插入別的成分，即使兩個成詞語素組成的詞也不能分開，如"黃河、黃瓜、黃花魚"不能擴展為"黃的河、黃的瓜、黃的花魚"。能夠擴展的就不是詞，是短語。如"黃草、黃鞋、黃襯衫"可以擴展為"黃的草、黃的鞋、黃的襯衫"，是短語。短語是由詞逐層組合而成的。短語可以單獨成句，也可以單獨起語法作用，但是跟詞不一樣的是，它不是"最小的"能夠獨立運用的單位。

有一類詞的情況比較特殊，如"洗澡、鞠躬、提高、說服"是一個詞，但在一定條件下，可以擴展成"洗個熱水澡、鞠了一躬、提得高、說不服"，擴展後的是短語。這就是所謂的"離合詞"。離合詞的存在說明詞和短語之間的界限有一定的模糊性。

（三）固定短語

一般的短語，是根據交際的需要，由兩個或兩個以上的詞臨時組合而成的，這種短語叫做自由短語。還有一種短語，其中的詞和詞序不能隨意改變，這種固化的短語叫做固定短語。自由短語不是詞彙的組成部分，固定短語則是構成詞彙的重要部分。固定短語可分為專名（專有名稱）和熟語兩類。

專名以機構、組織的名稱最為常見，如“廣州亞運會組織委員會”“聯想電腦公司”“中山大學”等。活動和會議的名稱，也可以看做專名，如“國際龍舟邀請賽”“現代漢語研討會”等。自由短語一旦用做書名、文章名、影視片名時，就變成了專名，如《消失的地平線》、《秋菊打官司》等。

熟語主要包括成語（如“虎頭蛇尾”）、慣用語（如“碰釘子”）、歇後語（如“黃鼠狼給雞拜年——沒安好心”）、諺語（如“瑞雪兆豐年”）等。

固定短語具有固定結構和整體意義，作用相當於一個詞。

（四）縮略語

縮略語是語言中經過壓縮和省略而成的詞語。為了稱說簡便，人們把形式較長的名稱或習用的短語縮短簡化，成為縮略語。可分為兩類：

1. 簡稱

簡稱是相對全稱而言的。簡稱大都選取全稱中有代表性的語素或詞構成，主要有下列幾種方式：

（1）前後兩個詞均取前一個語素。例如：

北京大學——北大　　　環境保護——環保

（2）前一個詞取前一個語素，後一個詞取後一個語素。例如：

華人後裔——華裔　　　軍人家屬——軍屬

（3）省略前半或後半部分。例如：

中國人民解放軍——解放軍　　　　清華大學——清華

（4）省略並列的幾個詞中相同的語素。例如：

青年、少年——青少年　　上班、下班——上下班

（5）包含音譯詞名稱可只取音譯詞的頭一個音節（字）。例如：

維吾爾族——維族　　　加利福尼亞州——加州

（6）綜合使用以上縮略方法。例如：

聯合國維持和平部隊——維和部隊　　世界衛生組織——世衛

　　簡稱本是全稱的臨時替代，在正式場合一般要用全稱。但有些簡稱經過長期使用，轉化為一般的詞，全稱反而少用了，如“節能”（節約能源）、“展銷”（展出銷售）、“公關”（公共關係）等。
　　現代漢語中也有一些拼音字母的簡稱，如“HSK（漢語水平考試）”“GB（國家標準）”等。有的外來詞簡稱字母後可以加上漢字，如“PH 值（potential of d'hydrogène 值，氫離子濃度指數，法語）”“IC 卡（integrated circuit card，集成電路卡）”等，這兩種都叫字母詞。

2. 數詞縮略語

　　對一些聯合結構，選擇其中各項的共同成分加上所包含的項數，構成數詞縮略語。例如：

物質文明、精神文明——兩個文明

海軍、陸軍、空軍——三軍

還有一些是根據列舉的項數加上集體的屬性構成的。例如：

《大學》、《中庸》、《論語》、《孟子》——四書
稻、黍、稷、麥、豆——五穀

複習與練習（一）

一、複習題

1. 什麼是語素？語素可從哪些角度分類？

2. 什麼是詞？詞跟語素、短語怎樣區分？

3. 什麼是固定短語？主要有哪些類型？

4. 什麼是縮略語？有哪些縮略方式？

二、練習題

1. "你文章中的這個詞彙很難理解，還是換個詞彙吧。"這句話對不對？為什麼？

2. 分別指出下列哪些是成詞語素，哪些是不成詞語素。

學 習 文 字 勞 動 告 訴 飛 翔

3. 分別指出下面哪些是詞，哪些是短語。

白紙 執筆 努力 芭蕾舞 騎馬 動靜 熱心 拿上

4. 寫出下列縮略語的全稱。

五官 安理會 世貿 動漫 四面八方 奧運會 四大發明

第二節　詞的結構

　　詞都是由語素構成的。由一個語素構成的詞，叫單純詞。由兩個或兩個以上的語素構成的詞，叫合成詞。

（一）單純詞

　　單音節的單純詞如"河、她、走、才、在"。雙音節和多音節的單純詞，數量較少，有以下幾類。

1. 聯綿詞

　　由兩個音節連綴成義而不能拆開的詞。其中包含雙聲、疊韻、非雙聲疊韻三種。

　　（1）雙聲指兩個音節聲母相同的聯綿詞。例如：

　　猶豫　拮据　彷彿　慷慨　躊躇

　　（2）疊韻指兩個音節韻母相同或相近的聯綿詞。例如：

　　蹣跚　燦爛　婆娑　窈窕　縹緲

　　（3）非雙聲疊韻指兩個音節聲母、韻母都不相同或不相近的聯綿詞。例如：

　　妯娌　麒麟　瑪瑙　蝙蝠　芙蓉

2. 疊音詞

由同一音節重疊而成的詞，重疊後的音節是一個語素。例如：

蟈蟈　蒼蒼　茫茫　孜孜　赫赫

3. 音譯外來詞

用漢字譯寫外來讀音的詞。例如：

香檳　引擎　三文治　奧林匹克　印度尼西亞

（二）合成詞

合成詞有複合式、重疊式、附加式三種構成方式。

1. 複合式

由至少兩個不同的詞根組合而成，是現代漢語最重要的構詞方式。從詞根和詞根之間的關係看，主要有以下幾種類型。

（1）**聯合型**　由兩個意義相同、相近、相關或相反的詞根並列組合而成。

A. 意義相同、相近。例如：

珍寶　喜悅　黑暗　稍微　人民　偉大　美麗　生產

B. 意義相關。例如：

領袖　手足　臉面　春秋　分寸　冷淡　弱小　眉目

C. 意義相反。例如：

開關　呼吸　早晚　生死　出納　始終　動靜　興亡

有一些聯合型合成詞形式上可以分別劃歸以上三類，但從意義上看，它們都屬於兩義並列，一義消失，也可視為單獨的一類。例如：

人物　妻子　忘記　動靜　窗戶　國家　睡覺　質量

（2）**偏正型**　前一詞根修飾、限制後一詞根。
A. 定中關係。例如：

紅茶　白菜　謊言　圓桌　綠豆

B. 狀中關係。例如：

火熱　金黃　公演　廣播　篩選

（3）**補充型**　後一詞根補充說明前一詞根。
A. 動作和結果關係。例如：

說服　推翻　延長　擴大　糾正

B. 動作和趨向關係。例如：

撤回　納入　返回　下去　起來

C. 事物和計量單位關係。例如：

紙張　信件　船隻　書本　槍支

（4）**動賓型**　前一詞根表示動作、行為，後一詞根表示動作、行為所支配關涉的對象。例如：

知己　管家　領事　將軍　圍脖　吹牛　聊天　促銷　理髮　丟臉

（5）**主謂型**　前一詞根表示被陳述的對象，後一詞根是陳述前一詞根的。例如：

地震　心酸　口紅　膽怯　眼花　月亮　性急　日食　自衛　膽大

2. 重疊式

由相同的詞根重疊構成，兩個詞根是兩個語素。例如：

叔叔　謝謝　常常　僅僅　剛剛

3. 附加式

由詞根和詞綴構成。這種構詞法，又稱派生法。附加式構詞主要包含以下兩種類別。

（1）**前加型（前綴＋詞根）**　現代漢語的前綴主要有“老”“阿”“第”“初”“可”等。

老虎　老婆　阿姨　阿Q　第一　第三　初二　初五　可親　可愛

（2）**後加型（詞根＋後綴）**　現代漢語的後綴比前綴豐富，主要有“子”“兒”“頭”“化”“者”“性”“家”“巴”等。例如：

棍子　胖子　頭兒　把兒　石頭　看頭　綠化　簡化
長者　讀者　彈性　藝術性　冤家　親家　尾巴　泥巴

此外，還有一種由詞根加疊音後綴組成的附加式。例如：

笑嘻嘻　氣沖沖　胖乎乎　瘦巴巴
香噴噴　臭烘烘　沉甸甸　輕飄飄

現代漢語由兩個語素組合成的詞在詞彙中佔絕大多數，也有三個或三個以上語素構成的詞，這時詞的內部構成可以不止一個層次，如"地動儀"，"地動"修飾"儀"，偏正型；"地動"是主謂型。"有軌電車"，"有軌"修飾"電車"，偏正型；"有軌"是動賓型，"電車"是偏正型。如圖：

詞的結構類型如下表：

詞的類型簡表

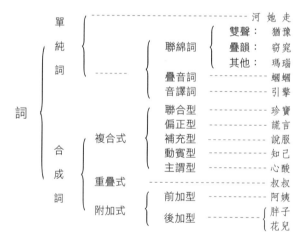

複習與練習（二）

一、複習題

    1. 什麼是單純詞？單純詞有哪些類型？

    2. 什麼是合成詞？合成詞有哪些構成方式？

    3. 舉例說明重疊式合成詞和疊音詞的區別。

二、練習題

    1. 指出下列聯綿詞的類型。

       澎湃　恍惚　蜿蜒　鏗鏘　婆娑　玲瓏　婀娜　蜘蛛　覷覦　鴛鴦

    2. 指出下列複合式合成詞的類型。

       肉麻　米粒　眼紅　兄弟　稱心　性急　耐性　火紅　說服　狂歡

       冬至　吃驚　司令　告知　勞動　縮小　月食　自修　露骨　傷心

    3. 現代漢語中常見的前綴和後綴有哪些？每一個詞綴各舉三個例子說明（課本中的例子除外）。

第三節　詞義

　　詞是形式和內容的結合體，其中語音是詞的形式，詞義是詞的內容。詞義是對事物、現象的反映。即使是"龍""鬼"這類虛構的事物，也是事物在人們意識中的曲折投射。

一、詞義的性質

（一）概括性

　　一個詞往往是對某類事物或現象的概括。詞義具有概括性，這是因為現實社會中的事物千差萬別，詞義必須捨棄個別的、具體的差異和特點，對整體的、本質的共性和特點進行概括，才能準確地反映出這個詞所表示的對象的範圍。如"鞋"，在不同時期、不同地區有種種不同的鞋，包括樣式、大小、功能、顏色、品牌等等的不同，但是"鞋"的詞義有着高度的概括性。《現代漢語詞典》對"鞋"的解釋是"穿在腳上、走路時着地的東西，沒有高筒"。這一解釋概括了種種不同的鞋的共性，也把鞋與其他類別的事物區別開來，這就是詞義的概括性。

　　專有名詞的詞義也具有概括性，"廣州"就對這個城市的歷史和現狀的各種特點進行了概括。

（二）模糊性

詞義的模糊性是指詞義的界限不明確，它是由詞義所反映的事物的界限不確定造成的。如"下午""傍晚""晚上"之間的界限就是不明確的。

詞義的模糊性反映了事物之間的連續性，所以處在連續體中的一組詞的意義就常常具有典型的模糊性，如表示顏色的詞（如"紅""橙""黃"）、表示天氣的詞（如"晴""多雲""陰"）、表示年紀的詞（"青年""中年""老年"）、表示時間的詞（如"春""夏""秋""冬"）、表示程度差異的詞（如"遠""近"）等。

（三）民族性

不同民族生存的地理環境、歷史、傳統、心理不同，往往會形成認知上的差異，這種差異反映到詞義上，就會使詞義呈現出民族性。

不同民族的語言，對同類事物的詞義概括的範圍可能不同。如漢語中對和父親同輩的男性親屬的稱呼有"伯伯、叔叔、舅舅、姨父、姑父"等，而英語中相應的稱呼都為"uncle"。

基本意義相同的詞在不同的語言中可能引申義不同。如英語的"pen"原來有"羽毛"之義，後來引申指"鋼筆"，因為古代英國人等曾有用羽毛書寫的習俗，所以形成了兩者在詞義上的引申關係。而漢語中的"鋼筆"在詞義上則和"羽毛"沒有這種聯繫。

不同民族語言的詞，在指稱同一客觀事物時可能會有感情色彩方面的不同。漢語中帶"狗"的詞語常含貶義，如"狗腿子""走狗"等，而在英語中帶"dog"的詞語大部分沒有貶意，如"a lucky dog（幸運兒）""dogfight（華麗）"。

二、詞義的分類

詞義可分為理性義和色彩義。

（一）理性義

理性義是與概念相聯繫的核心意義。詞典對詞目所做的解釋，主要就是理性義。例如：

【汽車】用內燃機做動力，主要在公路上或馬路上行駛的交通工具，通常有四個或四個以上的橡膠輪胎。用來運載人或貨物。

"汽車"的理性義說明了該詞所指的是"用內燃機做動力"的車，這就使它與"自行車""馬車"等區分開來；"在公路上或馬路上行駛"，這就使它與"火車"等交通工具區分開來；"通常有四個或四個以上的橡膠輪胎"，這就使它與"摩托車"等區分開來。

（二）色彩義

色彩義附在理性義之上，反映的是人或語境賦予詞的特定感受。主要有以下三種。

1. 感情色彩

感情色彩可分為褒義、貶義、中性三種。有些詞表示說話人對有關事物的好感、肯定、讚許等態度，這就是詞義中的褒義色彩，這樣的詞稱做"褒義詞"。例如：

勇士　美麗　成就　敏捷　誠實　偉大　光明　慈祥　謙虛　可愛

有些詞表示說話人對有關事物的反感、否定、批評等態度，這就是詞義中的貶義色彩，這樣的詞稱做"貶義詞"。例如：

懦夫　醜陋　損失　遲鈍　虛偽　渺小　黯淡　兇惡　高傲　可惡

此外，更多的詞既沒有褒義色彩，也沒有貶義色彩，這樣的詞稱做"中性詞"。例如：

課本　水泥　比賽　手機　走　樹木　飛機　天氣　深　夢

中性詞在一定的語境中可能帶有褒義或貶義的色彩，如"他做了個甜蜜的夢""他做了一個恐怖的夢"，但"夢"仍然只是中性詞。

2. 語體色彩

語體可分為書面語體和口語語體兩大類。有些詞多用於書面語體，這樣的詞常帶有"書面色彩"。例如：

徜徉　欺凌　羞澀　頭部　風貌　恐懼　疲憊　購置　發言　就寢

有些詞多用於口語語體，這樣的詞常帶有"口語色彩"。例如：

欺負　害臊　腦袋　樣子　怕　累　買　說　睡

3. 形象色彩

形象色彩指通過描摹、比喻等手法使詞義的表達富於具體的形象感。這種附加色彩能突顯事物的特徵，喚起人們豐富的想像。如"鵝卵石"通過描摹事物的外形，使它形似鵝卵的特徵得到突顯，使人產生具象聯想。"攤牌"使用了比喻手法，表現在最後關頭把所有的意見、條件、實力等擺出來給對方看，造成了強烈的動態感。

三、義項

　　義項是詞的理性義在辭書中的分項解釋。有的詞只有一個義項，叫做單義詞，如"踮"只有一個義項"抬起腳後跟用腳尖站着"，是單義詞。有的詞有兩個或兩個以上的義項，叫做多義詞，如"怕"是多義詞，有四個義項：

a. 害怕、畏懼（任何困難都不怕）

b. 禁受不住（瓷器怕摔）

c. 擔心（他怕你不知道）

d. 表示估計（這個瓜怕有十幾斤）

　　詞的各個義項之間是相互聯繫的。有的義項是在原有義項的基礎上，通過事物之間的相關性聯繫派生出來的，叫做引申義。例如"深"：

a. 從上到下或從外到裡的距離大（這口井很深）

b. 深奧（和尚講的這個故事寓意很深）

　　有的是在原有義項的基礎上，通過打比方的方式派生出來的，叫做比喻義。例如"台階"：

a. 用磚、石等築成的一級一級供人上下的梯形設施（小心台階）

b. 比喻具有階段意義的新的水平（中國經濟又上了一個新台階）

c. 比喻避免因僵持而受窘的途徑或機會（給他們找個台階下）

在詞的多個義項當中，總有一個是最常用、最主要的意義，這就是詞的基本義，如以上"怕""深""台階"的第一個義項。又如"短"有多個義項，其中最常用的義項是"兩端之間的距離小"，這個義項就是"短"的基本義。

一詞多義是詞彙表義功能豐富的體現，用已有的詞來記錄更多的新義，可以做到用有限的詞彙來滿足不斷豐富複雜的實際生活的交際需要。

需要注意的是，有一些表面上看像是一詞多義的，其實是不同的詞。例如：

別[1]：分離（再別康橋）

別[2]：另外（還有別的嗎）

別[3]：插掛（胸前別着一枝筆）

別[4]：不要（別去了）

以上四個"別"是語音相同、字形相同，但意義之間沒有聯繫的一組詞，這組詞叫做同音同形詞。又如：

大家[1]：名詞，指著名的專家（冰心是一位散文大家）

大家[2]：人稱代詞，指一定範圍內所有的人（大家都想參加這個比賽）

兩個"大家"雖都指人，但所指對象區別很大，意義無聯繫，詞性也不同，也是一組同音同形詞。

複習與練習（三）

一、複習題

1. 舉例說明什麼是詞義的概括性、模糊性、民族性。
2. 舉例說明什麼是詞的理性義和色彩義。
3. 什麼是義項？什麼是引申義、比喻義？什麼是基本義？
4. 舉例說明如何區別多義詞和同音同形詞。

二、練習題

1. 分析下列幾組詞在色彩義上有何不同。

懷孕——有喜　　喜歡——寵愛

虛榮——光榮　　雲霧——雲海

害羞——靦覥　　月亮——月球

鼓勵——鼓惑　　成果——結果

蛙泳——游泳　　大方——慷慨

2. 根據詞的色彩義選擇合適的詞填入下列句中。

狐狸　蝴蝶　猴子　烏鴉　蜜蜂　百靈鳥　牛

麻雀　牡丹　青松　竹子　楊樹　木頭

（1）阿雅有一張＿＿＿＿嘴，好的不靈壞的靈。

（2）她想引人注目，天天打扮得像隻花＿＿＿＿。

（3）他知道這次遇到的是隻老＿＿＿＿，千萬不能掉以輕心。

（4）他呆呆地站在那裡，像個＿＿＿＿人。

（5）山歌數她唱得最好，大家都說她是我們村的＿＿＿＿。

（6）有的人喜歡＿＿＿＿的富貴，有的人喜歡＿＿＿＿的氣節。

3. 指出下列固定短語的感情色彩和語體色彩。

走過場　獐頭鼠目　熱火朝天　留一手

炒冷飯　馬不停蹄　高風亮節　龍馬精神

4. 下列詞中哪些是單義詞？

絲綢　汽油　肥胖　生氣　風

樹　　跑　　得意　酒精　鐘

5. 下面加點的詞，用的是基本義、引申義還是比喻義？

（1）我們進入了一個很深的山洞。

（2）畢業後，很多同學都走上了教育工作崗位。

（3）黃河是中華民族的搖籃。

（4）你不要亂扣帽子。

（5）小時候每天上學都要走過那個小石橋。

（6）大家忙得不可開交，她卻坐在一旁打毛衣。

6. 下列各組例子中，加點的詞之間是一詞多義還是同音同形？為什麼？

（1）這項發明不久將公之於世。

　　　這事得公事公辦。

　　　這頭羊是公的。

（2）老闆肯定了我們的成績。

　　　他的回答是肯定的。

　　　她明天肯定不來。

（3）這次旅遊花了不少錢。

　　　瓶子裡插了幾枝顏色不同的花。

　　　這麼小的字看得我眼都花了。

課程延伸內容

義素和義素分析

　　義素是對詞的義項進行分解而得到的最小的意義元素。如"父親"的義項"有子女的男子是子女的父親",可分解為 [+有子女] [+男性] [+親屬] ,"母親"的義項"有子女的女子是子女的母親",可分解為 [+有子女] [+女性] [+親屬] 。 [+有子女] [+男性] [+女性] [+親屬] 便是義素。義素一般用 [ ] 括住, "+"表示有此義素, "−"表示不具有此義素(如 [+女性] 可表示為 [−男性])。

　　義素通常是通過對比的方法確定的。義素分析一般要在一組相關詞中進行,只有通過相關詞的對比,才能找出它們共同的義素和相互區別的義素,最後分解出每個詞的具體義素。選定了相關的詞之後,就可以進行詞義間的比較,也就是分解出相應的義素。如對比"哥哥、姐姐、弟弟、妹妹"這組詞,可以發現,它們的共同義素是 [+同胞] ,"哥哥、姐姐"與"弟弟、妹妹"相互區別的義素分別是 [+年長] 和 [+年幼] ,"哥哥、弟弟"與"姐姐、妹妹"相互區別的義素分別是 [+男性] 和 [+女性] 。 [+年幼] 是和 [+年長] 對立的義素,可記做 [−年長] ; [+女性] 是和 [+男性] 對立的義素,可記做 [−男性] 。這樣,這四個詞的義素可描寫為:

　　哥哥──[+同胞][+男性][+年長]

　　姐姐──[+同胞][−男性][+年長]

　　弟弟──[+同胞][+男性][−年長]

　　妹妹──[+同胞][−男性][−年長]

上面的"父親""母親",它們的義素可描寫為:

父親──[+ 親屬][+ 有子女][+ 男性]
母親──[+ 親屬][+ 有子女][- 男性]

義素分析可以突出地顯示詞義之間的聯繫及異同,還易於說明詞與詞之間的搭配限制。如我們可以說"喝茶""喝酒",但不能說"喝煙",因為"喝"所支配的名詞必須具備[+ 液體]這個義素。"喝西北風"能說,是因為它是一種比喻性很強的特殊固定搭配,不屬於一般的自由搭配。

第四節　同義詞和反義詞

一、同義詞

（一）什麼是同義詞

指意義相同或相近的一組詞。

漢語的同義詞非常豐富，如與"豐富"意義相同或相近的詞還有"豐厚、豐盛、豐碩、豐衍、豐盈"等，與"充足"意義相同或相近的詞還有"充裕、充實、充分、充暢、充沛"等。

同義詞包括下列兩種情況：

01　覺察——察覺　　　忌妒——妒忌
　　鹽——氯化鈉　　水銀——汞
　　公尺——米　　　維生素——維他命
　　衣服——衣裳　　自行車——腳踏車
02　和藹——和氣　　　平凡——平常
　　凝視——注視　　核心——中心——重心
　　承繼——承襲——繼承

01組是一般所說的等義詞，理性意義完全相同。表達時選擇哪一個詞主要受制於不同的表達習慣。所謂"等義"是相對的，理性意義要求完全相同，附加意義允許有細微差別，但在表達中往往可以忽略這些差異。

02 組是一般所說的近義詞,理性意義大體相同,但也有細微差別。這類詞在同義詞中數量最多。

多義詞可以在多個義項上與不同的詞構成同義關係。如"驕傲"為多義詞,在"引以為榮"這個義項上可與"自豪"構成同義詞,在"自高自大"這個義項上則與"自滿"構成同義詞。

值得注意的是,同義詞必須在理性意義上相同或相近,有時理性意義不同的詞在具體語境中所指的對象雖然相同,但它們卻不是同義詞。例如:

03 夥計,埋單,給你現金,港幣,行麼?
          ．．． ．．

例 03 中"現金"和"港幣"的所指對象相同,但這種同義關係依附於具體語境,離開了語境,同義關係就不復存在,因此它們不是同義詞。

(二)同義詞的差別

同義詞在理性意義或附加意義上有不同程度的差別,這些差別主要表現在以下幾個方面:

1. 理性意義的差別

(1)**意義的重心不同**。如"鞭撻、抨擊"都指用語言批判不好的人、言行或現象等。但是"鞭撻"強調像鞭打一樣着實而重重地批判,"抨擊"強調用評論的方式進行批判。"奔馳、奔騰"都指"飛快地跑",但"奔馳"重在"馳",指急快地飛跑,如"汽車奔馳在草原上";"奔騰"重在"騰",指一起一伏、跳躍式地跑,如"千軍萬馬,奔騰而來"。"戰略、戰術"都是指鬥爭的策略和方法,

但 "戰略" 指用於全局的策略和方法，如 "對待這一複雜問題要有戰略眼光"；而 "戰術" 指用於具體戰鬥或局部的策略和方法，如 "採用遊擊戰術"。

（2）**意義的輕重程度不同**。如 "愛好、嗜好" 都表示對某種事物具有濃厚的興趣，如 "喝茶的愛好 / 嗜好"。它們也都可以表示對某種事物所具有的濃厚興趣，如 "人總有點愛好 / 嗜好"。不同的是，"愛好" 的意義程度較輕，而 "嗜好" 的程度重。又如 "批判" 和 "批評"、"鄙視" 和 "輕視"、"竭力" 和 "努力"、"毀壞" 和 "損壞"、"絕望" 和 "失望" 這幾組同義詞，都是前一個比後一個的意義程度重。

（3）**範圍的大小不同**。如 "家鄉、故鄉" 雖然都是指長期居住的地方，但 "家鄉" 只指自己家庭世代居住的地方，而 "故鄉" 則指出生或長期居住的地方，詞義範圍比 "家鄉" 大。"新聞、消息" 雖然都指報刊或電台報道的最新發生的事，但 "新聞" 可以是簡短的，也可以是較詳盡的，甚至包括通訊、調查報告等，範圍較大；而 "消息" 只指簡短的關於人物或事物情況的報道，範圍較小。

（4）**集體與個體不同**。如 "信件、信" "船隻、船" "書本、書" "馬匹、馬" "紙張、紙" 等，每組前一個都是補充型合成詞，表示集合意義，後一個表示個體意義。前一個都不能用數量短語修飾，後一個可用數量短語修飾。如不能說 "五封信件"，只能說 "五封信"。

非補充型合成詞也有這種差異。如 "樹木、樹" "書籍、書" 等，每組前者表示集合意義，後者表示個體意義。

（5）**搭配對象不同**。如 "廢除、解除、破除" 都有去掉、消除的意義。不同的是，"廢除" 的對象常為不合理或無用的抽象事物，如制度、法令、方法、特權等；"解除" 的對象常為束縛或困擾身心的事物，如束縛、疑難、痛苦、顧慮、危險、警報、武裝等；"破除" 的對象常為原先被人們重視但現在認為是不正確的事物，如迷信、成見、情面、思想、習慣、清規戒律等。

2. 色彩方面的差別

（1）**感情色彩不同**。如"堅強、頑強"都指不易為外力動搖。不同的是，前者為褒義詞，後者是中性詞，如可以說"堅強的戰士"，不能說"堅強的敵人"；但既可以說"戰士很頑強"，也可以說"敵人很頑強"。"焦急、焦躁"都指心裡急，但分別為中性詞、貶義詞。"成果""結果"和"後果"都指事情的結局，但分別是褒義詞、中性詞、貶義詞。

（2）**語體色彩不同**。如"父親、爸爸""狐疑、疑心"等，前者具有書面語色彩，後者具有口語色彩。同是書面語色彩，也有更細緻的區分，如"汞"與"水銀"，前者不僅具有書面語色彩，而且是科學語體的書面語色彩；"靜謐"與"安靜"，前者側重體現文藝語體的書面語色彩；"茲"與"現在"，前者側重體現公文語體的書面語色彩。

（3）**形象色彩不同**。如"蟬聯、連續""雀躍、高興""龜縮、萎縮""魚貫、連貫""蠶食、吞併"這幾組同義詞，每組前一個都以動物的習性取喻表義，比後一個更加形象。又如"剷除、根除、剪除、革除、清除"這組同義詞，前三個詞都有鮮明的形象感，"除"的方式具體而形象，後兩個詞形象感較弱。

3. 詞性方面的差別

有些同義詞有詞性上的差異。如"禍害、禍患"都可做名詞，指危害性大的、能引起災禍的事物或人，但"禍害"是兼類詞，除了做名詞，還可做動詞，指損害、損壞，如"禍害社會的行為必須堅決制止"，而"禍患"只能做名詞。

大多數情況下，同義詞之間的差別是多樣而複雜的，需要結合以上介紹的各種差別進行多角度辨析。如"抱怨、埋怨"都是動詞，指用言語等表示不滿。不同的是，"抱怨"多強調"心懷不滿，怨恨"，不滿程度較重，多用於書面語；"埋怨"多強調"責怪"，不滿程度較輕，多用於口語。二者的搭配對象也有不同，如可以說"落埋怨"，不能說"落抱怨"。這一辨析就綜合考慮了四種差別：意義的重心、意義的輕重程度、語體色彩和搭配對象。

（三）同義詞的作用

1. 利用同義詞之間意義上的細微差別，選取同義詞滿足不同語體或場合的需要，可以使語言表達精確、生動、恰當。例如：

01　老者上下打量着年輕人，然後細細地看了看手中的信，突然抬起頭，眼睛盯着年輕人俊俏的臉。

02　竊書不能算偷……竊書！……讀書人的事，能算偷麼？

03　那年百團大戰時，老連長掛了彩，現在還留下個疤呢。

04　龔老先生彌留之際，已認不清我們是誰了。

例 01 使用同義詞"打量、看、盯"準確、細膩地描寫了老者的動作、神態，語言生動，富於變化。例 02 是小說《孔乙己》裡孔乙己在為自己的偷竊行為辯解。孔乙己利用"竊"與"偷"這組同義詞文言和白話的差異，來證明自己是讀書人，哪怕偷書也高人一等，活現了深受科舉制度毒害的舊知識分子死要面子的心理。例 03 用"掛彩"不用"受傷"，一方面出於表達上委婉諱飾的需要，另一方面也體現了老連長的大無畏的樂觀主義精神。例 04 選用古語詞"彌留之際"，而不用"臨死的時候"，顯得莊重、嚴肅、得體。

2. 同義詞連用，可以加強語勢，使語意豐滿，還可以使語言富於節律美。例如：

05 凡是搞特權、特殊化，經過批評教育而又不改的，人民就
有權依法進行檢舉、控告、彈劾、撤換、罷免，要求他們
在經濟上退賠，並使他們受到法律、紀律處分。

（《鄧小平文選》第二卷）

06 聽那音調激越高昂，呼山山應，喚水水和。

例 05 連用 "檢舉、控告" "撤換、罷免" 等同義詞，使語勢得到
了明顯而有力的增強。例 06 的 "呼" 和 "喚" "應" 和 "和" 在
這裡是兩組同義詞，前後構成對偶，結構上整齊對稱，讀起來朗
朗上口。

二、反義詞

（一）什麼是反義詞

指兩個意義相對或相反的詞。

反義詞的界定需要注意以下三點：

1. 構成反義詞的兩個詞必須具有共同的意義基礎，即都屬於同
一個意義範疇。如 "東、西" 都屬方向範疇，"愛、恨" 都屬感情
範疇，"方、圓" 都屬形狀範疇，"快、慢" 都屬速度範疇，"擁
護、反對" 都屬態度範疇；而 "矮" 與 "大" 一指高度，一指體積，
所屬範疇不同，沒有共同的意義基礎，不能構成反義詞。

2. 反義詞一般只在理性意義的某個方面相反或相對，其他方面
還要盡量保持一致，包括詞性、語體色彩、音節數目等方面。如 "聰
明" 和 "傻子" 雖然存在一定的反義性，但 "傻子" 是名詞，"聰明"
是形容詞，它們不是反義詞。又如 "丈夫" 和 "老婆"，它們在性

別意義上存在對立，但在語體色彩上不一致，前一個具有書面語色彩，後一個具有口語色彩，不構成反義詞；而"丈夫、妻子"語體色彩一致，構成反義詞。再如"生"和"死亡"存在反義性，但前一個是單音節，後一個是雙音節，不能構成反義詞；"生"和"死"、"生存"和"死亡"構成反義詞。

3. 有些詞在意義上並沒有明顯的對立關係，但在一定情況下，人們會在主觀上將它們對立，經常對舉使用，久而久之就形成了一組反義詞。如"白"和"黑"在客觀的顏色對比意義上構成反義關係，是反義詞。但"白"和"紅"，儘管不存在顏色對比上的反義關係，但在一定的文化條件下，人們會主觀地把它們當做反義詞來使用，如"紅白喜事"。"黑"和"紅"也不存在顏色對比上的反義關係，但在文革時期，由於政治因素的影響，人們也把它們看做是一對反義詞。這樣一來，在不同情況下就會出現"紅、白、黑"互為反義詞的現象，其關係如下圖所示：

需要說明的是，一個多義詞可以在不同義項上擁有不同的反義詞。例如"老"可以跟"新"構成反義詞，如"老房子""新房子"；也可以跟"少（shào）"或"幼"構成反義詞，如"老少皆宜""尊老愛幼"；還可以跟"嫩"構成反義詞，如"肉炒老了""肉炒得嫩"。

（二）反義詞的類型

反義詞可以分為兩種類型：

1. 絕對反義詞

反義詞 A、B 互相排斥，互相對立，不允許出現非 A 非 B 的中間狀態。是 A 就非 B，是 B 則非 A。例如：

動——靜　　　真——假　　有——無　　生——死
對——錯　　　曲——直　　正——反　　主觀——客觀
正確——錯誤　完整——殘缺

在生命範疇，不是"生"就是"死"；在形狀範疇，不"曲"即"直"；在狀態範疇，不"完整"即"殘缺"。這些反義詞之間都沒有第三種狀態存在。絕對反義詞圖示如下：

A （生）	B （死）

2. 相對反義詞

反義詞 A、B 並不互相排斥，兩詞之間還有中間狀態。是 A 不一定非 B，是 B 不一定非 A。例如：

黑——白　　　　上——下　　　　雅——俗
上升——下降　　開頭——結尾　　快樂——憂愁
吉日——凶日　　順行——逆行　　朋友——敵人

"黑"和"白"之間可以有類似"灰"的狀態，"開頭"和"結尾"之間可以有"中間"的狀態，"順行"和"逆行"之間可以有"停止"的狀態。相對反義詞圖示如下：

A （黑）	中間地帶 （灰）	B （白）

（三）反義詞的作用

反義詞反映了事物的矛盾對立關係，充分利用反義詞，有利於發揮語言效用。

運用反義詞，形成意思上的鮮明對比，使語言更加深刻有力，更好地揭示事理，鮮明地表達感情。例如：

01　勝不驕，敗不餒。

02　他工作很努力，每天都是來得最早，走得最晚。

03　幸福的家庭總是相似的，不幸的家庭各有各的不幸。

利用反義詞成對的特點，形式上構成對偶、仿詞、排比等修辭手段，增強語言的表現力。例如：

04　舊的不去，新的不來。（對偶）

05　大家的頭髮上結了霜，女同學說她們是"白毛女"，男同學笑說自己是"白毛男"。（仿詞）

06　世界上最快而又最慢，最久而又最短，最易被人忽視而又最易令人後悔的，就是時間。（排比）

複習與練習（四）

一、複習題

1. 什麼是同義詞？包括哪些類型？
2. 舉例說明同義詞在哪些方面可能有差別。
3. 同義詞有哪些作用？
4. 什麼是反義詞？包括哪些類型？
5. 反義詞有哪些作用？

二、練習題

1. "乾淨"有三個義項：a. 沒有塵土、雜質等；b. 形容說話、動作不拖泥帶水；c. 比喻一點兒都不剩。分別找出每個義項的同義詞。

2. "開"有多個義項，各義項可能有相應的反義詞（如"開門——關門"），試舉出"開"在另外幾個義項上的反義詞。

3. 辨析下列各組同義詞的主要區別。

惦記 —— 惦念	毛病 —— 缺點
氣派 —— 氣度	仙遊 —— 去世
馬匹 —— 馬	鼓動 —— 煽動
災難 —— 災荒	申明 —— 聲明

4. 綜合辨析同義詞"產生、發生"的異同點。

5. 指出下列成語中的同義詞（語素）或反義詞（語素）。

家喻戶曉　你追我趕　死去活來　此起彼伏
棄暗投明　取長補短　無獨有偶　橫衝直撞
博古通今　東搖西擺　苦盡甘來　新陳代謝

6. 指出下面各詞的反義詞，並指明類型。

分散　通俗　贊同　結婚　利落
富裕　節約　正面　消失　低落

課程延伸內容

語義場

　　同義詞之間具有同義關係，它們構成一個聚合；反義詞之間具有反義關係，也構成一個聚合。這種由詞義之間具有一定聯繫的一組詞形成的語義聚合，就是一般所說的語義場。如具有同義關係的詞"死、死亡、逝世、辭世、仙逝、仙遊"，構成一個語義場。從義素的角度看，以上六個詞的詞義中都有共同義素——[+生命終結]。具有反義關係的"妻子、丈夫"構成一個語義場，它們的共同義素是[+配偶]。"春天、夏天、秋天、冬天"是表四季的詞，也構成一個語義場，共同義素是[+季節]。同一語義場內的成員除了具有共同義素外，還必須具備區別於其他成員的義素，如"丈夫、妻子"的區別義素分別是[+男性][－男性]。

　　語義場具有系統性，同一語義場中的成員是相互聯繫、相互制約的。同一個詞在不同的語義場中，由於相互關聯的詞不同，意義就會不同。如"金、木、水、火、土"構成表示"五行"的語義場，"金、銀、銅、鐵、錫"構成表示"五金"的語義場，這兩個語義場中的"金"由於相關聯的成員不同，它們的詞義就不同。"老、新"和"老、幼"以及"老、嫩"三對反義詞中的"老"，分屬三個不同的語義場，相關聯的成員不同，詞義也不同。

　　語義場還具有層次性，上位語義場有它的下位語義場，下位語義場下面還可能有更下位的語義場。例如：

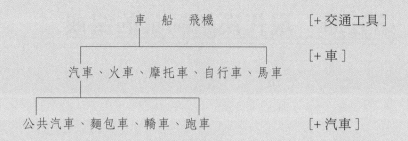

"車、船、飛機"構成上位語義場"交通工具",它的下位語義場"車"由"汽車、火車、摩托車、自行車、馬車"等構成,而"車"的下位語義場"汽車"又由"公共汽車、麵包車、轎車、跑車"等構成。

同義詞構成同義語義場,反義詞構成反義語義場。除此之外,常見的語義場還有類屬語義場、順序語義場等類型。

類屬語義場的成員同屬於一個較大的類。如"豎井、立井、斜井"等都屬於礦井類,"電視機、冰箱、洗衣機"等都屬於家電類,"白酒、紅酒、啤酒"等都屬於酒類。前面所舉的"車、船、飛機""汽車、火車、摩托車、自行車、馬車""客車、貨車、轎車、跑車"依次屬於交通工具類、車類、汽車類。

順序語義場內的成員按一定的順序排列。如時間序列"上午—中午—下午—晚上""昨天—今天—明天—後天"等,空間序列"起點—中途—終點""熱帶—溫帶—寒帶"等,等級序列"學士—碩士—博士""科級—處級—廳級—部級"等。

語義場表明,每個詞都處於一定的語義場內,詞與詞之間既相互聯繫又相互制約,詞彙是一個有序的系統。值得注意的是,同一個詞有可能會屬於不同的語義場。如"枱燈"跟"電熱壺、電熨斗"等同屬於小家電類語義場,也可以跟"油燈、蠟燭"等同屬於照明器具類語義場。

思考與討論

談談義素和語義場的關係。

第五節　現代漢語詞彙的組成

一、基本詞彙和一般詞彙

現代漢語詞彙總體上可分為基本詞彙和一般詞彙。

（一）基本詞彙

基本詞彙是基本詞的總匯，是詞彙體系的核心和基礎。基本詞彙所代表的概念和事物往往與人們日常生活密切相關，在全民語言交際中必不可少。例如：

表示自然界事物的：日、月、火、河、雨、雪、土、木等；

表示生活與生產用品的：碗、盆、牆、鞋、牛、羊、菜、肉等；

表示人體各部分的：頭、眼、鼻、唇、口、牙、心、腿等；

表示親屬或指代的：爺爺、母親、哥哥、舅舅、女兒、我、你、他、這、那等；

表示人或事物的行為、變化的：吃、睡、看、說、坐、走、來、變、生、死等；

表示時間和空間的：年、月、分、秒、東、西、上、下、前、後等；

表示人或事物的性質、狀態的：男、女、新、舊、長、短、老、少、高、低、紅、綠等；

表示數量和單位的：一、百、千、幾、多、個、隻、條、尺、寸、次、遍等。

基本詞彙有三個特點：

1. 全民性

基本詞彙使用頻率高，使用範圍廣，在實際生活中不可缺少。它們不受交際主體的地域、性別、年齡、階層、行業、文化程度等社會特徵的限制，全民族通用。全民性是基本詞彙的根本特點。

2. 穩固性

許多基本詞有上千年的使用歷史，特別是單音詞。如"人、手、口、馬、牛、羊、魚、日、月、山、雨、水、火、大、小"等詞在甲骨文中就已經使用，它們的詞義和用法至今基本保持不變。

基本詞彙具有穩固性，但並不是一成不變的。隨着社會發展的需要，基本詞彙也在不斷地調整、擴充。如隨着單音詞向雙音詞發展，基本詞"耳"已經被"耳朵"代替，"目"已經被"眼睛"代替。

3. 能產性

隨着社會的發展，語言必須不斷增加新的詞語，以適應交際的需要。漢語中大量的雙音節新詞都是在單音節基本詞的基礎上構成的。因為基本詞是人們所熟悉的，在它們的基礎上創造出來的新詞更便於理解、接受和流傳。如用"心"構成的雙音節詞就有"關心、開心、耐心、細心、虛心、心情、心疼、心態、心理、心聲"等，多至數百個。而用單音節基本詞"天、水、人、火、電"做語素構成的雙音節詞也都在一百個以上。可見，基本詞的構詞能力很強。

當然，並不是所有的基本詞都具有很強的構詞能力，如"你、我、這、那"等的構詞能力就比較弱；至於一些數詞、量詞等，就幾乎沒有什麼構詞能力。但總的來說，構詞能力強仍是基本詞彙的一個重要特點。

（二）一般詞彙

基本詞彙以外的詞彙是一般詞彙，包括古語詞、方言詞、外來詞、行業語、新詞等。

在實際語言交際中，想要說明複雜多樣的事物、表達精密細緻的思想感情，僅用基本詞彙是不夠的，還必須使用一般詞彙。如說到電腦，我們就不可避免地使用到相關的外來詞、新詞和行業語，如"網絡、鼠標、軟件、博客、網吧、格式化、黑客、CPU（中央處理器）、E-mail（電子郵件）"等；又如談到化學，我們就少不了使用"元素、溶液、價、氫"等行業語；在正式的書面語體中，我們就可能會使用到"閣下、茲、予以、為盼、接洽、撥冗"等古語詞；"埋（買）單、忽悠、搞定"等方言詞也常出現在當今人們的口語中。

一般詞彙涉及各個領域，數量巨大，遠超基本詞彙，可以滿足不同人群的多樣化的交際需要。

基本詞彙同一般詞彙既相互依存，又相互對立，它們的總和構成了語言的詞彙。

由基本詞派生出來的詞絕大多數進入了一般詞彙，也有一些基本詞隨着社會的發展進入一般詞彙中。如在古代漢語中，"目、足"都是基本詞，在現代漢語中進入了一般詞彙。反之，隨着社會的發展，一般詞彙中有些詞具備了基本詞彙的特點後，就進入了基本詞彙。如"黨、電"在古漢語中是一般詞，在現代漢語中已成為基本詞。有些新詞，開始是一般詞，但經廣泛使用後很快進入了基本詞彙，如"手機、電腦"等。

二、古語詞、方言詞、外來詞、行業語

（一）古語詞

　　古語詞是從古代漢語中吸收來的詞。它們多用於莊重嚴肅的特定語境或文藝作品中，體現文雅的語體色彩。

　　古語詞可分為文言詞和歷史詞。文言詞一般用於某些文體和特殊語境，口語中很少使用。文言詞表示的事物、現象在現代生活中仍然存在，但一般情況下，文言詞往往被更為通俗、常用的詞替代。下列各組前者為文言詞，後者為替代詞：

案牘——公文	敗北——失敗	悉數——全部
頓首——磕頭	布衣——百姓	巾幗——婦女
暨——和	亦——也	而已——罷了
勿——不	皆——都	甚——很

　　有些文言詞在現代漢語中沒有相應的口語詞或通用詞可替代，如"矍鑠"指老年人很有精神的樣子，"軒昂"形容精神飽滿、氣度不凡，它們在現代漢語的口語詞或通用詞中都找不到對應詞。類似這樣的詞還有"垂範、惻隱、砥礪、耄耋、撥冗"等。

　　適當使用文言詞，有時可達到某些特殊的效果。例如：

　　孔乙己着了慌，伸開五指將碟子罩住，彎腰下去說道，"不多了，我已經不多了。"直起身又看一看豆，自己搖頭說，"不多不多！多乎哉！不多也。"

古漢語虛詞"乎、哉、也"本應出現在莊重、典雅的場合，這裡用在孔乙己的身上，生動地刻畫了人物的性格特徵，產生了幽默諷刺的效果。

歷史詞一般用於敘述歷史事物或現象，它們表示的事物、現象在現代社會大多已經不存在了，如兵器“戟、戈”等，職官名“司馬、僕射、太尉、宰相”等，器物名“簋、鼎、樽”等。

有些歷史詞結合一些辭格的使用，可以產生某些特定的效果。如“帝王般的氣派”“我們家的‘小公主’病了”等。有些歷史詞還存在於一些熟語中，如“宰相肚裡能撐船”“白馬王子”“拿雞毛當令箭”等。

（二）方言詞

廣義的方言詞是指各地方言中使用的詞，這裡的方言詞是指從方言中吸收進普通話的詞，如“齷齪、磨蹭、尷尬、彆扭、垃圾、把戲、癟三、沖涼、搭檔、鼓搗、搞定、忽悠、生猛”等。這些詞原在方言中使用，各有其特殊的意義，普通話沒有相當的詞來表達，所以被吸收進來，成為普通話的詞彙。

使用方言詞常常會使語言更加生動，更有表現力。如“學好不容易，想學壞也就是一出溜的事”中的“出溜”，“生猛海鮮”中的“生猛”都是方言詞，如果把它們換成別的詞，生動感和表現力就會大打折扣。

（三）外來詞

外來詞是從外族語言中吸收進來的詞，也叫借詞，如“沙發、巧克力、坦克、啤酒、卡車、冰激凌、可口可樂”等。外來詞一般要含有譯音的成分。表達引入的外來事物或概念的漢語詞，不屬於外來詞，如“蜜月、電話、網絡、計算機”等。

外來詞的引入方式和結構形式主要有以下幾種：

1. 音譯
用同音或音近的漢字來表示外語詞的讀音。例如：

撲克（poker）　　沙發（sofa）　　　　咖啡（coffee）

拷貝（copy）　　　比基尼（bikini）　　迪斯科（disco）

2. 半音譯半意譯
把外語詞一分為二，音譯一部分，意譯一部分。例如：

冰激凌（ice-cream）　　　新西蘭（New Zealand）

因特網（internet）　　　　浪漫主義（romanticism）

3. 音譯兼意譯
整體是音譯，同時又是意譯。例如：

雪碧（Sprite）　　　　可口可樂（Coca Cola）

芒果（mango）　　　　基因（gene）

迷你（mini）　　　　　烏托邦（utopia）

4. 音譯加漢語語素
整個詞音譯以後，再加上一個表示義類的漢語語素。例如：

啤酒（beer）　　　　　　　沙丁魚（sardine）

比薩餅（pizza 意大利語）　卡車（car）

夾克衫（jacket）　　　　　多米諾骨牌（domino）

芭蕾舞（ballet 法語）　　　沙皇（царь 俄語）

此外，外來詞中還有一類借形詞，絕大多數借用外文簡稱字母，或在外文簡稱的基礎上加上表示義類的漢語語素。例如：

MBA（Master of Business Administration 的簡稱，工商管理碩士）
MTV（music television 的簡稱，音樂電視）
WHO（World Health Organization 的簡稱，世界衛生組織）
AA 制（Algebraic Average 的簡稱，按人頭平均分擔費用）
pH 值（potentical of d'hydrogène 的簡稱，酸鹼度）

還有一類是直接把用漢字寫出來的日語詞借用為漢語詞，如"經濟、支部、手續、高潮、革命、取締、引渡、服務、場合、人氣"等。

（四）行業語

行業語是在各行業和學科中使用的專有詞語，其中最典型的是科學術語。行業語是表達各行業、各學科概念的重要手段，缺少它們，就無法進行專業交流。例如：

天文學：行星、恆星、光年、日食、黑洞；
地理學：赤道、海拔、緯度、地貌、溫帶；
生物學：細胞、胚胎、變種、培養基、染色體；
經濟學：資本、流通、消費、成本、生產力；
語言學：音素、字符、語素、短語、句群；
數學：開方、函數、代數、積數、幾何；
化學：電解、氧化、飽和、鹼性、化合；
醫學：血栓、囊腫、號脈、脫水、注射；
哲學：範疇、同一、質變、辯證、一元論；

體育：中鋒、背飛、跨欄、本壘、籃板。

行業語的使用不受地域的限制，同一行業的詞語，在全國各地的詞義基本一致。

隨着人們文化知識水平的普遍提高，許多行業語在人們日常生活中使用的頻率越來越高，已經成為普通詞彙，如原屬計算機領域的"軟件、硬件"，原屬物理學領域的"載體、反饋、熱點、內耗、焦點、凍結、曝光"，原屬生理學、醫學領域的"盲點、硬傷、癥結、錯位"，原屬地理學領域的"滑坡、斷層、落差、板塊"，原屬體育領域的"底線、出局、開局、黃牌"等。

複習與練習（五）

一、複習題

1. 什麼是基本詞彙？基本詞彙有哪些特點？

2. 基本詞彙和一般詞彙的關係是怎樣的？

3. 文言詞與歷史詞的區別是什麼？各有什麼表達特點？

4. 什麼是方言詞？

5. 什麼是行業語？

6. 什麼是外來詞？外來詞的引入方式和結構形式主要有哪幾種？

二、練習題

1. 從下列句子中找出外來詞、古語詞、方言詞、行業語。

（1）有的人長期築底走不出困局，無法突破自我。

（2）老闆要當好二傳手。

（3）今年，學校舉行的聖誕派對非常成功。

（4）醫生建議她長期服用維他命，不能吃一頓落一頓。

（5）今年的省高考狀元是我們縣有名的才子。

（6）自從那件事過後，兩人見面都會覺得尷尬，漸漸地，竟不常聯繫了。

（7）推出產品要把握市場節奏，善於打時間差。

（8）大家對他所做之事，腹誹甚多。

2. 請分析下列外來詞的類型。

因特網　NBA　邏輯　劍橋　檸檬　白蘭地

卡介苗　瓦斯　蘇打　卡片　蒙太奇　沙文　主義

3. 下列在方言中使用的詞，哪些已經成為普通話裡的詞？

啥　墜雨　胰皂　彆扭　把戲

俺　陌生　名堂　饃饃　雞公

課程延伸內容

隱語

也叫秘密語，是行業語中特殊的一種。主要用於某些社會集團或秘密組織。隱語的詞義在內部成員使用中具有約定性，用在特定範圍內傳遞秘密信息。隱語有一般秘密語和黑話之分。黑話是專門以危害公眾利益、擾亂社會秩序為目的的黑社會集團所創造使用的隱語。一般秘密語不會危害社會，它是相關社會集團出於某種利益考慮，為方便集團內部成員之間的溝通，同時不讓外人知曉而創造的。如百年前山西晉南方言中的"言話"，就是一種典型的一般秘密語，主要用於地位較低的社會集團中（如理髮行、嗩吶行、戲曲行、石匠行等）。

隱語由漢語普通語素賦予特殊含義而成，而且各地、各行不同。黑話如：鬍子（土匪，東北黑話）、佛爺（竊賊，京津黑話）、標參（綁架，廣東黑話）、八叉（父親，雲南黑話）。一般秘密語如晉南言話中的"冒煙（喝彩，戲曲行）、光閃（肥皂，理髮行）、展瓜（好，嗩吶行）、齒子（女人，石匠行）"。

隱語，尤其是黑話，一般生命力都較弱，因為相關詞義一旦被人知曉，失去了秘密性，往往就會被淘汰，少數被吸收成為普通詞彙。如來源於黑話的"練練、宰人、走穴、大腕兒、放血、下海、叫板、套瓷兒、洗手、掛花、清一色"等，來源於娼妓行業的"跳槽、回頭客、吃軟飯、倒貼"等等。這些來自於隱語的詞語往往獨具特色和表現力。

思考與討論

請調查一下你的方言中有沒有隱語。

第六節　熟語

　　熟語是人們常用的、有特定意義的、定型化的固定短語，主要包括成語、慣用語、歇後語。

一、成語

　　成語指人們長期習用、書面色彩較強的固定短語。成語結構簡潔，含義精闢，多為四字結構，大多有典源。

（一）成語的特徵

1. 意義整體化

　　成語的意義跟詞的意義一樣，往往不是構成成分意義的簡單相加，而是從表層的字面意義通過引申或比喻的方式衍生出來的深層意義。如“聞雞起舞”表層的字面意義是講述東晉祖逖聽到雞鳴就起床舞劍的故事，它的深層意義則是比喻有志之士及時奮發。又如“涇渭分明”，字面意義指涇水和渭水合流時清濁分得很清楚，深層意義則是比喻人或事物的好壞、是非界限分明。

　　可見，成語的意義具有表層意義和深層意義的雙層性。雙層意義融合到成語中，從而體現出成語意義的整體性特點。要正確使用成語，必須準確把握成語意義整體化的特點。

2. 結構凝固化

　　絕大多數成語的結構凝固。一方面，成語的構成成分不能隨意更換或增減。如不能將"一見鍾情"換成"一箭鍾情"，"三人成虎"不能隨意換成"五人成虎"或"十人成虎"，"六神無主"是成語，"六神有主"就不是成語了。只有個別成語在使用過程中變換了成分，如"揠苗助長"也說"拔苗助長"，後者已被社會認可，廣為流傳。

　　另一方面，成語構成成分的位置不能隨意變動。如"肝膽相照"不能改為"膽肝相照"，"先禮後兵"也不能隨意改為"後兵先禮"，成分前後顛倒會造成意義改變甚至不通。個別成語在使用過程中，由於誤用和約定俗成等原因，習非成是，改變了構成語序，如"每下愈況"變成了"每況愈下"，前後意義也發生了變化，這是極特殊的情況。

3. 風格典雅化

　　成語大多來自古代文獻，書面語體色彩較強，表意典雅。很多成語中還保存着古代漢語的詞義和結構。例如：

　　古漢語詞義：不速之客（"速"，邀請）
　　　　　　　　屢試不爽（"爽"，差錯）
　　　　　　　　功敗垂成（"垂"，接近）
　　　　　　　　求全責備（"責備"，要求完備）
　　　　　　　　感激涕零（"涕"，眼淚；"零"，落下）
　　古漢語結構：一目十行（"目"，名詞做動詞）
　　　　　　　　一以當十（"一以"，介詞的賓語前置）
　　　　　　　　魚肉百姓（"魚肉"，意動）
　　　　　　　　以理服人（"服"，使動）
　　　　　　　　道聽途說（"道、途"，名詞做狀語）

以上成語都不能按現代漢語的詞義和結構來理解。

（二）成語的來源

成語來源廣泛，瞭解成語的來源，有利於準確把握成語的意義。

1. 神話寓言

神話故事：夸父逐日（《山海經》）、精衛填海（《山海經》）、滄海桑田（晉《神仙傳》）、牛郎織女（《風俗通》）、八仙過海（明《八仙過海》）。

寓言故事：畫蛇添足（《戰國策》）、黔驢技窮（唐·柳宗元《柳河東集》）、自相矛盾（《韓非子》）、掩耳盜鐘（鈴）（《呂氏春秋》）、井底之蛙（元《裴度還帶》）。

也有來自外族寓言或傳說的，如：殺雞取卵（《伊索寓言》）、火中取栗（拉·封丹寓言）、水中撈月（佛經）、借花獻佛（佛經）、以牙還牙（《舊約全書》）、三位一體（基督教）。

2. 歷史故事

中國歷史有很多著名事件、故事，後人常將它們概括、凝縮成成語，說明某一事理。如：退避三舍（《左傳》）、後來居上（《史記》）、圖窮匕見（《戰國策》）、口蜜腹劍（《資治通鑑》）、夜郎自大（《漢書》）等。

3. 詩文語句

中國古代典籍豐富，詩文中的語言精闢深邃，人們從中提煉出大量成語。

有的是摘自原句。例如：

玩物喪志——玩人喪德，玩物喪志。　　　　　（《尚書》）

專心致志——其一人專心致志，惟弈秋之為聽……（《孟子》）

有的是減字濃縮。例如：

捨生取義——生，亦我所欲也；義，亦我所欲也。二者不可得兼，捨生而取義者也。　　　　　　　　　　　　　　　　　（《孟子》）

一日千里——驥驥驊騮，一日而馳千里。　　　　（《莊子》）

有的是合併概括。例如：

鞭長莫及——雖鞭之長，不及馬腹。　　　　　（《左傳》）

撲朔迷離——雄兔腳撲朔，雌兔眼迷離。（古樂府《木蘭辭》）

來自詩文的成語大多出自古代，也有來自現代作品的，如"精兵簡政、人定勝天、多快好省、獨立自主、一往無前"等。

4. 口頭俗語

有極少量成語來自民間俗語，先在口頭使用，再以書面形式流傳，如"雞毛蒜皮、說三道四、七嘴八舌、呆頭呆腦、一乾二淨、一窮二白"等。

（三）成語的構造

成語結構整齊，四字成語佔了絕大多數，其他字數的也有，如"莫須有、坐山觀虎鬥、聽其言觀其行、身在曹營心在漢、項莊舞劍意在沛公"等。

四字格成語的主要結構類型有：

聯合式：爭分奪秒　　同甘共苦　　青紅皂白　　生殺予奪

主謂式：木已成舟　　聲情並茂　　枯木逢春　　百感交集

動賓式：包羅萬象　　沁人心脾　　別具一格　　投其所好

偏正式：一衣帶水　　不速之客　　斤斤計較　　搖搖欲墜

補充式：疲於奔命　　毀於一旦　　穩如泰山　　守口如瓶

兼語式：請君入甕　　令人生畏　　指鹿為馬　　惹火燒身

（四）成語的運用

　　成語形象生動，可使語言色彩鮮明；言簡意賅，可使表達簡潔明快；形式嚴整，可使音律和諧。恰當地運用成語可以收到很好的表達效果。例如：

　　這個看似弱不禁風的"老太太"辦起事來雷厲風行，一上任就對人事、經營管理制度進行了大刀闊斧的改革，使公司很快重整旗鼓，東山再起，令大家刮目相看。

　　用"弱不禁風"形容主人公的外在特徵，用"雷厲風行、大刀闊斧"來比喻她的工作作風，用"重整旗鼓、東山再起"比喻她的工作成績，用"刮目相看"形容外人對她的評價。語言鮮明形象、生動有力，富有節奏感。

二、慣用語

　　慣用語是指口語色彩濃的短小定型的習用短語，多為三字結構。例如：

動賓式：打啞謎　吃軟飯　倒胃口　撕破臉　走後門
　　　　碰釘子　穿小鞋　敲邊鼓　亂彈琴　開倒車
偏正式：開場白　耳旁風　頂樑柱　擋箭牌　保護傘
　　　　眼中釘　滿天飛　連窩端　靠邊站　替罪羊

　　少數慣用語是三個字以上的，如"認錢不認人、吹鬍子瞪眼、吃不了兜着走、打腫臉充胖子、有眼不識泰山"等。

　　與成語相比，慣用語通俗有趣，口語色彩濃，語義較為直白。一些動賓式的慣用語，中間可插入別的成分或改變語序，如"碰釘子"可以說"碰了一個釘子、碰了一個大釘子、碰了一個軟釘子、碰了一個硬釘子、找釘子碰、沒什麼釘子可碰"。

三、歇後語

　　歇後語是由前後兩部分組成的口頭固定短語。前一部分像謎語裡的"謎面"，後一部分像"謎底"，是整個短語的真意所在。在實際運用中，由於後一部分常常不說出來，所以叫"歇後語"。歇後語分前後兩部分，這使它在形式上與成語、慣用語區分開來。

　　歇後語可分喻意型和諧音型兩類。喻意歇後語的前一部分是比喻，後一部分是對比喻的解釋。例如：

兔子尾巴——長不了（以事物的性狀、形象作比）
竹籃子打水——一場空（以生活經驗作比）
張果老騎毛驢——倒着走（以神話故事作比）
諸葛亮皺眉頭——計上心來（以歷史故事作比）
泥菩薩過河——自身難保（以想像的情景作比）

諧音歇後語的前一部分描述某種事物或現象，後一部分通過諧音雙關來表示整個歇後語的實際意義。例如：

隔窗吹喇叭——鳴（名）聲在外
孔夫子搬家——淨是書（輸）
和尚打傘——無髮（法）無天
小蔥拌豆腐——一青（清）二白
下雨出太陽——假晴（情）

歇後語風趣、幽默、形象，往往帶有很強的生活氣息，口語色彩濃厚。多出現在打趣的語境中，一般不出現在莊重嚴肅的場合。使用歇後語不宜過多過濫，否則會使語言表達顯得油滑、不嚴肅。

複習與練習（六）

一、複習題

1. 什麼是熟語？

2. 什麼是成語？成語有哪些特徵？

3. 什麼是慣用語？它與成語的主要區別是什麼？

4. 什麼是歇後語？歇後語有哪些類型？歇後語在形式上與其他熟語有哪些區別？

二、練習題

1. 指出下列成語的結構。

攻無不克　骨肉相連　喋喋不休　令人髮指
井底之蛙　風雨飄搖　平分秋色　眾志成城
三番五次　危在旦夕　突飛猛進　附庸風雅

2. 解釋下列成語。

大放厥詞　習焉不察　揚湯止沸　防微杜漸
功敗垂成　黨同伐異　摧枯拉朽　文過飾非
沐猴而冠　不刊之論　救死扶傷　春華秋實

3. 改正下列成語中的錯別字。

好高鶩遠　磬竹難書　飲鴆止渴　直接了當
裝腔做勢　披星帶月　容光煥發　斷章取意
鼓惑人心　不驕不燥　既往不究　穿流不息

4. 為下列成語找到對應的慣用語。

阿諛逢迎　充耳不聞　徒有虛名
夜以繼日　一丘之貉　偃旗息鼓

課程延伸內容

諺語

　　諺語是民間流傳的、通俗易懂而又含義深刻的固定語句。跟成語、慣用語、歇後語不同，諺語在形式上是簡短的句子。但它又不是一般的句子，不能隨意改變其成分，一般當做一個整體引用，所以也可以把它看做是詞彙的成員。

　　諺語往往是人們長期以來對生產、生活經驗的高度概括和總結。例如：

　　　無風起橫浪，三天颱風降。　　　　（氣象諺語）

　　　朝霞不出門，晚霞行千里。

　　　蜘蛛結網天放晴。

　　　春送千擔肥，秋收萬斤糧。　　　　（農業諺語）

　　　麥怕清明連夜雨。

　　　瑞雪兆豐年。

　　　有錢難買老來瘦。　　　　　　　　（生活諺語）

　　　飯後百步走，活到九十九。

　　　冬吃蘿蔔夏吃薑。

　　　若要人不知，除非己莫為。　　　　（處世諺語）

　　　常在河邊走，哪有不濕鞋。

　　　好漢不吃眼前虧。

　　　刀不磨要生鏽，人不學要落後。　　（勵志諺語）

　　　世上無難事，只怕有心人。

　　　狹路相逢勇者勝。

諺語大多具有說理的精闢性，"以片言明百意"，把抽象的概念寓於具體的形象之中，言淺意深。諺語多來自民間，通俗易懂，口語色彩較濃，與成語的書面語色彩形成鮮明的對比，在表達大體相同的意思時，常常各有各的表達方式。例如：

　　吹毛求疵──雞蛋裡挑骨頭
　　飲水思源──吃水不忘挖井人
　　眾志成城──眾人拾柴火焰高
　　見異思遷──這山望着那山高
　　直截了當──打開天窗說亮話

思考與討論

　　找出五對意思相同或相近的成語和諺語，並談談二者之間的區別。

第七節　詞彙的發展變化和規範

一、詞彙的發展變化

隨着社會的發展、時代的變遷、觀念的改變，詞彙也在不斷發展變化，主要包括新詞的產生、舊詞的消亡和詞義的演變。

（一）新詞的產生

新詞是隨着社會的發展而不斷創造出來的詞。新事物的不斷出現，新認識、新觀念的不斷形成，促使新詞不斷產生，以滿足交際的需要。

新詞的產生主要有以下幾種方式：

（1）用漢語原有的語素和構詞方式創造新詞。這樣產生的新詞大多是複合式的。例如：

餘熱　水貨　代溝　主頁　速遞　暢銷
網絡　整合　評估　點擊　登錄　音像
保鮮　上市　徵婚　搞笑　集資　助學
激活　理順　走紅　刷新　搞活　鎖定

也有用定位語素構成新詞的，類似附加式那樣。例如：

～化：類化、量化、淨化、全球化

～族：蟻族、上班族、追星族、工薪族

～奴：房奴、卡奴、車奴、孩奴

超～：超導體、超負荷、超豪華、超一流

軟～：軟包裝、軟着陸、軟廣告、軟飲料

零～：零距離、零接觸、零污染、零增長

（2）使用縮略方式創造新詞。例如：

流拍　壽險　房改　家裝　考研　春運

三農　物管　環衛　減排　書展　節能

多音節的新詞語往往會減縮為雙音節的，如"非典型性肺炎——非典""高速鐵路——高鐵"等。

（3）吸收方言詞和外來詞。例如：

忽悠　　宰人　　賣點　　托兒　　套牢　　炒魷魚

買單　　火爆　　靠譜　　炒作　　碰瓷　　靚女

克隆　　黑客　　卡通　　的士　　宅男　　達人

GDP　　IT　　MP3　　IP地址　IC卡　ATM機

舊詞產生新義，也可以看做是廣義的新詞。例如：

病毒（新義：計算機病毒）

充電（新義：比喻通過學習補充知識、提高技能等）

聯姻（新義：比喻雙方或多方聯合或合作）

下課（新義：辭職或被撤換）

新詞剛出現時，會讓人產生新鮮感，但有的隨着使用頻率的提高，也就慢慢進入一般詞彙了。

（二）舊詞的消亡

隨着社會的發展變化，一些詞的使用範圍縮小了，使用頻率大大降低，有的甚至逐漸消亡。例如：

殯天　駕崩　科舉　鄉試　元寶　駙馬　巡捕

上面這些詞語，隨着它們所代表的舊事物、舊現象的消失，它們逐漸從日常交際生活中消失，成了歷史詞。

洋火（火柴）　　　清道夫（清潔工）　　萬獸園（動物園）
拘票（逮捕證）　　郵差（郵遞員）　　　原子筆（圓珠筆）
德律風（電話）　　水門汀（水泥）　　　賽因斯（科學）

上面這些詞語，它們所表示的事物、現象依然存在，但換用了新的說法，這些詞也不再使用了。

隨着社會的變化，某些曾經消亡的詞也有可能重新復活。例如：

大戶　彩票　股份　大亨　　當鋪
倒閉　股票　藝人　夜總會　交易所

（三）詞義的演變

詞義演變的途徑有下列幾種：

1. 詞義的擴大

詞所概括的對象、範圍擴大。例如：

"布"，原指"麻布"，現指"用麻、棉等各種纖維織成的布"。

"響"，原指"回聲"，現指"聲音"或"發出聲音"。

"包裝"原指"用紙、盒等把商品包起來"或"包裹商品的東西"，現還指"企業、演員等的形象塑造"。

"水分"原指"物體內所含的水"，現還指"某一情況中夾雜着不真實的成分"。

2. 詞義的縮小

詞所概括的對象、範圍縮小。例如：

"報復"，原指"報恩"或"報怨"，現指"報怨"。

"勾當"，原指"事情"，現指"壞的事情"。

"批評"，原指"指出優點和缺點；評論好壞"，現指"對缺點和錯誤提出意見"。

"丈人"，原指"對老年男子的尊稱"，現指"岳父"。

3. 詞義的轉移

指稱某種對象的詞轉而表示與之相關的另一種對象。例如：

"聞"，原指"用耳朵聽"，轉指"用鼻子辨別氣味"。

"犧牲"，原指"為祭祀宰殺的牲畜"，轉指"為了正義的目的捨棄自己的生命"或"放棄或損害一方的利益"。

"國籍"，原指"國家的典籍；史籍"，轉指"個人所具有的屬於某個國家的身份"。

此外，詞義的轉移也包括感情色彩的轉移。例如：

"下流"，原指"地位低下或指處境不好"，為中性色彩；後指"品德惡劣"，轉為貶義。

"爪牙"，原指"勇士、衛士"，也形容"勇武"，具有褒義色彩；後指"黨羽、幫兇"，轉為貶義。

二、詞彙的規範

詞彙的規範工作主要從兩個方面進行：

一是維護詞語的既有規範，避免生造詞語或用錯已有的詞語。

二是對普通話中古語詞、方言詞、外來詞等的吸收與使用進行規範。規範時應該考慮必要性（該詞在普通話詞彙中是必不可少的）、明確性（該詞的意義是明確的）和普遍性（該詞在社會中是普遍使用的）。

（一）古語詞的規範

吸收古語詞，應該吸收那些表現力強或適應特殊場合需要的詞，如"景仰、英明、哀悼、狀元"等。要避免吸收那些沒有生命力的詞語，如"宴饗（古代帝王飲宴群臣）、巉巖（高峻的山石）、薨（君主時代稱諸侯或大官的死）、魑魅（傳說中指山林裡能害人的妖怪）、齠齔（兒童、童年）"等。也要避免濫用古語詞，否則會令人費解或使語言風格顯得不倫不類。例如：

01　剛來廣州上學的時候，常常在夢中回到我的桑梓。

02　"不敢，不敢，如果小姐不方便，不佞就不叨擾了。"

例 01 的"桑梓"令人費解，應改為"家鄉"。例 02 的"不佞"表示謙稱，用在口語中不倫不類，應改為"我"。

（二）方言詞的規範

在語言運用中，為了體現地方特色、突出人物個性，可以適當地使用方言詞來增強表現力。如東北方言中的"忽悠"一詞有"設圈套、欺騙、吹牛、煽動、戲弄"等義，普通話中沒有對應的詞，因此把它吸收進了普通話詞彙中。但方言詞不能隨意吸收，以下方言詞就不宜吸收。例如：

晨光（時候）　　　白相（溜躂、玩兒）
拍拖（談戀愛）　　講數（談判、談條件）

"晨光、白相"是吳方言詞，"拍拖、講數"是粵方言詞，這些詞在普通話詞彙中已有習用的同義詞，吸收它們會造成語言交際的障礙和混亂。

（三）外來詞的規範

外來詞的吸收和使用要注意以下幾點：

1. 在意譯詞和音譯詞並存的情況下，最好使用意譯詞。如"奶酪——芝士""櫻桃——車厘子""青黴素——盤尼西林"應該選擇前者，不用後者。

2. 音譯詞應盡量音義兼顧。如"可口可樂、香檳、黑客、蹦極"等，它們更符合漢民族具象思維的特點，因此易於接受。

3. 外來詞的漢字書寫形式應統一。如"普希金"寫成"普式庚"，

"里根" 寫成 "雷根"， "貝克漢姆" 寫成 "碧咸" 等寫法也需要加以規範。

此外，對於現在層出不窮的新詞也需要進行規範。新詞能夠敏感地反映社會的發展變化，但剛產生時，它們的使用範圍往往較小，是否能生存下去要由社會語言生活的考驗結果來決定。只有能夠通行開來並固定下來的新詞，才真正進入了現代漢語詞彙系統。

複習與練習（七）

一、複習題

1. 詞義的發展變化主要表現在哪些方面？請舉例說明。
2. 新詞的產生方式有哪幾種？請舉例說明。

二、練習題

1. 請指出下列新詞的產生方式。

創匯　　笑星　　爆棚　　中巴　　三通

超生　　男士　　國手　　大齡　　身份證　　短平快　　合同工

純淨水　艾滋病　漢堡包　可塑性　程序化

2. 查檢《漢語大詞典》，指出下列各詞的意義是怎麼變化的？

菜　江　走　嘴　堡壘　愛人　收穫　灌輸

3. 下列各組譯名應選用哪一個為好？為什麼？

（1）log out　　　　　登出　　　註銷　　　樂狗　　　羅歐

（2）sandwich　　　　三文治　　三明治　　三明次　　桑明志

（3）fans　　　　　　歌迷　　　粉絲　　　凡絲　　　繁思

（4）fashion show　　花生騷　　花生秀　　華盛秀　　時裝表演

（5）chocolate　　　巧克力　朱古力　巧格力　諸古力

4. 下面這些詞，你覺得有沒有必要把它們吸收到普通話詞彙裡？哪些是沒有必要的，為什麼？

（1）傢伙（傢具）　　　　　（2）侃（閒談、閒聊）

（3）二（傻、愣）　　　　　（4）抄手（餛飩）

（5）中（行、成、好）　　　（6）日頭（太陽）

（7）焗（一種烹調方法，因空氣不流通而感到憋悶）

（8）洋芋（馬鈴薯）

5. 說說你最近接觸到的新詞語，跟同學們討論這些新詞語能否通行開來並進入現代漢語詞彙系統？

課程延伸內容

詞典和字典

作為工具書，不同的詞典、字典具有不同的性質和功用，對於學習現代漢語來說，主要有兩類值得注意：一類是語文詞典、字典，主要收錄漢語中的一般字詞，並注音釋義。另一類是百科詞典，收錄各學科、各領域基本的、重要的事實概念，並給以簡明的解釋，如《辭海》、《中國大百科全書》等。常用的詞典、字典有：

1.《新華字典》 該字典注音準確，釋義簡明扼要。收單字13000左右（包括繁體字、異體字），收複音詞、短語3500餘條。《新華字典》由新華辭書社編纂，1953年由人民教育出版社出版，後改由商務印書館出版，成為中國第一部按《漢語拼音方案》音序排列的字典。2011年出版了第11版。

2.《現代漢語詞典》 該詞典按音序排列，查檢方便，釋義準確，有較高的實用價值。它由中國社會科學院語言研究所詞典編輯室編纂，始編於1958年，1978年由商務印書館出版。到2005年已出版了5版。第5版收詞約65000條。第5版注意增收新詞，刪掉舊版中過於專門和陳舊的詞，進一步規範了字音、字形，同時增加了詞類標注。

3.《漢語大字典》 該字典按200個部首編排，是解釋形音義比較完備的大型漢語字典。舊版由四川辭書出版社、湖北辭書出版社出版，全書八卷，1990年出齊。新版由四川辭書出版社、崇文書局於2010年出版，收楷書單字60370個。

4.《漢語大詞典》 該詞典按200個部首編排，收詞37萬餘條，釋義較為完備、引證比較充分，是一部大型語文詞典。該詞典共十三卷（包括《附錄・索引》一卷），由漢語大詞典出版社出版，1993 年出齊。2005 年起，漢語大詞典編纂處組織人員對《漢語大詞典》全書進行通讀、整理，編寫了《漢語大詞典訂補》，由上海辭書出版社在 2010 年出版。

5.《辭源》　舊版《辭源》1915 年由商務印書館出版。1983 年出版的新版《辭源》，以收歷史詞語為主，收詞 10 萬餘條，全書共四冊。收錄內容一般止於 1840 年以前的古代漢語的一般詞語和成語典故，兼收各種術語、人名、地名、書名等。全書用繁體字，專於求本、重在溯源。

6.《辭海》　舊版《辭海》1936 年由中華書局出版。新版《辭海》1979 年由上海辭書出版社分上、中、下三卷出版，正文按 250 部首排列。到 2009 年已出至第 6 版，收詞語約 12.7 萬條。2009 年版改按拼音音序排列。新版《辭海》是一部兼收語文詞語和科學名詞術語的綜合性百科詞典。

7.《中國大百科全書》　該書 1978 年由中國大百科全書總編輯委員會和中國大百科全書出版社組織編纂，1993 年出齊。2009 年出版第 2 版，第 2 版共三十二卷，收約 6 萬個條目，約 3 萬幅插圖，約 1000 幅地圖。第 2 版在編排上遵循了當代世界各國編纂百科全書的通行做法，條目按音序排列。

此外，還有各種同義詞詞典，反義詞詞典，新詞詞典以及成語、慣用語、歇後語詞典等。